小説

FUKUSHIMA

圓山 翠陵

養賢堂

はじめに

２０１１年3月11日に起こった福島第一原子力発電所の事故以来、筆者は原子炉の中で起こっている現象を推定する熱流動解析と原発事故の早期収束に向けた提言を行い発表してきた。

事故当初から不完全なデータを基にした解析ではあるが、東京電力の発表より先に炉心の破壊を予測し、格納容器の破壊面積の推定や水位計が正しく表示されていないことを指摘した。東京電力は、偶然にもこれらに追随する形で破損状況を発表してきた。また、２号機の格納容器の水位が低いことや、２号機サプレッションチャンバーの破壊状況など、最近の観測結果も筆者の当時の推定を裏づけるものが多い。さらに、汚染水の循環冷却など、事故の早期収束の提案も行ってきた。

これまで発表してきた解析や提言は膨大で、専門用語も多用されている。それらは純粋な科学・技術レポートなので、一般の読者にはわかりにくい。また、当時の不完全なデータに基づく推定では限界もあった。そこで、架空の登場人物を加えて福島原発のドキュメント風「小説」を執筆した。本書は、あくまでも小説である。しかし、多くの大胆な仮説を設けながらも、原発事故の経緯や原発で起こった物理現象はなるべく正確に推定し、原発事故が起こった背景や再発防止に向けた提言を含めるよう努力した。

原子炉の破壊経緯は、これまで得られた公開データを基にしてエネルギーと物質の保存則を使って解析しているが、政府や東京電力から発表された事故シナリオや各機関から公開されている事故報告書とは必ずしも一致していない。原発で起きた事象は現段階では検証できていないので、原発で起きた現象に関して本書の推定がどこまで正確かは未定である。本書の原子炉破壊シナリオには、明らかに無理のある仮説もあり、定量的に説明がつかないものもある。さらに、原子炉の専門家や原発事故の当事者が見ると奇異な箇所も多くあると思われる。本書の推定で不確実な点や誤りについては、諸兄のご指摘をいただきたい。しかし、小説として大胆な展開を行うことによって、これまで発表されている事故報告書とは異なる一面も明らかにしたい。

登場する人物や心理描写は著者の創作で、実在の関係者とは全く無関係である。ストーリーに興味を持ってもらうために、一部の事象は現実に起こったものと異なっている。その箇所には(脚注)を付記してある。しかし、原発事故とそれに対応した人々の流れは大きく変えていないつもりだ。

第一部の「1号機爆発」では、福島原発の建設過程と社会的背景に始まり、1号機の水素爆発までを記している。1号機の破壊シナリオは、東京電力および日本政府が発表しているシミュレーションとは異なる経過を示している。しかし、この原子炉破壊シナリオは、種々の証言、放射線強度、原子炉圧力・温度などの計測データ、および測定装置の時系列的信頼性、さらに原子炉破壊後の熱流動データを総合的に判断し、エネルギーと物質の保存則を基に計算した値である。原子炉の事故過程は、精緻なシミュレーションコードを使った計算ではないが、公開されているデータをほぼ網羅した破壊シナリオとするよう努めた。非常用復水器の挙動など、依然、いくつかの原子炉の構造上の矛盾点や、事故後、かなり経ってから発表された事故検証の際に明らかになったデータを十分に説明できない事象も多いので、本書の事故シナリオの真偽についてはは今後の検証を待たなければならない。

第二部の「破壊の連鎖」は、２号機の格納容器が破壊するまでの事象を記述している。話題の中心が1号機の第一部と異なり、第二部は1～4号機の事象が互いに重なり合って起きるので、複雑でわかりにくい記述とならざるを得なかった。また、現象が未解明なことも多い。したがって、本書で記述した原発の推定事象は政府や東京電力のシナリオとは異なったものとなっている。しかし、新しい架空の登場人物を加えることによって、原発所員が事故にどのように対応したかをわかりやすく記述するよう努めた。原発の現象は、いくつかの仮説に基づいてはいるが、第一部と同様に、熱流動データを総合的に判断し、エネルギーと物質の保存則を基に計算した値である。

第三部の「それから」では、架空の登場人物の言動を通して、この原発事故の真の原因や将来に向けた提言も含めたつもりである。さらに、福島原発と、それを取り巻く２０１４年時点での日本の現状について、大胆な近未来予想も行ってみた。

人間がつくった技術やシステムには「絶対安全」はあり得ない。歴史的に見ても、我が国、もしくは諸外国で、将来原子力発電所の事故が起きる可能性はゼロではない。「絶対安全」に「本当の危険」が潜んでいることを我々は今回の原発事故で身をもって学んだ。一方、「絶対安全でない」技術を人類の英知でコントロールして、我々が便利な社会生活を送っていることも確かである。

本書では、原発事故における原子炉の物理的現象の描写と、それに立ち向かう人々の対応を通して、我々が将来遭遇するであろう大事故や災害に役立つ種々の提言や教訓を織り込んだ。

事故を起こした原発は巨大で不気味な怪物である。我々は、これを収めなければならない。しかし、原発は戦争などと異なり、物理法則に基づいて反応する。また、原発は我々がつくり出したものでもある。人間が相手の戦争や未知な現象が複雑に絡まる自然災害より制圧は容易なはずである。唯一の懸念事項は、原発を収めるのが色々なしがらみや思惑で動く我々人間であることだろうか。

故郷を離れ、いまだに困難な生活を余儀なくされている福島原発周辺の住民が大勢いらっしゃる。その方たちのためにも、一日も早い原発事故の完全収束を祈念する。

２０１２年８月

圓山　翠陵

目次

登場人物（年齢は２０１１年3月11日現在）

山本吉行（福島原発所長、仙台の国立大学原子力工学科修士、宮城出身、56歳）
大川亜紀子（福島原発保全係員、東京の私立大学理学部卒、千葉出身、27歳）
坂井真之（柏崎原発副ユニット長、仙台の国立大学機械工学科修士、福岡出身、39歳）
白石千尋（福島原発診察室の産業医、川崎の私立医科大学卒、徳島出身、28歳）
桜井典夫（福島原発保全係長、福島の高専卒、福島出身、35歳）
大隅弘子（福島原発診察室の看護師、看護短大卒、神奈川出身、50歳）
下山敏夫（東電下請け会社の最古参社員、工業高校卒、新潟出身、62歳）
佐藤（福島原発総務課長、福島の国立大学経済学部卒、福島出身、58歳）
小宮（１／2号機中央制御室当直班長、普通高校卒、埼玉出身、46歳）
岡島（3／４号機中央制御室当直班長、高専卒、青森出身、43歳）
高橋（原子炉運転員、工業高校卒、栃木出身、23歳）
鈴木（原子炉運転員、工業高校卒、栃木出身、23歳）
古川（原子炉運転員、工業高校卒、山形出身、39歳）
小笠原（原子炉運転員、工業高校卒、群馬出身、42歳）
高岡（土木関連孫請け会社社長、福島出身、65歳）
東城直樹（東電社長、東京の私立大学経済学部卒、東京出身、66歳）
伊地知大輔（東電原子力本部長、東京の国立大学原子力工学科修士、北海道出身、62歳）
南雲忠夫（総理大臣、東京の国立大学理学部卒、山口出身、64歳）

第一部　1号機爆発

1

東日本大震災の日

2011年3月11日06時30分　東日本電力福島原子力発電所

所長の山本吉行《やまもとよしゆき》は、いつものように朝を迎えた。ベッドを出ると、玄関に朝刊を取りに行くいつもの日課が始まる。妻と大学生の長女、高校受験を控えている長男を東京の自宅に残しての単身赴任が3年続いている。ようやく社宅での一人暮らしにもなれてきたところだ。社宅の部屋は綺麗とはいえないが、時々訪ねてくる妻が散らかっていると文句を言いうるさいので、それなりに片づいている。最近は、ご多分に漏れずそろそろ中年太りが気になっているが、帰宅後にテレビを見ながらのビールとおつまみはやめられない。もっとも、帰りは深夜になることが多いので、見るテレビ番組はビデオデッキに録画してあるスポーツ番組やドラマだ。山本は、結末がわかりきった連続ドラマやサスペンスなどが意外と好きだ。

職場での飲み会は、最近めっきり少なくなった。

「俺の若いときには、上司が出張のときに、隠れてわいわい飲んだのになあ」

最近の会社員は、家庭サービスやら自家用車で帰らないといけないとかで、上司が「おい、飲みに行くぞ」と言わない限り、好んで社内の仲間と酒を飲まなくなったようだ。職場で酒を飲む機会がめっきり減っているのが少し寂しい。

でも山本は、いまの若い連中が好きだ。

自分の若い頃に比べてひ弱ではあるが、情報を把握し、それを有効に使ってスマートに仕事をこなしている。自分の職務に対しての責任感も、我々の時代と同じように持っている。自分には使いこなせないコミュニケーションツールを自在に操って、与えられた課題に対してそれなりの答えを出してくる。江戸時代から言われているように、「いまの若い者はなっていない」と言う人もいるが、それなりに時代に即した人材がいるものだと思っている。

朝刊に目を通した後、社宅前の広場に出て朝の日課にしている木刀の素振りを始める。

３月の晴れた日、凛とした空気の中で素振りをすることは気持ちがいい。小学校から大学まで剣道をやっていたこともあり、朝の素振りは福島にきてからの日課になっている。社宅の庭で素振りをやっていると、近所の女の子が
「あのおじさん、変なことをやっているよ」

と両親に話すそうだ。剣道の素振りは、いまでは珍しい風景のようである。しかし、素振りを真剣に50本もすると、汗がにじみ出てくる。この日課のおかげで、日頃の運動不足と肩こりからは解放されている。

昨夜コンビニで買ったサンドイッチとインスタントコーヒーで簡単な朝食をすませ、シャワーを浴びると、車が迎えにきた。いつもの出社時間だ。社宅と発電所は距離が近いので、普段は運転手とは挨拶程度しか会話をしない。今日は、なぜか山本から話しかけた。

「山田さんは地元採用だけど、原発の仕事をしていることで近所の方に何か言われますか」

「そんなことないですよ。このあたりは東日本電力（東電）の関連企業が多いですから、本社採用の正社員は、このあたりでは特別扱いです。本社採用で雇っていただいて、ありがたいと思っています」

機密事項も多いので、所長の運転手は地元の中途採用でも本社採用となっていた。

「我々は、そんなことあまり意識していないけどなあ。やはり、このあたりでは東日本電力の社員は特別扱いなのかもしれない」

と山本は思った。

福島原子力発電所（脚注）建設計画がスタートしたのは１９６０年だった。当時、日本は経済成長の真っただ中にあり、電力の安定供給は国の必定命題であった。石油資源の枯渇は当時から予想されており、水力の国内資源はほぼ開発が終わっていた。残るは、未来のエネルギーといわれていた原子力発電であった。１９５４年に起きた第五福竜丸の水爆被爆を機に、再び盛り上がった反原子力と反米感情を押さえ込むために米国が行った原子力技術の平和利用を日本に移転する方針も、原発推進を後押しした。太陽を地球上に実現す

脚注：福島県の原子力発電所は、東京電力福島第一原子力発電所と第二原子力発電所があるが、本書では、第一原子力発電所のみを福島原発として取り上げることにする。

るといわれる核融合の実用化は、まだ目処が立っていなかった。それは、2011年の現在でも変わらない。

当時、急激に増大するであろう電力需要に対応して日本の産業を振興するためには、ウランを燃料とする原子力発電を導入するしか方策はなかった。そこで、政府の強力な支援の下、日本最大の電力会社である東日本電力（東電）に原子力発電所建設の要請がなされた。

元来国策会社であった東電は、政府の決定事項に反対することは出来なかったし、反対する理由もなかった。むしろ、新しいエネルギー源を獲得するという思いで、若い世代を中心に原子力発電への熱い期待があった。

しかし、どこに発電所を設置するかは大きな問題となった。日本は、世界で唯一原子爆弾を投下され多くの人命を失った国である。いまでも、その後遺症に苦しむ被爆者が大勢いる。そんな日本に商業目的の原発がつくれるのだろうか。当時は、安保反対・核兵器廃絶の真っただ中である。

日本の火力発電所は沿岸部に設置されてきた。原子力発電所は、燃料の核分裂で発生する高温のエネルギーで電力を生産するが、熱エネルギーの3分の1を電気にして、残りの3分の2を排熱として環境に捨てる必要がある。この低温排熱源として海水が使われるためだ。ヨーロッパなどの内陸部の発電所は、この排熱を空気中に放出しているが、放熱装置が大きくなり、効率が悪い。日本では、この排熱冷却に海水を使うために、低コストで効率の高い発電所建設が可能なのだ。また、大型の機器を運ぶために、日本の道路は狭すぎるという理由もある。

原子炉建設に当たり、東電管内の沿岸部は工業地や商業地でほぼ満杯状態であり、原子力発電所を建設する場所がない。特に、東京都の沿岸部に建設する場合には、大きな反対運動が予想され、建設は難しいと判断された。そこで、北日本電力（北電）管内の福島県が候補に挙がった。福島県は、東電管内の茨城県と隣接し、北電管区のど真ん中に建設する場合に比べて地域の理解が得られやすい。関東との経済的・文化的結びつきも強い。特に、福島県の沿岸部である浜通地区は工業地帯が未発達で、用地にも十分なゆとりがあった。

福島県浜通地区の楢葉町、富岡町、大熊町、双葉町、浪江町は、太平洋に面した漁業と農業が中心の穏やかな気候の町である。福島県は、沿岸部の浜通、そして福島・郡山を中心として古くから奥羽街道の要衝である中通り、さらに旧会津藩を中心とする会津地方に分けられる。福島の中心として東北自動車道や東北新幹線も通り、各種産業が盛んな中通りや、独自の文化を築いている会津地方と比較して、これといった中核工業がない浜通地区は産業的にも文化的にも福島県では少し遅れているという焦りがあった。

このような背景で、管轄外の東電により原子力発電所建設の提案が当時の大熊町になされた。極秘裏の現地調査や地元政界・財界の十分な根回しの下でこの提案はなされた。しかし、原子力発電所建設には放射能汚染の心配がぬぐいきれない。受け入れ自治体は躊躇した。日本人の原子力拒絶反応は、原爆被災国として当然である。しかし、地域の活性化の中核となる雇用の増大と、何より原発運用によって生じる膨大な税収入は地域の経済を活性化することは明らかである。

そこで、自治体は原子力発電所の「絶対安全」を求めた。もちろん、政府と東電の答えは「イエス」である。

「この原子力発電所は、商用原発で実績のある米国ジェネラル・エレクトリック社（ＧＥ）の技術を１００％使用してつくるので間違いがありません。何せ、米国の会社ですから」

原爆を投下した国の技術を１００％導入してつくるので安全とは、皮肉なものである。大熊町議会では、１９６１年に原発受け入れを決定した。

「絶対安全である」という旗印の下、住民を説得して原発建設が始まった。建設工事が進むとともに、地元の経済が活性化し、さらに発電所が運用を開始すると、運転のための作業員や東電の社員の家族も定住するなど、地域の経済活動が活性化した。学校にも東電関連企業に勤めている家族の子供たちが入学し、従来の住民と融合した活

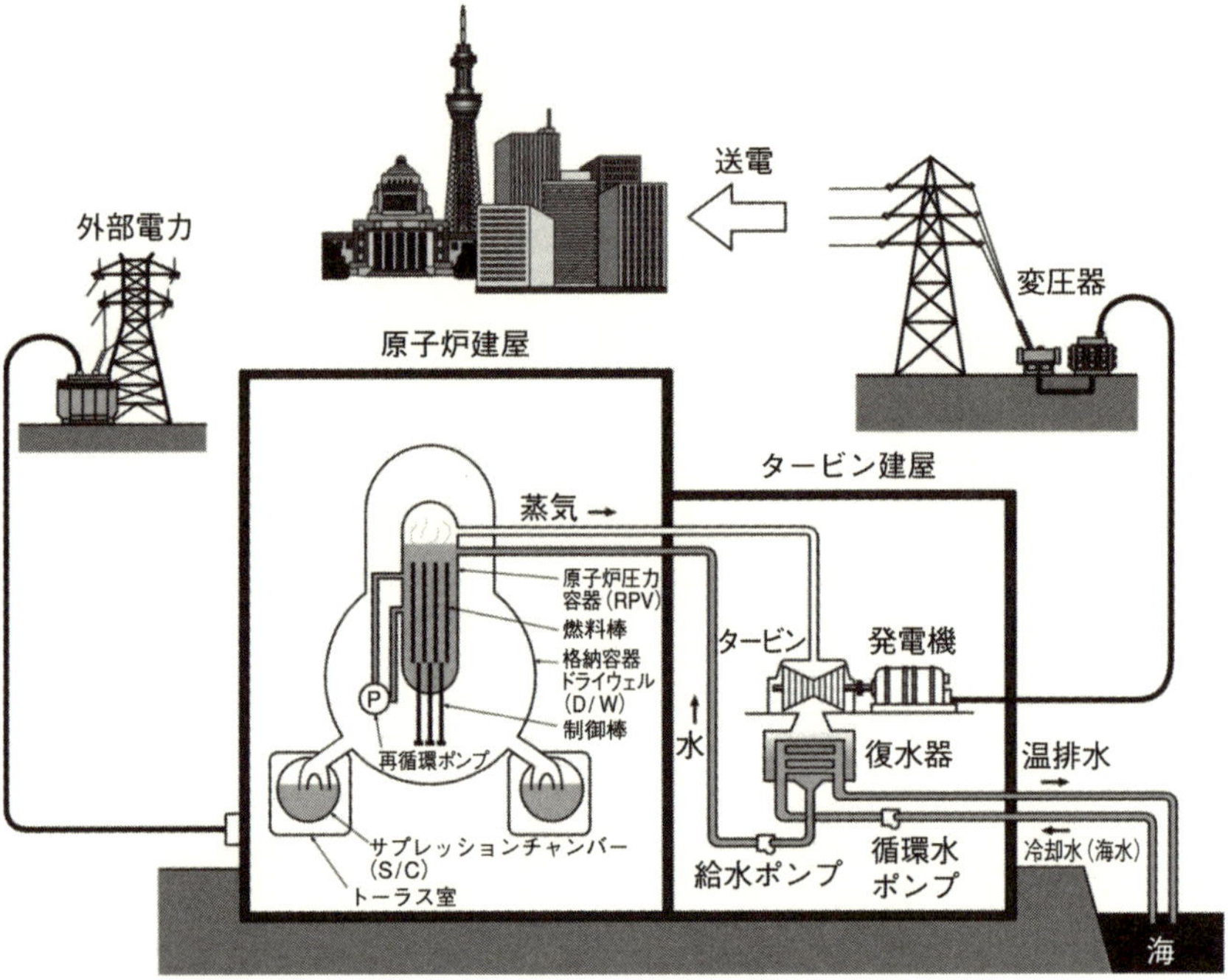

福島原発の仕組みと 2012 年 3 月 11 日 14 時以前の状態

力ある教育環境もできてきた。原発がもたらす雇用と電源三法（原子力発電所立地促進のための三つの法律）による交付金などの恩恵は、時間の経過を経て着実なものとなっていたことは否めない。

原発が存在する地域では、原発の安全性については十分な監視体制をとりつつ、原発なしでは地域の活性化が維持できないところまで原発が深く根づいてきた。これは、日本全体としても同様であった。原発なしでは日本の安定電力の供給はおぼつかない状態であり、原発が産業の発展や社会の活性化に必要なものであることは否定できない状況になった。しかし、原発の容認に日本国民も地域住民も「原発の絶対安全」を求め続けた。

3月11日08時20分　山本は、車内から正門の警備員に軽く会釈をして通過し、事務本館の玄関に到着した。いままでは総務課長が出迎えていたが、煩わしいので、廃止した。だれもいない玄関を通り抜けて所長室に入った。

「おはよう」

と女子事務員に声をかけて所長室に入ると、机の上にある書類の山が山本を待っていた。

書類には、3月11日7時30分現在の原子炉の運転状況が説明されていた。福島原発には1号機から4号機があるが、4号機は定期点検で現在運転を休止している。(脚注)

1号機は、比較的古い型の原子炉で設計上の運転出力は46万kW、2、3号機は78・4万kWだ。3月11日

脚注：福島第一原発には6号機まであるが、物語を明確にするために5、6号機は存在しないものとして物語を進める。

７時30分時点で、福島原発では２００万kWの電力を首都圏に供給している。４号機は定期点検中で、止まっていた。福島原発だけで、東京都の全世帯数１３００万世帯の３分の１以上の電力をまかなっている膨大な量である。さらに、その2倍のエネルギー排熱を温排水として海水に放出している。原発は、音も煙も出さず静かにしているが、その心臓部には巨大な原子核エネルギーを内包し、それを制御することによって膨大なエネルギーを得ているのだ。山本は、運転状況の報告を毎朝見るたびに、この静かな巨人を制御している自分の責任と使命を再認識せざるを得なかった。

山本吉行は、１９７４年に仙台の国立大学工学部に入学し、大学院は原子力工学を専攻した。原子炉工学を専門とする江口教授に師事し、原発の基礎から教授が専門とする熱工学の研究をたたき込まれた。江口教授は髭を生やした仙人みたいな風貌であり、普段は優しく好々爺然としているが、研究に対しては厳しい。実験データに曖昧なところがあると厳しく追及され、自分の不勉強を追求される。何とか及第点はもらえたみたいで、修士号はいただいた。

東電には、江口教授の紹介で入社試験を受けることとなった。この頃は、就職難の時代で、学生が企業を選べる時代ではなかった。面接で

「君は東北出身で仙台の大学卒業なのに、何で北日本電力でないの？」

と聞かれて、

「僕は、原子力をやりたくて東日本電力に入社を希望しました」

と言った。半分本当だが、半ば思いつきの一言で一生が決まったようなものである。

「まぁ、それもいいか」

いまは思っている。これまで充実した人生を送ることができたのだから。

09時30分 朝の書類を一通り片づけたところで、保安係長の桜井典夫《さくらいのりお》が入ってきた。桜井は、福島県の国立工業専門学校（高専）を卒業し、東電に入社した。以来15年間、原発の保守に携わってきた。山本にとっては将来が楽しみな部下の一人である。

「所長、この前本店に出していた重大事故を想定した社内訓練実施の要望が却下されました。やっぱり、何度申請しても通りませんね」

山本は、全部の交流電源が喪失した場合の社内訓練実施の要求を出していた。本来ならば、原発の重大事故発生を想定した住民避難訓練も行うべきだと考えている。原発の絶対安全を看板にしている手前、それはさすがに難しいと考え、せめて社内の机上訓練だけでも実施したいと考えていた。

原発には、東電の社員だけでなく、地元採用の下請け社員が大勢いる。社内訓練でも東電が重大事故を想定した訓練をやっていることはすぐに地元自治体に知られる。東電本店はそれを案じた。そのような事態になったとき、本店では責任をとることを嫌ったのだ。

原発は、本来危険なものであると山本は考えていた。しかし、原子力が生み出す膨大なエネルギーを我々は利用しているし、地元の経済にも貢献している。人類は、危険なものをコントロールして「絶対安全とは言えない」が、便利な生活をしている。たとえば旅客機では、このリスクコントロールが徹底していて、離陸の際には安全のためのデモンストレーションやビデオが流される。飛行機が絶対墜落しないと思っている日本人は少ないが、原発に対しては絶対事故を起こさないことを要求する。

原子力関係の特許では「…という問題があり、それを解決するために…という特許を使う」という通常の表現は使ってはいけないと言われている。「…でも十分であるが、…の特許を使うとより良くなる」と書くのだそうだ。どのような領域でも、原発の不具合はタブーなのだ。

マグニチュード7・4規模の宮城県沖地震は、ほぼ確実にやってくると言われている。それに対する津波の被害も懸念されている。福島原発は、日本の原発の中では初期に建設されたので、津波に対する防御が不十分だ。これは外部の委員会などでも指摘されているが、経費がかかるということで、先送りになっていた。

「金儲けに直結しない安全はいつも先送りだ。津波がきて設備が冠水したら、どうなるのだろうか。炉心停止時の安全に関するシステムや非常用電源は二重になっているが、みんな仲良く同じフロアに配置されているではないか。津波をかぶったらひとたまりもない」

山本は、航空機を製造している同級生から、旅客機の場合、重要な油圧配管や制御配線などが並んで配置されている場合は、そもそも航空局の製造許可が出ないと聞いていた。制御用コンピュータソフトも多重であり、それぞれ別会社に発注するという。

「原発は、航空機ほど数がつくられてもいないし、事故も航空機より少ない。原発は、安全面ではまだ初歩的なのかもしれないな。しかし、事故が起こった場合の災害や社会的損失は、航空機事故や自動車事故とは比べものにならない。だから、原発の安全を守るのが俺たちの仕事だ」

山本は、巨大なエネルギーを生み出している原子炉という怪物を制する自負を持っていたし、それがある種の生き甲斐だった。

10時00分 保守点検と運転実績検討会議が始まった。山本が議長で、現在の福島原発の運転状況の説明があった。1号機から3号機までは設計出力で運転中であり、4号機は**シュラウド**（脚注）の改修工事のために運転中止である。シュラウドは、原子炉内の冷却水の流れを整える整流板で、2002年にその亀裂発生を隠蔽していたことが明るみに出て、当時の社長をはじめ、東電幹部が辞任した経緯がある曰く付きの装置だ。現在、定期点検を機に全面改修を行っている。4号機の燃料プールには、これまで使用が終わった燃料棒5万6000本のほかに、炉心から取り出して一時保管している燃料棒4万本が収納され、冷却装置によって冷やされていた。特に、炉心から取り出したばかりの燃料棒は崩壊熱の発熱量が高く、冷却には細心の注意が必要だった。プールの冷却システムが止まると、燃料棒の崩壊熱でプールはすぐ沸騰する。

「ただいま4号機が定期点検と改修中なので、1から3号機で本店に要求された電力供給を満足させる必要があり、かなりギリギリの状態です。特に、本調子でない1号機の運転は注意が必要です」

桜井が報告した。1号機は運用開始から40年が過ぎ、本来ならば廃炉の検討を行う必要がある炉である。しかし、新規原発の建設場所を確保することが難しいことや原発の建設コストが高いために、老朽設備でも改修しながら使用を続けているのが現状だった。1号機は、付属機器が建設当初から順次更新され、これまで大幅な改修が逐次行われている。しかし、原子炉本体などの基幹部の減価償却が終わっている老朽原子炉

脚注：本文中に「ゴシック体」で表記されている用語は、本書の末尾に用語説明をしてある。

は、動かせば動かすほど金を生み出す「金の卵」でもあった。大抵の機械は40年も使えばお払い箱である。原子炉は、それでも営々と運用しているのが現状なのだ。

「この前の定期点検で水漏れを起こした1号機の再循環ポンプの調子はどうかね」

山本が尋ねた。

「いまのところ漏れはなく正常に運転をしています。しかし、**タービン建屋**内の復水器のチタン製パイプにピンホール（微細な穴）が開いたようで、温排水の放射線量が若干上がっています」

桜井が答えた。1号機は、1989年に、原子炉の冷却を行う再循環ポンプベアリングの破損事故を起こした(脚注)。その後、定期点検後の圧力容器耐圧試験で再循環ポンプベアリング部に水漏れを起こし、軸を押さえるくさびを当てて、再試験を行って検査をパスしていた。運転中の再循環ポンプは、動くことによって内部の液体が漏れないようにするので、このくさびは問題ないとされているが、山本は不安だった。そのほかにも、1号機は配管の漏れや微量な放射線漏れなど、経年による小さなトラブルが他の原子炉より格段に多く発生して、要注意の装置として福島原発内では周知の事実となっている。

「福島原発1号機も、静岡県にある駿河原発1号機のように廃炉手続を行いたいけれど、いまの東電の現状では本店がそれを認めるのは難しいだろうな」

山本は思った。新潟の柏崎原発が地震の影響で運転再開の目処が立たないいま、この夏の電力需要期に向け

脚注：実際には、福島第二原発3号機の事例である。

て運用40年の機械でも、だましだまし使う必要があった。このおんぼろ機械でも、一般家庭110万軒分の電力を1号機だけでまかなうことができるのだ。生み出す電力当たりのウランの燃料費が、高価な化石燃料を使う火力発電所に比べて、極端に安い原発は莫大な利益を生んでいるのだ。

13時30分 その日の午後は、双葉町の小学校からの訪問があった。ゆとり教育の一環として総合学習が取り入れられてから、最近の小学校は色々な社会見学を行っている。この頃、近郊の小学校が原子力発電所の見学を申し込むケースが増えてきた。未来の原子力を担う可能性のある若い人材に正しい原発の現状を理解してもらうことは大事だと、山本は考えていた。少しでも時間があるときには、所長みずから小学生に説明することも多かった。

この日は、保安係の大川亜紀子《おおかわあきこ》が約30名の小学生を引率していた。亜紀子は、千葉県出身で、東京の私立大学を卒業後、東電に入社した。女性では珍しく理学部出身で、技術職での入社である。高校3年生まで剣道をやっていて3段の腕前だ。関東大会には出場したが、もう少しというところでインターハイには行きそびれてしまった。大学では、フットサルの同好会で学生生活を楽しんだ。男勝りの性格で、負けず嫌い、酒も強く、同僚の男子社員がつぶれても彼らを寮まで送っていく侍だ。しかし、ケーキや甘いものも大好きで、ラブコメディーや映画が好きな女の子っぽい趣味も持っている。

入社5年目で、桜井の部下として3年前から福島原発に配属されている。負けず嫌いと頑張り屋のおかげで、入社して日も浅いのに原発の構造や運転方法など、かなりの知識を持っている。しかし、自分の知識をひけらかさず、先輩の言うこともよく聞く体育会系の性格である。いまでは、桜井の良き補佐役となっている。男友達は大勢いるが、どうも彼氏はいないらしい。当分は、４機の原発が亜紀子の恋人だ。

原発施設内のサービスホールで、亜紀子が小学生に原発の作動原理や安全システム、原発のエネルギーが日本の約３割の電力をまかなっていることなどを説明していた。原発の地元である小学校でも原発の教育をしているらしく、皆真剣に聞いている。レポートを書くためにメモや写真を撮っている小学生もいる。一通り説明が終わったところで、山本がやってきた。

「皆さん、この原発で一番偉い山本所長さんがいらっしゃいました。所長さんに何か聞きたいことがあれば、いい機会なので質問してみてください。何でも答えてくれますよ」

ちょっと生意気で、気むずかしそうな男の子が手を上げた。

「ぼくは、お父さんから原発は放射能を全く出さないで電気をつくっているって聞きました。火力発電所でもないのに、原発にあるあの大きな煙突は何のために使っているのですか？」

山本はなかなか痛いところを突いてきたと思った。

「あの煙突は、原子炉から出る少量のガスから放射能を取り除いた後で、大気にはき出すためのものですよ」と無難に答えた。原発の煙突は、そのような「役割」もある。質問した小学生は、けげんそうな顔をして
「少しのガスだったらあんな大きな煙突いるのかなあ」

と、つぶやいた。

原発にある高さ１２０ｍの煙突は、炉心崩壊事故のように重大な事故が生じたとき、炉心の大量の放射性ガスを大気に放出する役割も持っていた。そのために、煙突は大きく高くする必要があったのだ。非常時に

蒸気やガスを浄化してから環境に出すヨーロッパの原子炉と異なり、日本の原子炉は炉心からの放射性ガスを直接外部に放出する形式になっていた。

「やれやれ、いまの小学生は核心をついてくるなあ」

原発の大煙突は重大事故のためであるが、その訓練は未だに行われたことがなかった。全電源喪失事故などで、この煙突が正常に作動するかどうかも確かめていない。原発では重大事故が起きないということが前提なので、煙突に繋がるバルブ（弁）などが正常に作動するかどうかの確認作業さえも、図面上で行われたに過ぎなかった。特に福島原発では、**ベント**と呼ばれる原子炉格納容器内のガスを放出するための装置は後付けで設置された。原子炉製造当時には、原子炉内のガス放出は考慮されていなかった。そんな原発の危うさを山本はいつも不安に思っていた。

「さぁさぁ、時間ですよ、皆さん。表でバスが待っていますので、そろそろ見学会は終わりです」

同じことを危惧していた亜紀子も小学生の質問を終わりにした。桜井から、重大事故の訓練が本店で却下されたことを聞いていたからだ。

14時00分　サービスホールから見学の小学生を見送った後、山本は1号機タービン建屋にある**中央制御室**に向かった。中央制御室は1号機と2号機が隣り合わせで3、4号機も隣り合わせにつくられている。山本は、本店出張以外では、毎日現場に出向くことにしている。現場の雰囲気を肌で感じ、小さなトラブルが大事故に繋がる可能性を常にチェックしている。また、気軽に現場の職員や下請け社員と接することができる現場の雰囲気も好きだった。

1号機の制御板を見ながら、

「今日の1号機の調子はどうですか。下山さん」

山本が声をかけた。

下山敏夫《しもやまとしお》は、福島原発下請け会社の最古参社員の一人である。下山は、１９６８年に新潟の工業高校を卒業後、建設中の1号機の作業員として原発建設に従事した。１９７1年に1号機が営業運転を開始したときに、保守関係の下請け会社に入社し、その後、原発の保守点検に従事している。２００9年に定年退職した後も、嘱託社員として実質的には退職前と同じ業務を行っている。楢葉町の自宅に娘夫婦と同居しており、娘婿も別の下請け会社の社員だ。なかなか良くできた婿さんで、娘にも優しい。休日には、孫と一緒に釣りに行くのが何よりも楽しみだ。完全に退職して悠々自適な生活を送りたいが、原発をよく知っている社員がほとんどいないので、会社に頼まれて仕事を続けている。東電の社員でも、原発建設に関わった所員はほとんど残っていない。東電本店では、原発要員の人材育成にはあまり熱心ではないようで、担当者が1～2年滞在しては全く別の部署に転勤していく。そんな状況下で、山本も下山を頼りにして色々相談にのってもらっている。

「あんまし芳しくないけど、だましだまし使っています。何せ40年も使い続けているので、あちこちに小さな漏れが発生しています。一番おっかないのは、圧力容器が核反応による中性子照射でもろくなっているかもしれないので、急激な温度変化や圧力変化に対して余裕が少なくなっている可能性があるんだ。ほかの原子炉より慎重に扱わないと壊れる可能性があるんでね」

下山が答えた。本来なら東電の担当正社員が答えるべきであるが、係員は着任後間もないため、原子炉の歴史的な経緯もわからない。

「本店では、1号機の稼働率を上げるのに躍起になっているので、何とか頼みますよ。ところで、2号機の非常用電源の整備はどうですか」

山本は、2号機の非常用電源の事故を気にしていた。

２０１０年6月に、2号機発電機の故障で外部電源が一時途絶えたとき、原子炉が緊急停止した。そのとき、非常用発電機起動に15分もかかり、炉心の水位が２m低下した。あわや緊急冷却システムが作動する寸前だったのだ。通常、非常用電源は10秒で切り替わることになっている。原因は単純な整備ミスで、その経過は本店に報告してある。本店は、なぜかこの事故を握りつぶした。

「万全の整備はしているけれど、原発の電源を止めた再起動の試験はできないので、この次、停電が起こるまで本当にうまく動くかわからんね」

下山は、半分冗談めかして言った。このあと、すぐにもっと重大な停電が起こることを二人は予想だにしていなかった。

14時30分　三つの原子炉は４１０万kWの熱を放出し２００万kWの電気をつくっていた。つまり、毎時間家庭用風呂1万杯分のエネルギーを温水で排出しながら、５００万軒分の家庭の電力を東京地区に送り出していた。1から3号機の圧力容器の中では、15万本の燃料棒がぐらぐらと水を煮立てていた。核燃料は、水という門番に閉じ込められながら、音も煙も出さずに膨大なエネルギーを生み出していたのだ。

地震発生

２０１１年３月11日14時46分18秒　牡鹿半島の東南東約１３０km付近（三陸沖）の深さ約24 kmを震源とした地震が起こった。いくつかの断層が連鎖的に滑り、マグニチュード９・０という最大級の地震となった。その地震波は30秒後に福島原発を襲い、震度６強の揺れとなった。

下山と話をしているとき、突き上げるような強い縦揺れを感じ、その後、すぐに大きな横揺れが中央制御室を揺らした。天井からパネルがバラバラと落ちてくる。作業員は、机に捕まって立っているのがやっとだ。机上のコンピュータや書類が飛び跳ねて散乱した。

「これは大きいぞ。強いだけでなく周期が長い」

山本は、大学院時代、１９７８年の宮城県沖地震を経験している。そのときの揺れも大きかったが、今回はそれ以上だ。宮城県沖地震に比べると周期が長い。

「これは、大きな構造物にはきついな」

原発などの大きな構造物は共振周波数が低いので、周期の長い揺れに対してはダメージが大きいことを心配した。

地震発生と同時に警報が鳴り響いた。原子炉は自動的に**スクラム**モード、つまり原子炉停止動作に入る。まず、発電機と原子炉の蒸気タービンが切り離され、発電が停止した。

14時47分　原子炉の核反応を停止させる制御棒が圧縮空気の力で圧力容器下部から２秒で挿入された。

「1号機制御棒挿入確認」

「2号機制御棒挿入」

係員が矢継ぎ早に確認の点呼をした。

「よし、とりあえず1号機と2号機の核反応（臨界）は止まった」

山本はうなずくと同時に、ぎゅっと握り拳をつくった。

「3号機制御棒挿入確認」

別棟の3／4号機中央制御室からインターホーンを通じて連絡があった。聞きなじみのある声である。

「桜井か」

「はい。いま、3／4号機の中央制御室に亜紀子君といます。運転停止中の4号機プール温度も、いまのところ異常ありません」

「俺は1、2号機で手一杯なので、3号機は桜井が中心になって処置してくれ。これから忙しくなるぞ」

「了解。そちらに報告しながら対処します」

桜井は地元採用だが、将来有望な人材だと見込んでいた。それに、ここにいる下山さんが跡継ぎとして、厳しく仕込んでいることも山本は知っていた。

「主蒸気弁閉鎖確認。給水弁閉鎖確認」

これで蒸気タービンと原子炉は切り離された。

「いまのところは順調だ」

そのとき、電灯が暗くなり、非常用電灯に変わった。

「北日本電力からの送電がストップしました。外部電源喪失です」

係員が報告した。福島原発は発電した電気を関東に送っているが、所内で使っている電力は北電から供給してもらっていた。その高圧送電線が地震で倒壊したために、外部からの電源が失われたのだ。

「非常用ディーゼル発電機は起動したか」

10秒ほどで非常用ディーゼル発電機が起動した。

「1、2号機非常用電源起動」

係員が点呼した。

「3、4号機非常用電源起動」

インターホンから報告があった。

「昨年の2号機の事故以来十分整備したので、今回の非常用電源は確保した。今度は、原子炉の冷却だ」

原子炉は、核反応が停止しても崩壊熱を出し続ける。その大きさは、原子炉停止後10分で1号機の場合2.3万kW、2、3号機の場合4万kWという膨大な熱である。4万kWは、石油を燃やすと1分間に18リットルのポリタンク34個分を消費する量だ。この崩壊熱は徐々に減少するが、燃料棒を冷却しなくてもよくなるまで冷えるのには10年以上かかる。火力発電所は、トラブルで停止するとそのままの状態を保つが、原子炉は停止後も冷やし続ける必要があるのだ。この燃料棒冷却を怠ると、原子炉は溶融して中にある膨大な放射能（放射性物質）が環境に放出される。

＊＊＊

11日14時00分　保全係長の桜井典夫は、3/4号機中央制御室にいた。4号機のシュラウド改修工事に関連した燃料棒冷却プールの運転状況の確認のため、オペレーターと調整が必要だった。大川亜紀子が桜井の補佐役として同伴していた。4号機の燃料棒プールには、炉心から取り出して間もない燃料も置かれているので、発熱量が高くプールの冷却能力に余裕が少なかった。もし、燃料棒プールの水がなくなると、燃料は高温となり破損する恐れがあった。

14時47分　中央制御室が大きく揺れた。天井からパネルが落ちてきて埃が舞い、室内が一瞬真っ白になった。

「皆さん、大丈夫ですか」

桜井が叫んだ。幸いにして大きな怪我をした所員はいないようだ。大きな揺れが続く中、亜紀子は制御パネル手前の耐震レバーをしっかり掴んだまま揺れに耐えながら、3号機の操作パネルと制御棒の状態を示している炉心モニターを身じろぎもせずじっと見ていた。

「桜井係長、スクラム成功しました。制御棒完全挿入も確認」

オペレーターが動揺している間に、亜紀子が桜井に報告した。

「1、2号機制御棒挿入確認」

インターホンで1/2号機中央制御室から連絡があった。

「山本所長が向こうにいるのですね」

亜紀子が叫んだ。

「よし、とりあえず向こうは何とかなる」

「３号機制御棒挿入確認」

インターホンを通じて桜井が山本に報告した。これから、長い一日が始まることを桜井と亜紀子は覚悟した。

＊＊＊

14時47分 原子炉は地震で激しく揺すられた。周囲の町村の震度は６強であったが、岩盤に固着した形で建設された原子炉の震度は６弱であった。ただし、振動の周期が長かったため、原子炉内のいくつかの施設は破損した。地震直後、稼働中の原子炉炉心には制御棒が挿入され、ウランの核分裂反応（臨界）が停止した。原子炉は活動を停止し、眠りに入る準備ができた。しかし、核分裂反応で生成した放射性物質がつくり出す崩壊熱は、依然として発生し続けていた。原子炉が完全に停止するには、この崩壊熱を長時間にわたり冷却する必要がある。炉心からの崩壊熱が冷却されて原子炉は初めて、**冷温停止**と呼ばれる安定な休止状態となるのだ。

14時52分

「１号機**非常用復水器**（ＩＣ）Ａ系、Ｂ系ともに自動作動」

オペレーターが叫んだ。１号機には、電源がなくても作動する非常用復水器が設置されている。この装置は、炉心の蒸気を外部の貯水タンクで冷却することによって凝縮し、水に戻して炉心を緊急冷却するシステムである。構造が簡単だが、約２００トンの貯水タンクの水が蒸発しきると、機能は停止する。通常ならば、８

時間程度動作可能である。

「だれか、外に行って水が蒸発しているか確認してくれ」

山本が命令した。

「蒸気は発生しています。非常用復水器作動確認」

このとき、1号機は毎分1トンの水を蒸発させていた。

「水がなくなるのも時間の問題だな。早く主電源を回復させて通常の **残留熱除去系**（RHR）を作動させないといけない」

14時58分

「大津波警報発令」

場内アナウンスが鳴り響いた。佐藤総務課長の声だ。

「なに！　津波警報ではなく大津波警報か。これは、デカイ津波になるぞ」

山本は机の電話を取り、佐藤課長に指示した。

「いますぐ、外にいる所員を高台か高い建物に避難させてくれ。近くにいる所員は、**免震重要棟** に待避するように」

「了解しました。すぐ全員待避の緊急放送をします。同時に、全所員の安否確認を行います」

佐藤課長が復唱した。免震重要棟は、事務本館隣に建設された免震建屋で地震などが起きたときの司令塔となる建物である。

「佐藤君は、何事もそつなくこなすな。安否確認も大事だ」

山本は思った。

「津波がくるまでに少し時間があるだろう、運転員の諸君は、ここにとどまって原子炉を止めてくれ」

15時03分

「ただいまの圧力容器冷却速度は毎時60℃です」

運転員が報告した。

「山本所長。これはまずいですよ」

傍らにいた下山が言った。

「炉心の冷却速度が、通常の炉心温度変化の限度毎時55℃を超えています。1号機は、長時間の中性子照射で**脆性**（材料がもろくなっていること）が始まっている可能性があります。このままでいくと、圧力容器に亀裂が入るかもしれない」

原子炉の圧力容器破壊は絶対避けなければならない。マニュアルにも冷却速度の制限がある。

「しょうがない。非常用復水器を停止しよう」

「非常用復水器を停止してくれ。今後は、A系、B系2系統ある非常用復水器のA系のみを使って、圧力制御しよう」

山本が運転員に指示した。その後、電源喪失まで非常用復水器弁の開閉によって1号機の圧力を調整することになる。

15時06分

「2号機の**隔離時冷却系**（ＲＣＩＣ）手動起動」

山本が命令した。

「2号機の隔離時冷却系作動確認」

係員が復唱した。隔離時冷却系は、崩壊熱による蒸気でタービンを回し、格納容器下部にある**サプレッションチャンバー**（Ｓ／Ｃ）と**復水貯蔵タンク**内の水をポンプで**原子炉圧力容器**（ＲＰＶ）に注入するもので、外部電源がなくても作動する非常用冷却設備である。3、4号機にも同じ設備が設置されている。1号機に付けられている非常用復水器に比べてサプレッションチャンバーの水量が多いので、うまく運用すると2日程度炉心を冷却することができる。しかし、サプレッションチャンバーの水が高温になると動作しなくなる。

しばらくして、2号機の炉心水位が高くなり、隔離時冷却系が自動停止した。

「2号機隔離時冷却系水位高で停止しました」

係員が報告した。

「蒸気タービンと注水ポンプのバランスが取れていないようだ。高橋君、水位が低下したら、また手動起動してくれ」

山本が言った。

「これはやっかいなことになったぞ、炉心冷却は手動の綱渡り運転だ」

「15時05分に3号機隔離時冷却系を手動起動しました」

桜井から報告があった。このとき、震源で発生した大津波は時速３００kmで原発に近づいてきていた。

津波発生

15時27分 サイレンがけたたましく鳴り、津波の第一波が到達した。

「ただいま津波が到達しました。一部は高さ10mの防潮堤を越えましたが、被害は最小限にとどまるとみられます。現在、引き波状態になって沖の方まで海底が見えています」

事務本館の屋上から見ていた佐藤課長がインターホンで報告した。

「これで津波は一段落した。しかし、引き波が大きいのはどうしてなのだろう。第二波がくるのだろうか」

山本はいぶかった。

15時35分 その恐れていた第二波の津波がやってきた。

この第二波は想像を絶する大きさで、高さ10mの防潮堤を

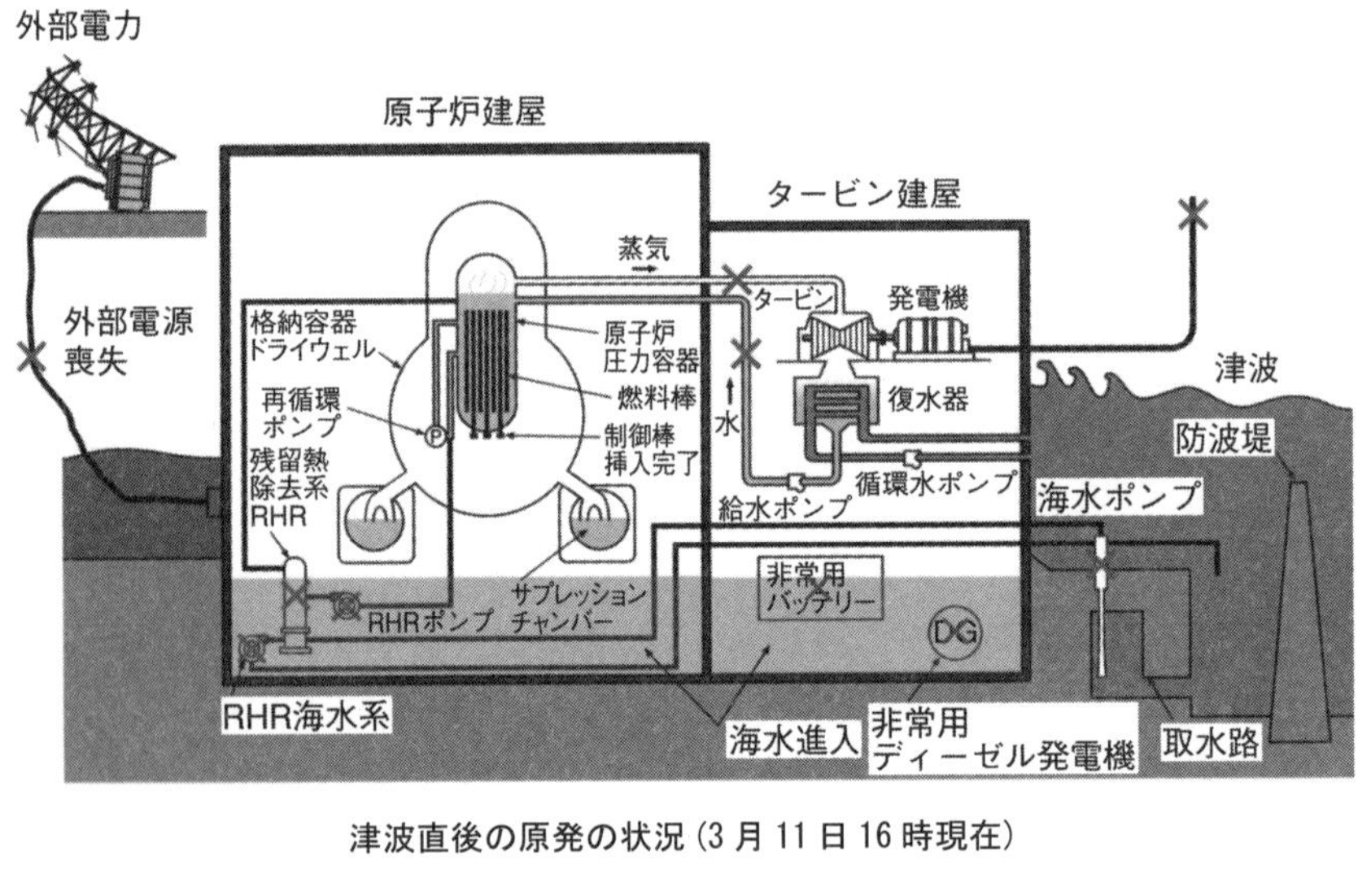

津波直後の原発の状況（3月11日16時現在）

軽々と乗り越え、福島原発に襲いかかった。まず、沿岸部にある海水を用いた原子炉冷却用海水ポンプを破壊した。津波は上陸した後、燃料タンク類を押し流し、タービン建屋を直撃した。タービン建屋の器物搬入シャッターを50トンの力で押し壊し、各タービン建屋地下に約2万トンずつの海水が流入した。津波は、まず1階の配電盤を冠水させ、地面より低い位置に設置してあった非常用ディーゼル発電機をすべて水没させた。さらに、津波は地上設備を壊し、車を軽々と押し流した。津波は、海抜15・5mの地点まで到達した。その引き波が **原子炉建屋** を襲い、海水が侵入して地下の残留熱除去系や他の非常用冷却設備を水没させた。

全交流電源喪失

第二波がやってきたとき、1/2号機中央制御室全体が揺さぶられるような轟音が発生した。

「第二波はすごい津波だな。タービン建屋地下の非常用ディーゼル発電機は無事だろうか。あいつらは2系統あるが、同じフロアにおいてあるので、水をかぶったら二つともお陀仏だ。この中央制御室の地下1階にある非常用バッテリーも心配だ」

山本の心配は的中した。

15時36分 津波の轟音が響く中央制御室のドアが突然開いた。そこから、ずぶ濡れになった運転員が二人、よろけるように飛び込んできた。

「津波で1号機タービン建屋地下室に海水が凄い勢いで流れ込んできている」

運転員の一人が叫んだ。

「外にあるタンクも流されています。津波でおぼれそうになりました」

もう一人が報告した。山本たちは、巨大津波が福島原発を襲ったことを確信した。

15時37分 ろうそくの火がスーと消えるように室内灯が音もなく消えた。制御板の表示も暗くなった。出口を示す非常用表示板だけが不気味な緑色に光っていた。中央制御室は、一瞬沈黙に包まれた。

「3、4号機は全交流電源を喪失しました」

桜井がインターホンで報告した。

「1、2号機も全交流電源喪失だ」

山本が返答した。

「インターホンが活きているのはありがたい。桜井、炉心の非常用冷却設備は手動で動かさなければならないので、その要員と補助連絡要員を残して全員免震重要棟に移動してくれ。あそこは、非常用電源と連絡設備がある。佐藤課長、ほかの部署にいる所員も、全員免震重要棟に移動するように指示してくれ」

「わかりました」

桜井と佐藤が復唱した。

山本は、1/2号機中央制御室の所員の方を向いた。

「というわけで、だれか2名にここに残ってもらい、原子炉の冷却を続けてもらわなければならないのだが…」

即座にオペレーターの高橋が返答した。

「私がやります」

隣の席にいた鈴木が追随した。

「私も残ります。高橋とはツーカーの仲なので、連絡もうまくいくと思います。高橋、がんばろうぜ」

「おう！」

高橋が答えた。全交流電源喪失ということは、原子炉が爆発する可能性があるということだ。原子炉が破壊されれば、原子炉建屋隣のタービン建屋内にある中央制御室の人員はひとたまりもない。当然、二人はその危険性は十分承知のうえで即座に志願したのだ。でも、二人の表情は意外と明るい。その後、当直班長の小宮が申し出た。

「私も、この装置の責任者として残って二人の面倒を見ます」

山本は一瞬熱いものがこみ上げてきた。それを押し隠すようにいった。

「三人には申し訳ない。事態が落ち着いたら交代要員を送るので、それまでがんばってくれ。後の全員は免震重要棟に移動しよう」

三人を残して薄暗くなった構内の瓦礫を避けながら約５００ｍ離れた免震重要棟に移動した。(脚注)

脚注：所長がいた免震重要棟対策室と各中央制御室で実施した所員の行動区分は、実際の対処と異なっているものがある。しかし、原発全体として現場所員の行動は事実関係に大きく異ならない記述とした。

津波がタービン建屋を襲ったとき、１号機の直流電源の電池も冠水し、直流電源が遮断された。この１号機の直流電源喪失により、本来 異常事態を防ぐ機能であるフェールセーフ機構が働き、非常用復水器（ＩＣ）の原子炉側のバルブ（弁）に閉鎖信号が流れた。これは、原子炉が制御不能になったとき、非常用復水器を含む外部と原子炉を隔離して安全を保つ仕組みである。しかし、この動作は原発所員の意図しないものであった。信号を受けてバルブを動かす交流電動機が作動し、バルブの閉鎖を始めた。しかし、直後に交流電源が喪失したため、このバルブの閉鎖は完全にされず、50％開度のまま停止した。(脚注)

免震重要棟１階の大ホールでは、１２００人ほどの原発所員、下請け会社社員、メーカー企業の社員でごった返していた。

「東電以外の社員や、原発保守に直接関係のない所員と関連会社社員はすでに帰宅してもらいました。安否確認はすでにしてあります。三人の安否が不明です。二人は、４号機タービン建屋の地下で整備をしていました。もう一人は、２号機原子炉建屋です」

手回しのよい佐藤課長が、すでに安否確認をすませていた。あの地震と津波で三人の安否不明ですんだのは不幸中の幸いかもしれない。

「残念だが、不明者の捜索をしている余裕はない。まず、原発を収束させることが先決だ」

脚注：東京電力などの報告書では、このバルブは完全に閉まっていることになっている。また、事故直後にこのフェールセーフ機構が働き、非常用復水器（ＩＣ）は全く動かなかったという説もある。これらは、以後の計測結果や事象を反映しにくい。したがって、本書ではＩＣの弁は一定以上開いているものとしている。ＩＣの動作状態は燃料の破損状態とも直結するので、今後の検証が望まれる事象である。

山本は思った。あたりはすでに暗くなっていた。

山本が一段高いところに上がってマイクで説明した。

「ただいま、この原発は全交流電源喪失の状態で、非常に危険です。まず、一般事務所員や原発維持に直接関係のない職場の方は、すぐお帰りいただいて、自宅で待機してください。保守関係に携わっている所員および関連会社の方には残っていただきたいと思います。しかし、原発がこのような状態であり、安全が保証されていませんので、残っていただくか、退去するかは各個人の判断にお任せします」

周囲がざわついて、事務系所員を中心に帰宅するものが相次いで出てきた。事務棟の電灯が消えているので、着の身着のままで東電が用意したバスでの帰宅となった。所員が乗ってきた乗用車は津波に流され無残な姿となっていた。

結局は、700人の東電所員と下請け社員が残った。その中に、産業医の白石千尋《しらいしちひろ》がいた。(脚注)

千尋は徳島県出身で、両親が徳島の開業医だった関係で神奈川県の私立医大に入学した。卒業後、東京の病院で研修医を終え、2年前に産業医として福島原発に赴任した。大病院の勤務医は肉体的にも精神的にも過酷なので、あまり乗り気がしなかった。たまたま、有名企業である東電の産業医の空きがあったので応募したら採用された。大学時代は大学祭の準ミスに選ばれたこともあり、なかなか可愛い感じの美人である。当然、福島原発の男性所員には一、二を争う人気者だ。普段は、にこにこしていて人当たりも良い。東京の

脚注：東京電力の産業医は3月11日から3月18日まで避難しており、医師による診断開始は3月19日だった。

開業医の息子の彼氏がいて、将来は院長夫人として患者を診る医者になるつもりである。この職場に長くいる気はない。一見、優柔不断そうに見えるが、したたかな将来設計をしている。

歳が同年代のせいか、大川亜紀子と気が合い、時々ショートケーキと赤ワインの変な組み合わせで女子会をしては二人で盛り上がっている。千尋のほうが亜紀子の聞き役に回ってリードしているところを見ると、亜紀子は意外とウブなのかもしれないと思っている。亜紀子も、当然のごとくここに残っている。

「白石先生、君も残るのか。帰ってもいいんだよ」

山本が声をかけた。それを聞いた千尋は、ちょっとむっとした表情で口をとんがらせて言った。

「私は医者ですよ。山本所長が倒れたら、だれが治すんですか」

少し怒った顔も可愛い。

「それはありがたい。よろしく頼むよ」

山本が笑って言った。

「あらこの子、意外と根性あるのね。見直したわ」

看護師の大隅弘子《おおすみひろこ》は思った。弘子は、福島県小名浜の病院で看護師長をしていたが、教師の夫の転勤について双葉町に移った。そのときから原発診療所の看護師として勤務することになった。今年で10年目となり、ベテランである。大学生の息子が東京にいるが、実家には滅多に帰ってこないのがちょっと寂しい。２年前に高齢の男性産業医が退職し、後任として千尋が入ってきた。弘子にとっては娘のようなもので、時々小言も言うが、暖かく見守っている。

「それでは、大隅さんと白石先生でよろしくお願いします」

山本が言った。これから、医薬品や救急用品を事務棟から移動する必要がある。二人は懐中電灯を持って足早に免震重要棟を後にした。

15時57分 免震重要棟2階の **緊急対策室** では、山本が矢継ぎ早に指示を出していた。

「佐藤課長、15時42分に全交流電源喪失したという『原災法第10条通報事象』の報告を本店にしてくれ。それから、この緊急対策室を発電所対策本部とする」

「土木の協力会社の皆さんは、震災で流れた車からバッテリーを取り出して持ってきてください。電源がすべてなくなったので、原子炉の水位や温度を計測できません。そのバッテリーを測定器に繋いで原子炉のパラメーターを測定します。車は壊してもかまいません。私が責任をとります。ただし、消防車だけはそのままにしておいてください。原子炉の注水に使うかもしれません」

「よっしゃー。所長さんに責任とってもらえるなら、ハンマーで運転席の窓ガラスをたたき破ればバッテリーは簡単に取り出せますぜ。それでは皆、行こう」

地元の土木関連の孫請け会社社長の高岡が部下と勢いよく出て行った。

16時36分 真っ暗になった1／2号機および3／4号機中央制御室では、運転員が非常用復水器と隔離時冷却系（RCIC）と格闘しながら原子炉の炉心冷却を続けていた。2号機の冷却設備である隔離時冷却系は、手動起動と自動停止を繰り返しながら、何とか炉心の冷却を続けていた。1号機の非常用復水器は、全電源喪失時に四つの弁のうち、原子炉側の二つが半開きになっており、残りの弁が閉じていたが、直流電源喪失のため弁の開閉がわからない状態であった。そこで、高橋が念のために非常用復水器の弁を開いた状態にした。(脚注)中央制御室1階のバッテリーも冠水し、制御室の電源が停止しているので、水位がわからない。

「1、2号機の水位がわかりません」

運転員の高橋がインターホンで山本に報告した。

「佐藤課長。16時36分づけで非常用炉心冷却装置による注水が不能になったとして『原災法第15条事象』が発生したことを本店に報告しろ」

原子炉に注水ができなくなるということは、原子炉の炉心融解を意味する。山本は、原発のメルトダウンを覚悟した。

＊＊＊

16時40分 伊地知大輔《いぢちだいすけ》原子力本部長から電話があった。東日本電力原子力本部長の伊地知は、東京の国立大学原子力工学科の修士課程を修了し、東電に入社した。当時、未来のエネルギーを扱う原子力工学は花形の学問分野で、多くの学生が志望する中で難関入試を合格した自負があった。東電では、希望通り原子力部門に配属され、技術畑を一貫して歩いてきた。幸いにも大きなミスもせず、伊地知が担当した仕事は、事故や情報隠しなどのスキャンダルとは関係なかったので、順調に原子力本部長まで上りつめた。文系出身者

脚注：この操作については報告がない。しかし、電源喪失後、非常用復水器（ＩＣ）が動いているとしたほうが水位計のつじつまが合う。

が大部分の東電役員を占める中、純粋な技術畑で役員待遇となったのは伊地知を含めてごくわずかである。

入社後、スリーマイルアイランドやチェルノブイリの原発事故が起きて、原発バッシングが始まった。多くの大学の原子力工学科は、学生を集めるために「原子力」という名前を消した。外部からバッシングを受ければ受けるほど、原子力関係の企業、電力会社、大学、関係政府官僚の結束は堅くなっていき、いわゆる「原子力ムラ」を形成した。東電でも原子力部は何かと問題があるが、結束は堅かった。何せ、原子力は電力会社の稼ぎ頭である。一度、原発を建設してしまえば、原発は膨大な利益を生む。ただし、それは原発本体や燃料の廃棄コストをあえて無視した場合であるが…。東電内部でも、一番の利益を上げている原子力本部には何も言えなかった。原子力本部は、部内の幹部によってすべてが決定される、いわゆる聖域となっていた。伊地知は、その頂点に立ったのだ。伊地知は
「原子力は依然としてエネルギーの基幹を支えており、私はそのトップにいる」

という自負があった。その思いは、大学に入学した頃から変わっていない。

「東電の原子力本部は、だれにも犯させない。俺が守る」

最近は、地球温暖化防止のために二酸化炭素をほとんど出さない原子力が再び見直されてきた。いわゆる、「原子力ルネッサンス」である。企業も電力会社も、原発の国際的な増設に向けて大きく舵を切っていた。国民も、地球温暖化問題を人質にされ、渋々、原発建設を容認するムードになってきた。そんな矢先に福島原発事故が起きたのだった。

伊地知は、地震直後にヘリコプターで福島原発に向かい、福島原発から5㎞ほど離れた**オフサイトセン**

ター にきていた。この施設は地震で破壊され、停電のために使用不能になっており、当直の所員もすでに福島市に避難した後だった。(脚注)

伊地知が電話口で言った。

「いま、オフサイトセンターにヘリできたんだが、中はもぬけの空だよ。そちらの状況はどうだね」

「伊地知本部長は、何で、直接こっちにこないんだ」

山本は思った。

「本部長、ご苦労様です。たったいま、『原災法第15条事象』の発生を本店に報告しました。停電で炉心に水が入りません。非常用ポンプでの注水を考えますので〝ベント〟をする必要があるかもしれません」

ベントとは、原子炉格納容器内のガスや水蒸気を強制的に外部に放出することである。原子炉格納容器外部に多量の放射能が放出される可能性がある。日本の原発では、ベントの事例はまだなかった。福島原発建設当時は、ベント機構は設置されていなかった。スリーマイルアイランド原発やチェルノブイリ原発の事故を受けて、１号機の運用開始から18年経った１９８９年にベント機構追加の改善勧告がされた後付けの装置である。それまで、原発事故の場合は格納容器内に放射能を閉じ込め冷却する仕組みだった。ヨーロッパの原発では、ベントした放射性ガスは一定程度浄化して放出するが、日本の原発はそのまま放出する仕組みである。

脚注：実際のオフサイトセンターの状況とは若干異なる。オフサイトセンター所員が福島に避難したのは、３月15日になってからである。本書では、オフサイトセンターと本店の役割を統合して話を進める。

「それは困るよ。何とか、ベントなしでがんばってくれ。原子炉は、また再開できるように保全しないといかん。オフサイトセンターではらちがあかないので、東京の本店に戻って対策本部を立ち上げる。帰りのヘリが待っている。社長は、今日は大阪におられ、いま東京に向かっているそうだ」

「一刻も早く本店で対策本部を立ち上げ、こちらとの連携をお願いします」

山本が要請した。

「対策本部が立ち上がったら、こちらから方策を指示する」

と伊地知が言った。

「本店で何がわかるか」

山本は思ったが、

「それでは、お気をつけて本店にお帰りください。向こうでは、よろしくお願いします」

と言って電話を切った。

16時44分 非常用復水器の作動が始まった直後、高温となった原子炉圧力容器（ＲＰＶ）の蒸気が一気に非常用復水器に流れ込んで凝縮を始めた。その熱は、非常用復水器のタンク内の水を沸騰させた大量の蒸気となって一気に放出する。その蒸気は、轟音とともに原子炉建屋側面の蒸気噴出口から放出された。運転員の鈴木は、16時36分に高橋が非常用復水器のバルブを開けた直後の蒸気放出を確認してから1／2号機中央制御室に戻ってきた。

「小宮班長、非常用復水器の蒸気がものすごい勢いで放出されています」

「そうか。これでしばらくは時間を稼げそうだ。早く電源が回復して本来の冷却機能が動作するといいが…」

小宮当直班長がつぶやいた。

17時12分 免震重要棟の山本は、桜井たちに指示を出していた。

「桜井、急いで本店に電源車の手配を頼んでくれ。一刻も早く電源を回復しないと原子炉が危ない」

「亜紀子君がすでに手配をしています」

「それと、重大事故の**ＡＭ手順書**（アクシデント マネージメント マニュアル）を本館の書棚から持ってきてくれ」

程なくして、桜井が真っ暗な本館資料室から取り出してファイルの束を抱えて入ってきた。

「重大事故関連の書類は、これがすべてです」

ファイルを一瞥《いちべつ》した山本は、一瞬カッとなって言った。

「こんなマニュアル役に立たないじゃないか」

桜井が持ってきたマニュアルや資料は、短時間の交流電源喪失時の手順や、炉心融解のコンピュータシミュレーションなどの詳細な解析結果は載っていた。しかし、直流電源も含めた長時間の電源喪失時の具体的な事故収束手順は書かれていなかった。原子炉の冷却機能が失われた重大事故の場合どうなるか、ファイルに書いてある程度の知識は、すでに桜井も山本も頭の中にたたき込んであった。しかし、津波で直流電源を含む全電源を喪失した場合の緊急炉心冷却手順は全く記述されていなかった。

桜井が困った顔をしていると、原発の最古参社員である下山敏夫が言った。

「所長さん、それは無理な注文というもんだ。私がここにきて以来、1回も重大事故の訓練はしていないんだ。何せ、原発は絶対安全だという触れ込みですからね。当然、長期に全電源を喪失した重大事故を想定した手順書なんぞ、私も見たことも聞いたこともありませんぜ」

山本は、下山の説明に納得した。山本たちが申請していた重大事故訓練計画が、本店に却下され続けていたことを思い出した。マニュアルや訓練なしで複雑な4機の原子炉と戦うことを考えると、その重圧で気が萎えそうになった。

「わかった。それでは、マニュアルなしで我々が考えながら原子炉を収束させるしかないだろう」

気を取り直して言った。

「桜井君、亜紀子君。君たちは、格納容器の圧力を下げるベントと炉心の代替注水の方法を考えてくれ」

18時18分 バッテリーが一時的に回復し、非常用復水器のバルブランプが〝閉〟であることが判明した。

「非常用復水器の弁が〝閉〟となっていましたので、手動起動します」

高橋からインターホンを通じて連絡があった。自動停止していた非常用復水器を操作員が再起動したのだ。再び、貯水槽の水が蒸発してモクモクと水蒸気が立ち昇った。1号機の炉心は急激に熱を失い冷却が始まった。(脚注)

脚注：全電源喪失とともに1号機の非常用復水器（IC）がすべて停止したという説もあるが、ここでは、15時30分以後もICが何らかの形で動き続けているという前提で話を進める。その仮定のほうが、後述の計測結果や原子炉の現象と矛盾しない。しかし、この仮定はいくつかの証言や事後検証と矛盾することも確かである。今後の検証が待たれる

18時25分　はじめは勢いよく出ていた蒸気も、非常用復水器（ＩＣ）の本格稼働で急激に温度が低下して蒸気の放出速度が弱まった。当時の運転員は、だれも非常用復水器の作動実験を見たものはいなかった。先輩から非常用復水器が作動すると、ものすごい音がするとだけ聞いていた。これは、スクラム直後の場合であって、原子炉停止後6時間が経過した現在では、毎秒5 kgの蒸気が出るだけだった。原子炉建屋の屋根越しに蒸気を見ていた監視員は、蒸気の発生が見えなくなった。

「非常用復水器からの蒸気発生がなくなりました」

その報告を受けて、

「もし非常用復水器が空だき状態なら、炉心の高温蒸気と高圧で非常用復水器の熱交換器が壊れてしまいます」

下山が進言した。

「炉内の蒸気が漏れては大変だ。仕方ない。非常用復水器を止めよう」

山本が決断した。

「非常用復水器の接続弁を閉鎖しました」

中央制御室から復唱があった。(脚注)

冷却装置を止められた1号機原子炉では、依然として崩壊熱による炉内の水の沸騰が続いている。しかし、

脚注：後の事情徴収では非常用復水器（ＩＣ）の停止は現場で行われ、所長には連絡がなかったとされている。

蒸気の逃げ場がない圧力容器の圧力が急激に上がっていた。30分後には圧力は72**気圧**に達し、ついに**逃がし安全弁**（ＳＲＶ）から蒸気がサプレッションチャンバー（Ｓ／Ｃ）内の水に放出され始めた。放出された蒸気により格納容器**ドライウェル**（Ｄ／Ｗ）では内部の圧力が徐々に上昇し始めた。はじめは燃料棒から４ｍ上まであった圧力容器内の水も徐々に減り始めていた。（脚注）

18時30分

「しこたまバッテリーを仕入れてきましたぜ、所長。ついでにケーブル類もあちこちから調達してきました。どこから調達してきたかは聞かないでください」

にやっと笑い、先ほど出て行った土木関連の孫請け会社の高岡が部下とともに多量のバッテリーとケーブルを持って戻ってきた。

「これは助かる。ケーブルとバッテリー調達の後処理はこちらでします」

山本は礼を言った。

「保安要員は、このバッテリーを計測器に繋いで原子炉のパラメーターを計測してくれ。まず、圧力容器の水位計を優先する。データは紙に書いて、こちらに報告してくれ」

懐中電灯とバッテリーを持った保安要員が出て行った。

脚注：東京電力の事故解析および安全・保安院の事故解析では、非常用復水器（ＩＣ）の起動を無視し、事故直後に冷却水喪失と炉心溶融が起こったシナリオを公表している。事故調査委員会の中間報告書でも、ＩＣはほとんど作動せずに、早期に炉心崩壊と圧力容器メルトスルーが起きたとされている。種々の証言とデータから、これらは今後の事象と矛盾する点が多々ある。本書では、ＩＣが起動したことを前提にして物語を進めている。

「亜紀子君、電源車はどうした」

「いま、茨城の東電管内と福島の北電管内の電源車がこちらに向かっています。ただし、この地域は全部停電で信号機も止まっているうえ、避難する車で道路は大渋滞です。それらに逆行する電源車はなかなか動けないようです」

亜紀子は、震災直後で繋がりにくくなった電話と格闘し、電源車の手配をしていた。

「警察は誘導してくれないのか」

山本はいらいらしていた。

「警察も混乱しているようです。津波被害の誘導もあり、こちらの方へは人手を割けないとの連絡がありました」

重大事故に対する避難訓練は机上で形式的にやってきただけで、このような場合は想定していなかった。ましてや、地方自治体と重大事故に関する事前協議や協力要請は、東電の立場から不可能であった。当然、警察や消防の協力もない。福島原発は孤立状態におかれていた。

「ともかく急いでくれ。どんな電源車がくるのかも整理しておくように」

「はい」

亜紀子が、また電話にとりついた。

警察庁は、地震直後の14時46分に災害本部を設置して、15時7分には各都道府県に広域緊急援助隊の派遣を指示していた。しかし、原発事故に対する具体的な方策は検討していなかった。１９７９年に発生したスリーマイルアイランド原発事故（ＴＭＩ事故）では、避難する住民の車で道路は大渋滞となり、避難ができなかった。本来、警察と自衛隊が最初に行うことは、主要道路を封鎖して原発に近い住民の計画避難と緊急車両の通行だ。今回、ＴＭＩ事故の教訓は全く活用されなかった。住民は無秩序に車で避難し、道路は大渋滞となって、電源車のような緊急車両は容易に原発にたどり着けなかった。もっとも、原発の重大事故を想定した真剣な避難計画はなされていないので、そのような避難誘導を自衛隊や警察が行うのは不可能であった。

18時35分 自衛隊は、原発災害対応のため、中央即応集団１１０名、化学防護車４台を朝霞駐屯地に集結していた。自衛隊は、外国からの化学兵器や核兵器攻撃に対する最低限の準備はしており、その部隊が直ぐに招集されたのだ。しかし、原子力事故に対する対応や東電との連携訓練は全くなされておらず、招集をかけたものの、実際どのように作戦を実施するのかは未定であった。また、周辺住民避難のための具体的方策も未定のまま、18時45分に福島第44普通連隊がオフサイトセンターに向けて出発した。

18時55分 この間、１号機の燃料は崩壊熱を出し続け、行き場のない圧力容器の中で水蒸気を発生していた。１号機の圧力容器の内部圧力が72気圧に上昇し、取り付けられている逃がし安全弁のバネが内部の圧力に耐えられなくなり、サプレッションチャンバーに蒸気を吹き出した。燃料棒上端（ＴＡＦ）から４ｍ程度あった原子炉圧力容器内の水位は、このときから毎時１.３ｍの速度で低下していた。この蒸気により格納容器ドライウェルの圧力が上昇しているが、中央制御室の圧力データは表示されていない、非常用復水器への弁は閉じたままであった。２号機と３号機では、隔離時冷却系を手動で開け閉めする不安定な冷却が続いていた。

19時10分 佐藤課長が山本のいる会議室に入ってきた。

「所長、ようやく衛星回線でテレビ会議システムが繋がりました。この部屋にホットラインを設置しますので、本店といつでも連絡ができます」

山本は、ホットラインの受話器を取って本店に繋いだ。本店には伊地知がいた。

「山本君。そちらはどんな状況かね」

のんびりとした口調である。

「ご存じのように、1号機は水位がわからず、いつ炉心溶融が起こっても不思議でない状況です。中央制御室が停電しているので、全く状況がつかめません」

山本が報告した。

「19時3分に、官邸から『原子力緊急事態宣言』が発令されたよ。官邸も事態の重大さを認識したようだ。官邸では、原発事故対策室を立ち上げたようだ。本店の情報は全部官邸に回すので、情報を逐一上げてくれ」

人ごとのように相変わらずのんびりした口調だ。緊張感が伝わってこない。

「了解しました。電源車はこちらでも手配していますが、そちらでもお願いします。1号機は炉心の冷却機能が停止していますので、消火ポンプで水を入れたいのですが、炉心の圧力が70気圧以上なので、水が入りません。ベント（原子炉格納容器内の気体放出）の準備をしたいのですが…」

「ベントをすると放射能が外部に放出されるが、だれが責任をとるのかね。消火ポンプで素性のわからない水を入れると、原子炉の再稼働のときにかなり長い整備が必要になる。こちらでは判断がつかないので少し待ってくれ。社長はいま名古屋だが、相談してみる」

注水が遅れると、炉心溶融が始まり、原子炉の再稼働どころではなくなる。山本は、シビアアクシデントのシミュレーションや原発を設計した米国ジェネラル・エレクトリック社（ＧＥ）がつくった教育ビデオで、いったん冷却水が失われると、１時間程度で炉心溶融が始まることを知っていた。

「ともかく、ベントの件は至急検討をよろしくお願いします。このラインは繋いだままにしておきます」

と言って、電話を切らずに受話器を置いた。

19時40分

「３号機の圧力容器とドライウェルの圧力が計測できました。それぞれ、ゲージ圧で71気圧と０・４３気圧です」

インターホンで３／４号機中央制御室の作業員から連絡があった。中央制御室では、懐中電灯を頼りに難しい作業を強いられていた。

「３号機は、隔離時冷却系が何とか作動しているようですね」

桜井が言った。

２号機と３号機は隔離時冷却系の作動で、水位の上下を繰り返しながら何とか冷却を維持していた。その間、１号機の水位は着実に低下し、サプレッションチャンバーに放出された蒸気が格納容器の圧力を上げていた。

21時23分

「官邸では、原発から3km以内の住民避難指示を出しました」

本店から連絡があった。

「30km の間違いでないのでしょうか。避難範囲が狭すぎます。はじめは大きく避難して、徐々に解除していくものだと思いますが…。これでは、ベントをすると住民が被爆しますよ」

桜井が言った。

「お上は、なるべくことを穏便に収めたいんでしょうや」

下山が不機嫌そうにつぶやいた。

21時30分

「1号機の水位計測ができました。燃料棒上端より450mm」(脚注)

インターホンで中央制御室から連絡があった。

「燃料棒まであと45cmしかないのか。非常用復水器の空だき破壊を恐れて、電源が回復するまで非常用復水器を止めていたが、電源車がこない現状では限界だな」

山本が下山に確認した。

「しょうがないでしょうね。非常用復水器が動くかどうかわかりませんが、炉心溶融を起こしたのでは元も

脚注：報告書では、21時19分に燃料棒上端より220mmとある。ここでは、東電発表のプラントパラメーターを採用している。

子もない」

下山も同意した。

「非常用復水器の接続バルブを開けてくれ」

山本の命令に、中央制御室から確認の点呼があった。

「非常用復水器作動確認。非常用復水器から蒸気が出ています」

作業員からの報告があった。(脚注)

この時点で1号機の水位低下は止まったが、今度は非常用復水器が1時間で15トンの水を消費する。非常用復水器の貯水槽にはA系、B系合わせて約200トンの貯水量があった。しかし、東電では非常用復水器を使った訓練は全く行われていなかったため、詳しいデータが手元になかった。

「A系の非常用復水器貯水タンクの水を全部使えるとして、あとどのくらい持つだろうか」

山本が下山に聞いた。

「精々持って、あと6から7時間というところでしょう」

それまでに、電源を回復して残留熱除去系（RHR）を動かす必要があった。

21時51分　1号機原子炉では、安全弁から放出された蒸気のために格納容器が高圧になっていた。つい

脚注：後日の検証で、蒸気発生は必ずしも確認されていないという説もあるが、本書では、事故初期対応の東電報告書に基づき、水蒸気の発生を確認したことを採用している。政府の中間報告書では、21時30分の蒸気放出の有無については全く記述がない。もし、この時点でメルトスルーが起きていれば非常用復水器（IC）の弁を開けても蒸気は出ない。

に、配管接続部からわずかな蒸気が漏れ出した。しかし、12日4時に発生する格納容器破断ほど大きな漏れではなかった。また、屋外にある線量計が反応するほどの放射能も出ていなかった。しかし、これに伴い原子炉建屋内の放射線量が上昇して警報が鳴った。

「原子炉建屋の放射線強度が上がっています。現場作業員の線量計の警報が鳴りました」

中央制御室から連絡があった。

「とうとうきたか。そちらに防護服と線量計を持って行くので、これからはそれを着用して作業に当たってくれ」

山本が指示した。

21時52分 首相官邸対策室では、官房長官が記者会見を行っていた。このとき、官邸では原発が爆発するかもしれないという危惧を持っていたが、地域住民がパニックを起こさないように平静を装っていた。また、とりあえず半径3㎞の住民避難をさせてから、10㎞地域の避難をさせる手順を考えていたが、住民・警察・自衛隊の連携訓練はこれまで皆無だった。そのため、10㎞圏内の避難を行った場合に、どのくらい時間がかかるか、だれもわからない状態であった。主要道路の封鎖もままならず、電源車の原発到着も大幅に遅れていた。

22時10分 隣の部屋で電源車の手配をしていた亜紀子が飛び込んできた。

「北日本電力が派遣した高圧電源車2台が到着しました。いま、門のところにいるそうです」

「そうか、やっときたか。これで1号機を何とか止められる。電源車の誘導に行ってきます」

桜井が一目散に飛び出していった。

　しばらくして、桜井の携帯電話から会議室に電話があった。

「いま門のところにいるのですが、電源車らしきものは見当たりません」

亜紀子は、はっとして繋ぎっぱなしの電話に走っていった。

「えっ、いまオフサイトセンターに到着ですか」

目の前が真っ暗になった。何というミスをしてしまったのだろう。電源車の行き先の最終確認を怠ってしまい、電源車は原発から５km離れたオフサイトセンターに到着したのだった。

「所長、いま電源車が到着したのはオフサイトセンターでした。私が確認を怠ったばかりに電源車の到着を遅らせてしまいました。申し訳ありません」

いつもは男勝りの亜紀子が、先生にしかられた小学生みたいに、いまにも泣き出しそうな声で言った。

　期待していた電源車が到着しなかったことで、本来気が短い山本はカッとなった。しかし、怒鳴るのを懸命にこらえた。

「ここで、亜紀子をしかっても電源車はこない。これから、原発に立ち向かうチームのチームワークも乱れる。こんなところで女の子を怒っては男がすたるわい。こんなときほどトップは冷静を装わなければいかん」

と思い、

「わかりました。電源車に至急こちらに向かうように連絡してください。亜紀子君、大丈夫だよ。まだ、間に合うから…」

山本は優しく声をかけた。亜紀子は立っているのがやっとの様子で、唇をかみしめて真っ直ぐ前を向いていた。目には涙を一杯溜めていたが、それがこぼれ落ちるのを一生懸命にこらえていた。

22時50分 ようやく電源車が到着した。住民避難に逆行する経路だったために、予想より時間がかかったのだ。

「ご苦労様です。思ったより時間がかかりましたね。これから1号機の電源つなぎ込み作業に入ります。これで1号機を何とか止められます」

桜井たちの誘導で、１号機タービン建屋にある配電盤へ電源車を誘導した。北電の社員も一緒になって電源接続のケーブルを準備した。作業を進めるための電源ケーブルが配電盤まで届かない。電源車から配電盤まで５００ｍあったが、所内のどこを探してもそんなに長い高圧ケーブルはなかった。北電の電源車の接続部の規格も東電のものとは異なることが判明した。さらに悪いことに、配電盤が浸水した海水に水没していた。

報告を受けた山本は唖然としたが、なぜか、意外と冷静だった。

「だから、イワンコッチャナイ。シビアアクシデントの訓練をしなかったツケがこんなところで出たのだ。訓練を行っていれば、ケーブルやコンセントの不具合など、とうの昔にわかったはずだ。配電盤を高い位置に変えるなんてことは、そんなに経費のかかることじゃない。〝絶対安全神話〟のしっぺ返しがこんなところに現れたんだ」

１号機破壊

3月12日01時05分　圧力を測っていた作業員が中央制御室から戻ってきた。

「現在、１号機の格納容器ドライウェル（Ｄ／Ｗ）の圧力４・９気圧です。最高使用圧力の４・２気圧を超えています」

作業員が報告した。（脚注）

「これは、深刻な状態だ。ドライウェルのベント（格納容器の内部気体放出）の準備をしてくれ。桜井君、亜紀子君。電源喪失状態でどのようにすればベントができるか、至急検討する必要がある。ベントをする場合の風向きのチェックをするように…。住民の被爆は極力避けなければならない」

山本が矢継ぎ早に指示を出し、本店に繋がっているテレビ会議システムのホットラインに向かった。

テレビ会議システムの向こうでは、本店の対策本部の伊地知大輔 原子力本部長をはじめ、東電幹部と技術者が控えていた。

「１号機のドライウェルが４・９気圧で限界を超えています。いますぐベントの指示をお願いします」

「おい待ってくれ。ベントをすると、周辺地域に放射能を放出することになる。社長はまだ名古屋から出れないんだよ。社長が東京に着いてから最終判断をしていただくまで待てないだろうか。最終責任は社長だ

脚注：報告書等では、キロパスカル（ｋPa）やメガパスカル（ＭPa）が使われているが、本書では、ゲージ圧の気圧（ａｔｏｍ）を使用する。１気圧は０・１０１３ＭPaで大気圧がゲージ圧でゼロとなる。

から、こちらでは判断できない。政府から大熊町と双葉町の半径３㎞以内の避難指示が出た」

伊地知が言った。ベントをする許可を与えて周辺住民を被爆させたら、責任は自分がとらなければならない。これまで、「ノーミス」で仕事をしてきた自分の経歴に傷はつけたくない。ようやくチャンスが巡ってきた「原子力ルネッサンス」の再開まで、原子炉は無傷のままで維持したいと考えていた。

01時30分

「ベントは一刻も争う状況です。ドライウェルはいつ壊れてもおかしくない。政府への許可もお願いします。ベントした場合に放射線シミュレーションを行う〝スピード〟とかいうソフトが〝文部省〟にあると聞いていますが、それを使えるようにしていただけないでしょうか」

山本が本店に再度食い下がった。

文部科学省が１２０億円以上を投入して**緊急時迅速放射能影響予測ネットワークシステム**（ＳＰＥＥＤＩ）を開発した。このシステムは、気象条件や原発の放射能放出量から、今後どのような放射能汚染が起きるかを予測するコンピュータシミュレーションシステムである。今回の原発事故では放射能放出量がわからなかったので、この予測システムは使わなかったことになっている。実際には、ＳＰＥＥＤＩはいくつかの仮定を設定し、膨大な予測データを計算していた。原発事故直後から、各国の政府や私的機関は原発汚染状況のシミュレーション予測を発表していた。しかし、政府および関係機関はシミュレーション結果で国民がパニックになることを恐れ、ＳＰＥＥＤＩのデータを一切発表しなかった。

「ベントの最終決定は社長にあるので、ここでは決められないが、社長には連絡をとってみる。政府には、一応ベントの許可はとっておくよ。３時頃に、経産大臣がベントに関する記者会見をやるそうだ。でも、最終決定は本店がやるから、よろしく。文部科学省がつくったＳＰＥＥＤＩについては、データを使えるようにしておくから、計算条件はそちらで直接指示してデータをもらってくれ」

伊地知の煮え切らない態度に山本はイライラしたが、本店の決定には逆らえないことはよく知っていた。東電は、組織の縦割りと上下関係がほかの会社や政府機関より厳格で、その体制が東電という大会社を維持していた。上の決定が絶対で、それに刃向かったために、いくつもの困難に遭遇した経験のある山本は、ベントがすぐにはできないことを頭で理解していた。

01時48分　１号機の非常用復水器（ＩＣ）のバルブ（弁）が何らかの原因で閉鎖された。このため、非常用復水器が一時停止し、原子炉圧力容器（ＲＰＶ）の圧力が再び上昇を始めた。１時間後、72気圧以上の高圧になった原子炉圧力容器からは、再び水蒸気がサプレッションチャンバー（Ｓ／Ｃ）に放出され、ドライウェルの圧力を上昇させた。その大きさは７・３気圧に達した。その後、バルブが開けられ、非常用復水器による冷却が再開され、原子炉圧力容器の圧力は８気圧に下がり、温度も１７５℃まで低下した。（脚注）

02時45分

「格納容器ドライウェルの圧力が７・３気圧になったことを本店に報告してくれ。政府にお願いしていたＳＰＥＥＤＩのシミュレーション結果はどうだ」

脚注：このバルブ開閉の真偽とその原因は不明である。

山本が、桜井に尋ねた。桜井は、想定される放射能放出を示してシミュレーション結果を入手していた。

「いま北風なので、ベントすると福島県南部と茨城県北部の沿岸地域が汚染されます。西風が吹いてくれると、ベントの放射性ガスが海に流れていいのですが…」

ＳＰＥＥＤＩのファックスを示しながら桜井が説明した。

「どうせ、すぐにはベントできないようだから、逐一シミュレーション結果を知らせるように依頼してくれ。この件も本店に報告するように」

山本の指示で、この件は3時33分に本店に連絡された。

04時00分 いままで設計圧以上の高圧に耐えてきた厚さ3・6㎝の鋼鉄の板でつくられた1号機の格納容器が、とうとうその圧力に耐えきれなくなった。「バキッ」という鈍い音を立てて、格納容器ドライウェル下部が破裂した。ドライウェルとドーナッツ状のサプレッションチャンバーを接続しているベローといわれる薄い金属の蛇腹の溶接部分だ。このときの亀裂の大きさは直径9㎝の円に相当する。以後、この亀裂の大きさは、1号機の水素爆発後も大きな変化がなく、ほぼ一定であった。破壊した隙間からは、キセノンなどの放射性ガスを含む水蒸気が放出された。しかし、このときの放射性水蒸気には**ジルカロイ**と水蒸気が反応してできる水素は含まれていなかった。この蒸気放出は10時20分のベントまで続いた。それまで、**毎時０・０６マイクロシーベルト**程度だった正門の放射線量が急速に増大し、このとき以後、毎時5マイクロシーベルトのオーダーに増大する。その値は、10時20分のベントまでほぼ一定であった。

04時19分 これまで何とか動いていた非常用復水器の水が完全に枯渇し、動作を停止した。非常用復水器が止まり、逃げ場のなくなった崩壊熱のエネルギーは、圧力容器内の水蒸気となって逃がし安全弁から格納容器に放出され、４時０分にできた亀裂を通って外部環境に放出され続けた。

04時35分

「正門の放射線モニターで放射線強度が１００倍くらいに増加しました。ドライウェルの圧力も７・３気圧から６・６気圧に減少しています」

１／２号機中央制御室から免震重要棟２階の緊急対策室の山本に報告された。

「１号機は、格納容器のどこかが壊れたようだな。中央制御室に滞在して原子炉の制御をする係員は、タイプＢの防護服と活性炭マスクを着用するように指示してくれ。これまでの簡易型防護服に比べて動きにくく、呼吸も苦しくなると思うが、被爆防止のためなので、よろしく」

山本の指示に従って、交代作業員が二つの中央制御室に向かった。次は、原子炉圧力容器への注水である。山本は指示を続けた。

「１号機の逃がし安全弁（ＳＲＶ）は、電源がないため強制減圧できない状態だ。圧力容器の圧力は、バネ式の逃がし安全弁の安全弁機能のみで行っているため、圧力が70気圧程度になっていると予想される。こちらで、何とか圧力を下げる努力するので、津波で壊れなかった消防車のポンプを使い、炉心の消火系管路から炉心注水を行う準備を始めてくれ。高岡さん、協力会社の方にご無理を言って申し訳ないですが、係員のお手伝いで配管の準備をお願いします」

地元の土木関係孫請け会社の高岡社長は、

「所長さんの頼みなら何でもＯＫだな。俺たちも、皆家族がこの辺に住んでいるから、家族のためにも一肌脱がなくちゃいけねえ。ここで、ひと頑張りすりゃ、休みの日に俺を粗大ゴミ扱いする、うるせぇカーちゃんも、俺に一目置こうってもんだ」

と言った。

「高岡社長と山本所長さんのためなら、やるしかないだろうよ。俺たち学問はねぇけど、東電の正社員さんたちよりは力はありそうだから、一緒になってやりましょうや」

高岡の社員が相づちをうって、東電の社員と一緒に出て行った。

１号機の圧力容器は72気圧以上になっており、容器内部の圧力をバネで逃がす逃がし安全弁（ＳＲＶ）が蒸気を放出して圧力を下げていた。しかし、72気圧では消防ポンプで炉心に水を入れることは不可能であった。圧力を意図的に下げることができる逃がし安全弁の逃がし機能は、弁作動空気の圧力がなくなり、電源喪失状態では作動できなかった。つまり、圧力容器が壊れて圧力が下がるまでは、原子炉に注水はできなかったのだ。

このことは、同様な逃がし安全弁が装着されている2、3号機でも同様であった。つまり、いったん隔離時冷却系（ＲＣＩＣ）などの緊急冷却装置が停止すると、炉心の水蒸気圧力はバネの安全弁機能で減少するが、圧力タンクの空気圧と電磁バルブで動作する逃がし弁機能での強制減圧は、十分な空気圧と直流電源がないと動作できない。電源と空気圧がない場合、炉心注水は、2、3号機も圧力容器が壊れるまで事実上できない構造だったのだ。福島原発では、このような事象も全く検証されずに原子炉は使用されていた。しかし、現場の対策本部では、これらのことを検討する時間すら与えられていなかった。

05時00分 原発の制御とデータをとっている運転員と炉心注水の準備をしている要員以外の40人あまりが、免震重要棟2階の緊急対策室に設置された発電所対策本部に集められた。

「これから、格納容器ベント手順の説明を行う。本店の許可を待ってから準備をしても間に合わないので、こちらで検討した方法について、保安係の桜井典夫係長と大川亜紀子君に説明してもらいます」

山本が会議の口火を切った。桜井がベントの概要を説明する。

「現在、1号機の格納容器は設計圧力の1.5倍以上になっていて、いつ破壊してもおかしくない状況です。そこで、サプレッションチャンバーのバルブを開けて格納容器の圧力を下げる必要があります。容器の水蒸気は多量の放射能を含んでいる可能性があるので、周囲に放射能汚染が広がる可能性があります。風向きを見て、海の方向にベントガスが流れるタイミングを決めたいと思います。既に、半径3km圏内に住んでいる大熊町と双葉町の住民は、本日0時30分に避難を終了しています。本来は、もっと広大な避難区域を設けるべきですが、10km圏内の避難の準備を始めています。皆さんもベントをするときには、この免震重要棟に避難してください。ベント作業の詳細は大川君が説明します」

電源車手配失敗の後、大川亜紀子は所長に命じられて立ち入り禁止になっている本館から設計図や手順書を取り出して、全電源喪失時のベント作業の可能性について検討していた。この手順は、これまで東電では検討されたことがなかったため、色々な資料を駆使してあらゆる可能性の中から解答を導き出す必要があった。何とか時間までにその可能性を見出すことができた。

亜紀子が、速成で用意したパワーポイントを使って説明する。

「1号機のベントをするためには、二つのバルブを開く必要があります。一つは、原子炉建屋2階の南東隅にある**電動駆動弁**（MO弁）です。これは、サプレッションチャンバーと高さ120mの大煙突を繋ぐものです。これを動かすには交流電源が必要ですが、停電のため、いまは動作できません。幸いにして、このバルブには手動のハンドルがついていて、何とか人の力で動かすことができそうです。ただし、大きなハンドルなので二人がかりで動かすのがやっとだと思います。AM手順書による大まかな見積もりでは、この電動駆動弁（MO弁）は全開時に比べて25％開ければ、今回のベントが達成される予定です。ただし、原子炉建屋内は放射線強度が大きいと予想されるので、建屋内に長くとどまることはできません。せいぜい30分が最長だと思います。真っ暗の中で重装備の化学防護服を着けての作業は、かなりの困難が予想されます」

1／2号機中央制御室にいた鈴木が手を上げた。2号機の冷却が一段落ついて、ほかの運転員と交代で免震重要棟の緊急対策室に戻っていた。

「それ、俺がやります。1号機の原子炉建屋は自分の庭みたいなものでよく知っていますから、効率よくやれると思います。バルブの位置も頭に入っています」

「お前が行くなら、俺も行くっきゃないでしょう」

同僚の高橋が同調した。この二人は馬が合うらしい。

それを最古参社員の下山敏夫が遮った。

「バカヤロー。お前たちは若いんだ。そんな放射線の高いところで被爆したらどうする。放射能障害や癌で一生を棒に振るぞ。お前たちは、まだ子供いないだろう。そういう危ないところは、俺みたいな年寄りが行くもんだ。俺が行く」

「下山のおやっさん。化学防護服が何キロあるかご存じでしょ。60過ぎのおっさんが、あんなもの着て原子炉建屋に行ったらそれだけでへばってしまいますよ。バルブ動かすときに腰でも壊されたら後が大変だ。俺たち〝ヘマ〟しませんから大丈夫です。被曝量が基準を超えたらさっさと戻ってきますから」

高橋が言った。

山本は、この二人が被曝量の超過で戻ってくるような無責任な男でないことを知っていた。しかし、この若い二人以外は適任な人材はいなかった。

「よし、高橋君と鈴木君に任せよう。よろしく頼む」

山本が決断した。

亜紀子が説明を続ける。

「2階の電動駆動弁（MO弁）が開いたとしてもベントはできません。原子炉地下1階にあるサプレッションチャンバーの**空気作動弁**（AO弁）を開く必要があります。この弁は、大型の空気作動弁（AO大弁）と小型の空気作動弁（AO小弁）があり、どちらも圧縮空気で駆動します。現在、電源がないため空気タンクの圧力がわかりません。空気タンクの圧力が抜けている可能性も大きいので、小型の空気作動弁（AO弁）で駆動することになると思います」

「もし、タンクの圧力がない場合はどうなるのですか」

後ろにいた所員が質問した。

「その場合は、やはり手動でバルブ（弁）を開けなければなりません。小型の空気作動弁（ＡＯ弁）には手動装置がついているので、バルブのところに行けば弁を開けることは可能です」

亜紀子は、その後を言うのに一瞬躊躇した。

「ただし、原子炉建屋のサプレッションチャンバーのあるトーラス室は、電動駆動弁（ＭＯ弁）のある原子炉建屋２階以上に高度汚染されている可能性があります。また、この空気弁のある場所は、入口と反対側の東側の壁にあり、ドーナッツ状のサプレッションチャンバーを迂回してたどり着く必要があります。その経路は**キャットウォーク**といわれる幅１ｍに満たない張り出し通路です。そこからトーラス室の下に落ちたら、化学防護服を着た状態では這い上がるのはほぼ無理です」

もし空気圧バルブが遠隔操作できない場合は、自分がトーラス室に行くことを内心決めていた。

「空気圧バルブがうまくいくという方向で、とりあえず考えることにしよう」

山本が言ったとき、産業医の白石千尋と看護師の大隅弘子が入ってきた。

「所長、やっとヨウ素剤が見つかりました。原発の大規模放射能漏洩は想定されていなかったので、薬局にも見つからなくて困りました。幸いにも、前任の山家《やんべ》先生がもしものときに備えて若干準備してくれていました」（脚注）

脚注：実際に、東京電力がヨウ素剤を配布したのは３月13日であった。

弘子が言った。

「探すのが大変だったんですよ。山家先生のご自宅に電話して、ようやく在処《ありか》を見つけたんです。これからは、所長命令で非常用の薬剤をわかるところに常備してもらわなくちゃあいけませんね。ともかく、２０００人分あるので、現在いる７００人には十分な量です。皆さんは、すぐ服用してください。ここにいない方は、戻ってから必ず服用するように指示してください」

千尋が所長に言った。

　原子炉事故の直後には、多量の放射性ヨウ素が放出されるときがある。このヨウ素は甲状腺に蓄積し、甲状腺癌を誘発する。あらかじめ非放射性ヨウ素を甲状腺に蓄積すると、後からきた放射性ヨウ素が溜まらないので、ヨウ素剤を服用することによって甲状腺障害を予防できる。放射性ヨウ素の半減期は8日と短いが、原発事故初期には大量の放射能を出すので、事故直後に服用する必要がある。この点でも、東電および政府の対応は後手後手になった。

「この建物の1階小会議室に臨時の診療所を開設しましたので、具合が悪くなったらきてください。薬剤や簡単な治療器具は本館から移動しました」

千尋が言った。

「これは助かる。今度、白石先生の顔を見たくなったら、仮病で診療所に行くよ」

山本がからかった。千尋は、むっとして山本を無視して部屋を出て行った。弘子がにやにや笑って後について出て行った。

05時40分　冷却水枯渇によって１号機の非常用復水器が完全停止になり、崩壊熱エネルギーと蒸気は再び行き場を失い、圧力容器の圧力と温度を上昇させた。厚さ16 cmの鋼鉄で出来ている原子炉圧力容器は、その圧力と高温に耐えていた。しかし、それが壊れるのも時間の問題であった。

05時46分　消防ポンプによる炉心注水準備をしている班から携帯電話を通じて連絡があった。

「ようやくポンプの準備が終わり、防火水槽の水を注入しています。炉心の圧力が高いらしくて、水が入っているかどうか確認できません」

06時10分　１号機の原子炉圧力容器の圧力が80気圧に達して、原子炉内の水を環流する再循環ポンプのベアリング部がとうとう破損した。そのときの破断面積は、直径に直すと５cmであった。破綻直後は「ブシュー」という音を立てて勢いよく高温の水が噴出した。炉心の水は、シュラウドと炉壁の隙間を通って逆流し、急激にシュラウド内の水位が低下した。シュラウド内の水がなくなった時点で、その隙間を通って炉心の水蒸気が「シュー」と音を立ててポンプの破断面を通って漏洩した。この破損により、圧力容器内の圧力は急激に低下した。以後、崩壊熱によって炉心の水が蒸発して、炉心の水位が徐々に低下を始めた。(脚注)

06時20分：桜井が山本に報告した。

脚注：この破損箇所についてはいくつかの説があり、炉心底部の破損が報告されているが、本書では非常用復水器（ＩＣ）が作動していたという仮定から再循環ポンプ破損説を採用する。東京電力の報告書では、ＩＣが作動せず、本書よりずっと早い原子炉圧力容器（ＲＰＶ）破損を予測し、燃料の85％がＲＰＶから溶け出たと予想している。そのシナリオでは、注水は12日６時以前に可能なはずである。水位データも計測値と全く異なる。また、ＩＣが作動し、炉心のドライアウトによるＲＰＶ破損も考えられるが、その場合でも、６時に注水可能となるシナリオに矛盾が生じる。ＩＣの動作状況やＲＰＶの破損状況、燃料の流出については、不確定な要素が多いので、今後の検証が待たれるところである。

「ようやく炉心への注水ができるようになったそうです。原子炉圧力容器の圧力が下がったようですが、原因はわかりません。これまでで1トン注入したようです。防火水槽から水を汲み上げ、移動してからの注水なので、手間がかかっているようですが…」

山本は、少し下を向いてほっとした表情を見せていた。いままで、原発事故の状態はすべて悪い方向に向かっているものばかりだったのだ。炉心に水が入ったことによって、原発収束に向けた光明が少しは見えてきた気がしたのだ。

「そうか。それは良かった。これからも大変かと思うけど、とにかく注水を続けるよう指示してくれ」

山本が桜井に言った。

しかし、炉心注水成功は原発事故収束に向けた光明ではなかった。原子炉圧力容器が破壊し、圧力と水位の低下が顕著になっていた。原子炉圧力容器の圧力低下は、原子炉メルトダウンの始まりでもあったのだ。このとき、原子炉は1時間に12トンの水を消費していた。このとき成功した1トン程度の炉心注水は、燃料棒の崩壊熱に比べて少なく、炉心の水位低下を止める量は確保できていなかった。水がわずかに入ったのは、原発が我々に牙をむく前兆だったのだ。

本当の危機はこれから始まる。

06時50分　本店の対策本部から電話があった。

「5時44分に、総理大臣から半径10km圏内の住民避難指示が出た。バス会社には、本店から住民避難用のバスを手当てしてある。先ほど経産大臣から手動ベントの実施命令が出た。『はい、実施します』と答えておいたが、ベントを実行するのはこっちなので、本店の指示があるまでベントはしないようにしてくれ。実は、まだ社長が到着していないのだ。名古屋からヘリでこっちに向かっているのだが…」

伊地知だった。

「本店は、いつまでも煮え切らない。社長がいないと、この会社は何も決断できないのか」

山本は思ったが、

「了解しました。ベント作業の準備はすでに始めております」

と答えた。

「あぁー、あともう一つ。いま、首相がヘリでそちらに向かっている。７時過ぎにはそっちに到着すると思うので、適当に相手をしてくれ」

「私が総理の対応をしてどうなるんですか。政府との対応は本店でお願いしますよ」

山本が抗議した。

「総理は、官房長官の忠告を無視してそちらに向かったらしい。こちらではどうしようもないので、よろしく対応してくれ」

伊地知の連絡が切れた。

「総理がこっちにくるのか。きてくれるのはありがたいが、いまは少しまずいな。私がいないと、原発の手配が回らない。でも、所長の私が応対しないと、後が怖い。総理の判断で少しでもベントが早まるといいのだが…」

山本は思った。

１号機爆発

07時00分 事故前は燃料棒の上端から４ｍあった1号機圧力容器内の水位は下がり続け、とうとう燃料棒上端まで到達し、燃料棒の頭が水面上に現れた。

これまで、水の沸騰で２００℃以下に押さえ込まれていた核燃料棒は、水という門番を失い、本来の凶暴な本性を表し始めたのだ。膨大なエネルギーを内包する核燃料は、本来、核物質を閉じ込める鎧の役割をしているジルコニウム合金（ジルカロイ）でさえも悪魔に仕える凶暴な使徒に変えてしまう。つまり、酸化ウランペレットを覆っているジルカロイは９００℃以上で原子炉内の水蒸気と反応して高熱を発しながら水素を生成するのだ。

07時11分

「南雲総理が到着されました。ただいま応接室にお通しします」

佐藤総務課長が、緊張気味に山本がいる発電所対策本部に入ってきた。山本が応接室に入ると、南雲忠夫首相がＳＰと秘書官を伴い部屋で待っていた。政府の原子力安全委員会の委員長も同席していた。南雲の表情は、原発の危機に直面して事態の重大さと、その責任とで紅潮していた。型どおりの挨拶の後で、山本が原発の現況について説明した。理系大学出身の首相だけあって、原発の基本的なことはよく知っていた。一般

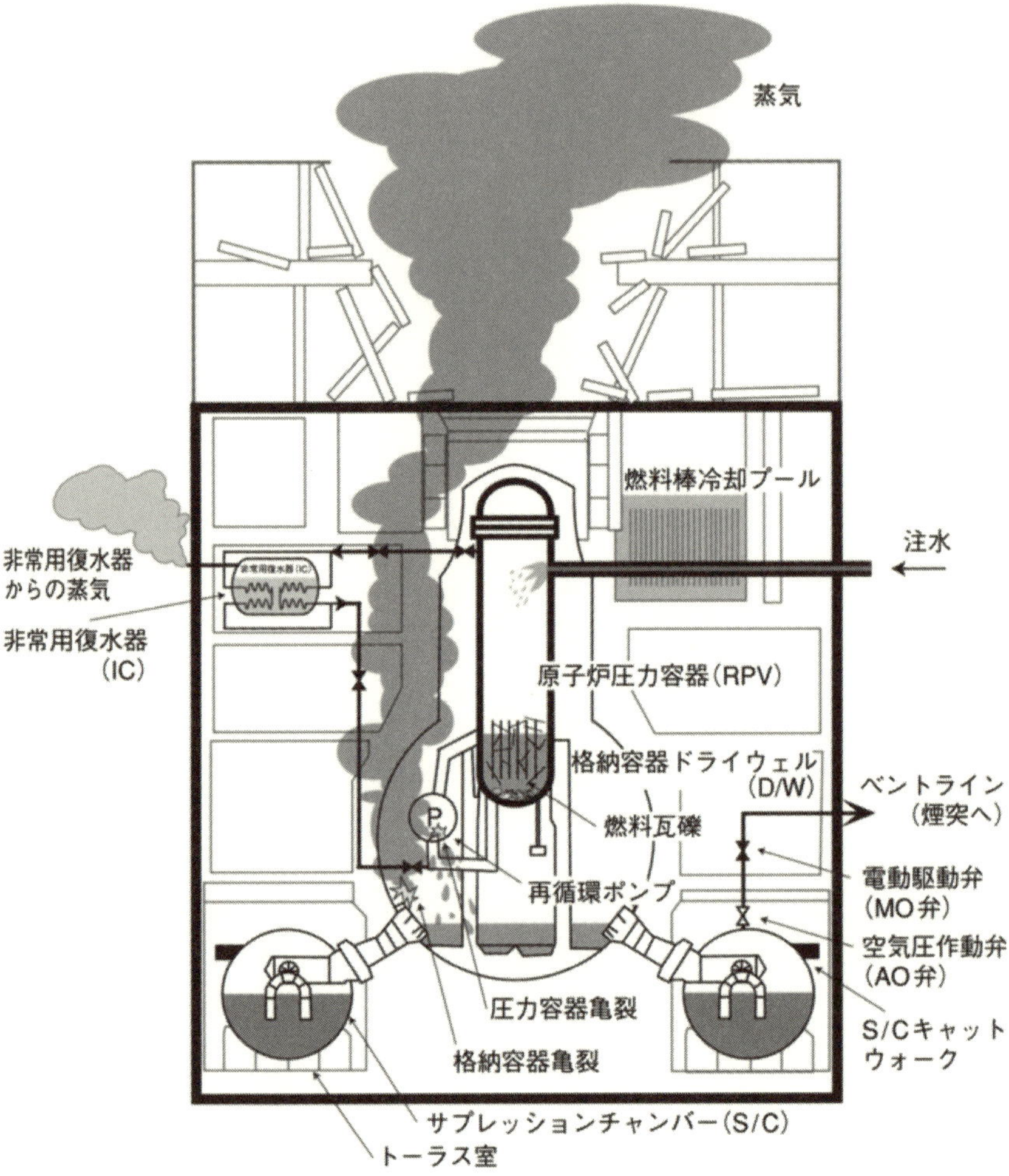

１号機の冷却システムと破壊状況（３月 12 日 16 時現在）

的な政治家に説明するように中学生の用語で説明する必要もなく、本質的な説明が手早くできた。その後、南雲が質問したが、全体像の把握というより直流電源の電池サイズや重さのように詳細な技術的問題に質問が及ぶことが多かった。

説明の後で、山本が言った。

「いま、1号機の格納容器はいつ爆発してもおかしくない状況です。一刻も早いベント実行が望まれます」

これまで所員が危険を冒して収集したデータを基に説明した。

「そのデータは、東電の本店から官邸には上がっていないぞ。それに、ベントに関しては、今日の1時頃に本店からベントの要請がきて、私と経産大臣の名前で許可を出している。つい先ほども経産大臣名でベントを行うように本店に命令したばかりだ。どうなっているのだ」

南雲がイライラして質問した。

「現在、避難状態を確認していますが、大熊町で10 km圏内の住民が残っている模様です。風向きによってはベントできる可能性もありますが、何せ本店の実施許可がないと、こちらではどうにもなりません。総理が国家として全責任をとっていただけるのであれば、決死隊をつくって、すぐにでもベントを実施します」

山本は単刀直入に言った。たったいまでも、1号機は爆発するかもしれない。一刻の猶予も許されないのだ。

南雲は、ここにくる前に、財務省の官僚から忠告を受けていた。

「今回の原発事故の責任は、すべて東電にあります。したがって、国は一銭も出さないので、国が責任を取って財源を使うような発言は一切しないようにしてください」

という要請だった（脚注1）。南雲は「俺が全責任を持つから、ベントをやりなさい」と言いたかったが、それを言うのをためらった。

「本店と相談して、頃合いを見計らって火急的かつ速やかにベントを実施してくれたまえ。君は、本店の役員と異なり、信頼に足る人物のようだ。これからもがんばってくれ。そろそろ私は官邸の対策本部に戻る」

南雲は、急にそわそわして免震重要棟を後にした。

「この1時間は、時間の無駄だったな」

山本は思った。

＊＊＊

08時00分 東京の本店対策本部では、役員が不安そうに首相の福島原発訪問の動向報告を待っていた。ようやく、東城直樹《とうじょうなおき》東日本電力社長が大阪から名古屋経由のヘリをチャーターして到着した。（脚注2）

東城直樹は東京の私立大学経済学部出身で、東電では珍しく国立大学出身者ではない社長だ。東電には大学の先輩の〝つて〟で入社した。東城の出身大学は同窓会組織が強く、社内でも何かと先輩に助けてもらった。その甲斐あって、資材部長で実績を挙げて、現在の会長の推薦で社長に大抜擢された。資材部時代は、特筆した成果を挙げるというより、すべてについてそつなくこなし、部長当時に起こった原発の情報隠しスキャンダルとも全く無縁だった。ともかく、細かいことにも配慮する調整型の人間である。

脚注1：この要請は、以後の政府の対応から著者が推定した事項である。実際に、このような忠告がなされた証拠はない。
脚注2：東京電力社長が本店に戻ったのは3月12日10時過ぎとされている。

東京に戻ってくるとき、本店から福島原発の事故に関して逐一報告があったが、何一つ指示を出していない。事故の重大さに東城は押しつぶされそうになって、ただ報告を聞いているだけだった。

「何で、こんなときに社長になったのだ。原発の被害総額は想像もつかない。何とか損害を最小にして、会社を存続させなければいけない。これまで、原発を含めてコストの削減をしてきたが、それも無駄になってしまった」

東京に向かっている途中の東城は、自分と会社の今後のことをあれやこれやと考えていた。

東京の本店に到着したときは、その責任の重さと、これから決断しなければならない事柄で、息もできない状態になって蒼白な顔をしていた。本店対策室に東城が入ると、役員をはじめ本店対策室メンバーが社長を待ち構えていた。まず、伊地知大輔原子力本部長がこれまでの概要を説明し、ベントの可否が1号機の重要課題であることを述べた。また、いま南雲首相が福島原発を訪問し、山本所長と面談中であることを説明した。

「そうですか。首相が向こうに行っているのですか。それで、福島原発で山本君は首相に何を説明しているのでしょうか。ところで、会長は中国のはずだけど、連絡は取れましたか？　ベントの件について何か言っているのでしょうか」

東城が尋ねた。

「『また、会長はどう言っているのか』か。この人は、何も自分で決断できないのか」

と思いつつ、伊地知が説明した。

「福島の首相訪問については、我々も山本君の報告を待っているところです。会長は中国に出張中ですが、何とか連絡は取れました。原発問題に関しては社長にお任せするということでした」

「そうか。会長の指示はないのか」

東城がつぶやいた。

08時04分　福島原発の山本から本店に電話があった。

「南雲首相から、『ベントは火急的かつ速やかに実行せよ』とのご指示でした。ただし、『最終判断は東電で行うこと』と言われました」

山本は、首相の指示をそのまま本店に伝えた。

「そうか。首相はそう言われたのか。電源が復旧しないこの期に及んではベントも致し方ないでしょう」

東城がうつろな表情でつぶやいた。

「それでは、山本君にベントを許可します」

伊地知が渋々同意した。

＊　＊　＊

08時31分

「皆さん、本店からベントの許可がやっと出ました。すぐに準備に取りかかってください。９時を目標にベントを行います。それでは高橋君、鈴木君、よろしくお願いします。各自、予定の持ち場についてください」

山本が指示した。

待機していた鈴木と高橋が化学防護服の装着を始めた。これは、軽い素材でつくられているタイベック製の簡易防護服と異なり、呼吸用の酸素ボンベと防護服を背負ったうえに、さらに分厚いゴムの防護服を装着するもので、20 kg以上の重装備だ。手袋も分厚く、作業視野も狭いので、瓦礫の散乱が予想される原子炉建屋内の作業は困難が予想された。１００**ミリシーベルト**で警報が鳴るようにセットされた線量計（放射能を計測する装置）を防護服内にセットしながら、体格の良い高橋が小柄でイケメン系の鈴木に言った。

「お前、こんな重い服着て大丈夫か。お前が着ていると、子供が大人の服着てるみたいだぞ」

「バカ言え。これでも高校時代は陸上の長距離で結構がんばったんだ。デカイだけのお前に負けるもんか。さっさと片づけて戻ってこようぜ」

鈴木が明るく答えた。（脚注１）

09時04分　鈴木と高橋が免震重要棟を出発した。原子炉建屋の入口で無線の中継をするために、桜井が同行した。原子炉建屋内部は電波を通しにくいので、入口に待機して携帯無線で連絡をして、それを免震重要棟に伝える必要があったのだ。（脚注２）

原子炉建屋の入口にある重い扉を桜井が開けると、むっとした熱気と水蒸気が防護服の上からも感じられた。すでに破壊している格納容器ドライウェル（D/W）下部からの蒸気だった。

「では、よろしくお願いします。線量計のブザーが鳴ったら途中でも引き返してください」

脚注１：実際には、高齢者が志願して現場に行ったと報告されている。
脚注２：この手順は、実際と若干異なる。

桜井は、念を押して二人を建屋内に導き入れた。

二人が原子炉立建屋に入ると、中は真っ暗で、懐中電灯なしには何も見えない状況だった。さらに、通路には地震で倒れた書棚などが散乱していた。その暗闇の中の階段を上り、2階の建屋にたどり着いた。部屋を隔離する重い扉を開けると、部屋の向かい側にある厚い壁の向こうに原子炉格納容器が暗闇の中に音もなくたたずんでいた。しかし、その内部には原子炉圧力容器があり、いまにも暴れ出そうとする核燃料棒2万8000本が大量にうずくまって牙をむく準備をしていた。2階のフロアは、地震にもかかわらず綺麗な状態だった。二人は格納容器を迂回して反対側の電動駆動弁（MO弁）にたどり着いた。

「電動駆動弁（MO弁）があったぞ、早速動かしてみよう」

二人はバルブに取りついて動かそうとしたが、設置以来ほとんど動かしたことのなかったバルブは固着して動かない。そもそも、手動ベントの訓練すらも実施されたことはなかった。鈴木が辺りを見回して2本の鉄パイプを持ってきた。

「1本をテコにして、もう一つでたたいてみよう」

「ガーン」、「ガーン」と10回ほど高橋がたたくと、電動駆動弁（MO弁）のハンドルが少し動いた。

「よし動いた。今度は、25％までオープンだ。イチー・ニー・サン・シー」

ハンドルは比較的スムーズに回転し、規定の回転数を回し終わった後で、

「さて、さっさとオサラバしようぜ」

と言って、二人は現場を立ち去った。

09時20分　電磁弁を開けた三人が免震重要棟に戻ってきた。特別に設置された洗浄室で防護服外部の放射能を綺麗に洗い流した後で、ようやく重い化学防護服を脱ぐことができた。累積線量計を見ると、高橋は26ミリシーベルト、鈴木は24ミリシーベルトだった。思ったより少ない被爆ですんだのだ。

「ヤッター」

二人はハイタッチをした。

「高橋君、鈴木君、ありがとう。これでベントの第一歩が完成だ。しかし、君たちは中央制御室にも長時間いて累積放射線量が100ミリシーベルトに近づいている。これ以上の高放射線量の仕事はお願いできないね」

山本がねぎらいの言葉をかけた。二人は所長にほめられて少し照れくさそうにした。しかし、線量が限界に近づいたので、これ以上危ないことをしなくてもよくなって、内心少しほっとしてもいた。

「亜紀子君、10時にベントした場合の放射能の拡散予測結果をSPEEDIでシミュレーションしてもらってくれ」

山本が言った。

「すでに、先ほど本店から結果を取り寄せました。予測では北西の風毎秒3・6m、地上の放射線被曝地域は3km以内です」

亜紀子が、シミュレーションした放射能拡散予測図を持ってきて説明した。

「これならベントできる。1/2号機中央制御室に行って、10時過ぎを目処にベントしよう」

山本が言った。

10時00分　消防ポンプによる注水努力にもかかわらず、1号機の燃料棒は4mの内1・5mが露出した。このとき燃料棒上端は1000℃に達し、ウラン燃焼ペレットを覆っているジルカロイが水蒸気と反応を始めた。ジルコニウムは、高温になると水蒸気中で酸化反応を起こす。このとき、発熱とともに水蒸気から酸素を奪うので水素が発生する。

このジルカロイと水蒸気の反応は、圧力容器中央から徐々に周辺へと広がっていき、線香の束が燃えるように、まず上端に火がつき、徐々に下部へと伝播していった。核燃料崩壊が始まったのだ。それと同時に、これまでキセノンなどの放射性ガスだけを含んで格納容器から放出されていた水蒸気に、水素が含まれるようになる。格納容器下部の破損箇所から漏れ出た水素を含んだ水蒸気は、ドライウェルと建物コンクリート間につくられた約5cmの隙間を這い上がり、原子炉建屋最上部に溜まっていった。

10時15分　山本、桜井、下山、亜紀子は、二名の運転員とともに1/2号機中央制御室にいた。真っ暗な中央制御室に各自持った懐中電灯が光っている。破損した車から持ってきたバッテリーに繋がれたいくつかの計器がぼんやりと光っていた。すでに非常用出口を示す表示ライトも消えていた。ライトで当たりを見回すと、地震のときに散乱した書類がそのままになっている。

山本たちは、中央制御室の全面に配置された制御板の前に立っていた。ここから、サプレッションチャンバー（S/C）とベントパイプを繋ぐ空気作動弁（AO弁）を開ける作業を始めるのだ。このバルブが開くと、サプレッションチャンバーと繋がっている格納容器のガスが放出され、1時間前に開けた電動駆動弁（MO

弁）を通って高さ１２０ｍの煙突から外部に排出される仕組みになっている。空気作動弁（ＡＯ弁）には計測計器用圧縮空気ボンベが繋がっていて、もしそのボンベに高圧空気が残っていれば、バルブは作動することになる。電源喪失で圧力計の表示がでないので、現在ボンベに何気圧の空気が残っているか不明だ。ベントに備えて、外にいた作業員は全員屋内に避難している。

10時17分

「それでは始めようか」

山本が運転員に促した。

「サプレッションチャンバーＡＯ小弁（小型空気作動弁）開けます」

係員が復唱してスイッチを入れた。何も起こらない。

「ＡＯ小弁〝開〟の信号出ません」

係員が報告した。この弁は、全開になったときに信号が出る仕組みになっている。その信号が戻ってこないのだ。

「やはり、停電でボンベの空気圧が抜けてしまったのでしょうか」

桜井が言った。ベントに期待していた一同は、暗い気持ちで、制御板を見つめているだけだった。

「もう一度やってみよう」

山本が係員に指示した。これ以後、２回の空気作動弁解放を試みたが、結果は同じだった。

10時40分　「発電所正門の放射線モニタリングポストの放射線量が毎時３８５ミリシーベルトに急増しました」

免震重要棟の鈴木から中央制御室の山本に連絡があった。

「何とかベントはできたようだね。どのくらいの蒸気が放出されたんだろうか。この空気作動弁（ＡＯ弁）は圧力がなくなると自動的に閉鎖するようになっていたと思うよ。弁が全開になるとロックで固定されるけど、この状況では全開まで開かなかったようだね」

下山が言った。下山は原発の隅々まで熟知していた。

11時15分　「放射線モニタリングポストの放射線が、再び毎時６ミリシーベルトに下がりました。待避している要員は屋外に出てもよいと思われます。ドライウェルの圧力も変化ありません」

免震重要棟から連絡があった。放射線の増加でベント成功の期待をしていた山本たちは、この知らせに落胆した。やはり、空気作動弁（ＡＯ弁）のボンベ圧力が十分でなく、半開き状態で、圧力が抜けた後でまた閉じたようだった。山本たち四人は、暗い気持ちで免震重要棟に向かった。

「いよいよ、トーラス室に行って空気弁を開けないと、原子炉は助けられない。そのときは、私が行く」

亜紀子は、心の中で密かに決意を固めた。

12時00分　１号機圧力容器内の水位は、ほぼ燃料棒下端まで減少した。燃料棒は、ジルカロイ・水蒸気反応で水素を発生し続けている。その水素は、格納容器破断面から流出して建物の隙間を伝わり、原子炉建屋上部に溜まり続けていた。燃料棒上端の酸化ウラニウムペレットは融解を始め、断続的に注入される水により急激に冷却され、ペレットがばらばらになって原子炉圧力容器（ＲＰＶ）下部に落ち込んでいた。原子炉圧力容器周囲に設置されたステンレス製シュラウド（冷却水整流板）は、炉心の高温で溶け落ちて燃料棒とともに瓦礫となっていった。しかし、原子炉圧力容器底部には若干の水が存在し、容器の底から通過して溶融燃料が格納容器に抜け落ちること（いわゆる、メルトスルー）を防いでいた。水を失って暴れまくる核燃料を炉心に残ったわずかの水が最後の防衛線としてとどまって、燃料が原子炉圧力容器を突破することをかろうじて防いでいた。この日の朝６時10分に破断した原子炉圧力容器の開口部の大きさも、そのままだった。（脚注）

しかし、燃料ペレットを隔離していたジルカロイのケースが完全に壊れたことにより、核燃料の中に閉じ込められていたヨウ素やセシウム、それにもっと危険なストロンチウムやプルトニウムといった放射性物質が燃料棒から解放され悪魔の使徒として外に出る機会を伺っていた。特に、沸点が低く、蒸発しやすい放射性ヨウ素とセシウムは、放射性蒸気となって圧力容器の中でうごめいて、その一部は破壊した原子炉圧力容器の亀裂を通って格納容器に溜まっていった。

12時00分　山本所長は、回線が繋がったテレビ会議システムで本店と協議をしていた。現状を社長に報

脚注：東京電力の報告書では、１号機燃料の85％が原子炉圧力容器（ＲＰＶ）の外にメルトスルーしているとなっている。種々の圧力・水位データや、その後の冷却過程を考えると、本書では、１号機の燃料は大部分がＲＰＶ内にあると推定している。今後の検証が待たれる。

告した後、山本が言った。

「1号機のベントは一応できたようですが、また圧力が徐々に上がり始めています。また、炉心への注水は継続中ですが、このまま電源が復旧しないと消防車で注入する淡水がなくなりますので、いずれ海水の注入を考えなくてはなりません」

「海水を入れたら、二度と原子炉は使えなくなってしまう。その責任はだれがとるのだ」

伊地知が遮った。

「原子炉を廃炉にすると莫大な損失になり、株主代表訴訟で責任を追及されますね。この件は、こちらで検討させてください」

弱々しく東城社長が答えた。

「社長の判断なので仕方がない。まだ淡水は少し余裕があるので、待ってみるか」

山本は会議を終了させた。

12時55分

「格納容器ドライウェルの圧力が6・4気圧に再び上昇しました。このまま圧力が上がると、爆発の危険があります」

中央制御室から連絡があった。サプレッションチャンバーの空気作動弁（ＡＯ弁）が再び閉じて、格納容器の圧力が再び上昇したのだ。容器破損部から蒸気は漏れているが、その量は圧力を低下させるほど多くはなかったのだ。

免震重要棟の発電所対策本部では、手動ベントの検討を始めた。

「亜紀子君が以前説明したように、サプレッションチャンバーの空気作動弁（ＡＯ弁）を手動で開けてベントして原子炉の爆発を防ぐ必要があるようだ。しかし、原子炉建屋地下は放射線が高そうなので、高度被爆の可能性があり、非常な危険を伴う」

山本が言った。

「私に行かせてください。私が計画したプランなので責任があります。それに、1号機の構造は熟知しているつもりです」

亜紀子が、心に秘めていた決意を口にした。

「私と亜紀子君で行きます」

桜井が追随した。ちょっと小太りの体型で丸顔の桜井は普段は優しい顔をしているが、このときばかりは緊張で顔がこわばっていた。

「亜紀子君はまだ若いし、結婚もこれからだ。桜井は一人娘がまだ5歳じゃないか。とっても若い二人に放射線被曝はさせられない。所長の私が行くしかないだろう」

山本が言った。

「山本所長さん。あんたは所長として原発を何とか取り仕切ってもらわないといけない。所長がいなくなったら、私らが10人いても代わりにはならんのですよ。戦争で大将が討ち死にしたら、その軍隊は終わりです」

注水の手伝いから戻ってきた孫請け会社社長の高岡が言った。

「小さいとはいえ、会社を引っ張ってきた高岡の言葉にも一理ある」

と、皆が思った。

「私は、原発はよく知らないけれど、体力はありますから、だれか一緒に行ってくれれば、原子炉建屋に行ってもいいですよ」

高岡が続けた。

「私も、最後のご奉公でバルブ（弁）を止めに行きます。あの1号機はつくっているときからのお付き合いだ。どうせ、この先いくらもありませんから」

下山が申し出た。

「下山さん。その歳で、さっきの化学防護服を着て行くのは無理ですよ。サプレッションチャンバーのキャットウォークから落ちたら、命はありません。もしベントに失敗したら、原子炉は爆発し、我々全員が死にます。私が行くしかないのです」

桜井が悲痛な表情で言った。

「所長。私は女ですが、これでも剣道とサッカーで体を鍛えてきました。その辺の男性よりは体力はあるつもりです。それに、原発の構造や設備の細部については、下山さん、桜井係長の次ぐらいに知っているつもりです。少なくとも所長よりは…」

最後の言葉だけ余計だった。

「亜紀子君、本当にいいのか？」

山本が尋ねた。

「いいわけないいじゃない。私は若いし、まだ彼氏もいないのよ。これから子供をつくれない体になる不安はあるわよ。私も原子炉とその放射能はとっても怖い。でも、私が行かなくて、だれが行くのよ。それに、昨日の電源車の失敗も取り返す必要があるし…」

心の中で亜紀子は思ったが、その心を押しつぶして言った。

「大丈夫です。私が行きます」

実際、この任務を遂行できるのは桜井と亜紀子しかいなかった。しかし、放射線被曝の危険性は著しく高い。そのような場所に部下を差し向けることは山本にはできなかった。しかし、ベントに失敗すれば、原発が爆発し、ここにいる全員が死ぬだけでなく、周囲の地域に原子爆弾以上の放射能汚染を引き起こすことになる。山本が決断した。

「断腸の思いだが、桜井君と亜紀子君に行ってもらおう。二人には申し訳ない」(脚注)

13時20分 免震重要棟で桜井と亜紀子は防護服の装着を始めた。まず、化学防護服の下に着る防護服を着た後で、呼吸用の空気ボンベを背負う。これだけで12kgの重さがある。身長167cmで、女性としては大柄な亜紀子の肩にもボンベの重さがズシリとくる。さらに、呼吸用のマスクを装着し、100ミリシーベ

脚注：実際には、9時24分にAO小弁の手動開放に係員が向かったが、放射線量が高く、AO小弁の手動開放を断念した。実際は、臨時の仮設コンプレッサーによりAO大弁に空気を送りベントを行った。本書のAO小弁の手動ベント手順は架空の設定である。

ルトにアラームを設定した線量計を身に着ける。その上に、さらにゴム製の化学防護服を装着した。総重量20 kgにも及ぶ装備を装着し、化学防護服のフードガラスを通した狭い視界での作業は、思ったより大変そうだ。

装備を着けている亜紀子の傍らで、白石千尋が心配そうな表情で見守っていた。

「亜紀子、大丈夫？　もし線量が基準を超えたら、何が何でも戻ってらっしゃいよ。でも、うまくいってこの原発事故が終わったら、またビデオ映画を見ながらケーキと赤ワインで女子会しようね。この前、徳島に帰ったとき、パパからいいワインくすねてきたから」

亜紀子は、千尋の言葉に笑顔とVサインで応えた。しかし、実際は放射能の恐怖と責任の重さで、いまにも腰が抜けそうだった。放射能の恐怖で、顔面蒼白で震えが止まらない。それを懸命にこらえて、フードガラス越しに笑顔を返すのが精一杯だったのだ。

「重いと思うけど、これ持って行ってください。たぶん役に立つと思いますよ。電動弁と同じで、空気弁もこれまで手動操作はしたことがないと思うので、グリースが固まって、はじめは動かないと思います。こいつで一発かませば、何とか動くと思います」

先ほど電動弁を開けた高橋が、鉄パイプと大型ハンマーを桜井に差し出した。二人はそれを受け取った。

13時40分　二人と1号機入口で待機する連絡要員が化学防護服に身を固めて原子炉地下1階のサプレッションチャンバーが入っているトーラス室に到着した。重い扉を真っ暗の中を懐中電灯で照らすと、熱気と白いもや状の水蒸気が二人を覆った。トーラス室には、格納容器の破断面から漏れ出た放射性水蒸気が充満していた。その熱気は、厚い防護服からも感じられた。入口の放射線の強度は、毎時１００ミリシーベルトを超えていた。中はもっと強度が高いので、30分以内に戻ってこなければならない。階段を下りて、キャットウォークと呼ばれるサプレッションチャンバーに沿った細い通路を亜紀子を先頭にして渡り始めた。ここから反対側に空気作動弁があった。

二人は、細い真っ暗なキャットウォークにライトを照らしながら視界の悪い防護服から一歩一歩確認して進んで行った。キャットウォークの外側に落ちたら、防護服を着た状態では這い上がることは不可能だった。転落は死を意味する。(脚注)

二人がキャットウォークを半分くらい進んだとき、突然、大きな余震が原子炉建屋を襲った。ゴーという地鳴りとともに、原子炉が大きく揺すぶられた。

「あっ！」

亜紀子がその揺れでバランスを崩した。

「落ちる」

と思い、真っ暗な下を見た。

「私、これで死ぬのかしら」

と思ったとたん、後ろから背中をギュッと引き戻す力強い手を感じた。すぐに、もう一つの腕が亜紀子をし

脚注：実際は、放射線量が異常に高くなったために、作業員は途中で引き返し、以後の作業は行われなかった。

っかり押さえ込んだ。桜井だった。亜紀子は振り向いて
「ありがとうございます」

と言って、防護服の中の桜井の顔を見つめた。桜井は、何も言わずに亜紀子を見ていた。ムーミンパパのように小太りで丸顔の桜井が、このときはとっても頼もしいヒーローに見えた。

「さあ進もう」

桜井が促した。

二人は、ようやくベントのための空気作動弁（ＡＯ弁）手動ハンドルにたどり着いた。これは、全開にする必要がある。まず、二人でハンドルにとりつき動かそうとしたが、ピクリとも動かない。そこで、先ほど高橋に渡されたパイプをハンドルに通してテコとしてハンマーで強くたたいた。数回たたくと、ようやくハンドルが少し動いた。

「やっと動いた。二人で全開にしよう」

桜井の指示で、二人はハンドルを回し続けた。重いハンドルを回していると汗が噴き出てきた。しばらく回していると、空気作動弁（ＡＯ弁）から蒸気が流れる振動が伝わってきた。そのとき、線量計の警告ブザーがけたたましく鳴り出した。被曝量が１００ミリシーベルトを超えたのだ。圧力を解放された格納容器内の放射性ガスが、亜紀子と桜井のそばにあるパイプの中をものすごい勢いで流れている。そのガスで放射線強度が跳ね上がったのだ。しかし、二人はかまわずハンドルを回し続けた。

「やりましたね」

亜紀子が放射線警告音の中で叫んだ。桜井が満足そうにうなずいた。

14時00分 二人は原子炉建屋を出た。連絡係が待っていた。

「やりましたね。山本所長にはベント成功を連絡しておきました」

二人は疲労困憊していた。いままでの20分が丸1日に感じられるほどだった。

「ありがとうございます」

亜紀子は、座り込みたくなるのを精一杯こらえて礼を言った。免震重要棟に帰る道すがら上を見ると、高さ120mの排気煙突から白い煙が北北東の青い空にたなびいていた。

「よかった。放射能は海の方向に流れている」

亜紀子は、煙突の水蒸気の方向を見て少しほっとした。(脚注)

14時50分

「格納容器ドライウェルの圧力が6・5気圧から5・5気圧に低下しました」

中央制御室から発電所対策本部に連絡があった。

「これで、格納容器の破壊は免れたようだ。桜井君、亜紀子君、ありがとう」

山本が二人を労った。発電所対策本部にいる全員が安堵の表情で拍手をした。桜井と亜紀子は少し恥ずかしい表情を見せた。

脚注：実際のベントは、仮設のコンプレッサーを用いて、サプレッションチャンバーの大型AO弁によって実施された。

「モニタリングポストの放射線強度が毎時7・7ミリシーベルトに下がっていますので、屋外作業ができると思います」

鈴木が報告した。このベントによる放射線の増加は、10時のベントに比べて大きくなかった。1号機の炉心注水班が注水作業に戻って行った。

14時52分 山本は、ベント成功の報告を早速本店にテレビ会議システムを通じて行った。それと同時に、消防車で注水している80トンの淡水が底をついてきており、その代替えを至急探す必要があることを東城社長に告げた。

「もう一刻も猶予ができません。海水注入の許可をお願いします」

「その件については十分理解しています。しかし廃炉を伴う海水注入は、株主代表訴訟の心配もあり、一私企業ではなかなか決断が難しいのですよ。政府の方から海水注入を命令してもらえるとありがたいのですがねえ」

「この期に及んでも株主か。この社長は、自分の会社の財産管理もできないのか。注水を止めたら、会社どころではなく、日本がだめになるのを理解しているのだろうか」

山本は思ったが、その気持ちを押し殺して

「では、政府への働きかけ一刻も早くお願いします」

と言ってテレビ会議のスイッチを切った。

14時54分 山本は、しばらく発電所対策本部の天井を見て何かを考えていた。その後で意を決して言った。

「注水班に海水の注入準備をするよう指示してくれ」

「海水ですか。海水を入れると、原子炉は二度と使えなくなりますよ。そもそも、本店が廃炉を承認するでしょうか」

テレビ会議を傍らで見ていた桜井が言った。

「それはわかっている。でも淡水がなくなったいま、近くにあるのは海の水しかないだろう。ともかく水を入れて冷やし続けないと原子炉は爆発する。本店には準備ができたら何とか説得するよ」

原子炉が爆発したら、我々は確実に死ぬという恐怖と、日本を廃墟にするわけにはいかないという責任が山本にはあった。

15時20分　格納容器ベントによる減圧は、原子炉がおとなしくなったと見せかける行為に過ぎなかった。原子炉は、密かに反撃のチャンスをうかがい着々と準備をしていた。ベントをしたとき、水素を含む放射性ガスは、煙突からだけではなく、ベント配管に繋がっている建屋内のダクトを逆流して原子炉上部に吹き出した。特に、最上階の５階フロアにあるダクトから大量の水蒸気と水素が建屋に充満した。これまで、格納容器破損部から流出して原子炉建屋に溜まっていた水素と、ベントで急激に流入した水素によって、原子炉建屋５階の空間の水素濃度が４％以上になった。原子炉の反撃のときがきたのだ。水素は、空気中の濃度４％以上で着火すると爆発する性質を持っていた。

東電では、全交流電源喪失時のベントについて全く検討をしていなかった。検討する必要性も全く感じていなかった。そもそも、ベントすることは「絶対安全」な原子炉に対しては想像することすらタブーであった。ベント装置は、単に絶対安全を確実に見せる広告塔でしかなかった。電源を喪失して弁が開いた状態の管路がいくつかベントラインに繋がっていた。そこから水素が逆流し、建屋に蓄積されていったのだ。

15時31分　原子炉建屋に充満した水素を含む放射性水蒸気で、モニタリングポストの放射線強度が毎時569ミリシーベルトに跳ね上がった。

15時36分　密かに機会を伺っていた原子炉に反撃のときがきた。1号機の5階で爆発状態になっていた水素と酸素の混合気体は、電気機器の小さな火花でその牙を一斉にむき出した。

水素爆発だ。

「ドーン」という鈍い音とともに全体を揺さぶる激しい振動が免震重要棟を襲った。

爆発に備えて比較的弱くつくってあった原子炉建屋の屋上と最上階の壁が吹き飛んだ。そのときの噴煙は、原子炉上部に向けて瞬間的に放出された。爆発により発生する高圧で空気中を音速以上で伝播する衝撃波が発生し、周囲を揺さぶりながら一瞬で通り過ぎた。その後に、膨張波による白い雲が続いた。

この爆発の模様は、原子炉を遠距離撮影していたテレビカメラにとらえられ、固唾を飲んで見守っている国民の前で放映された。免震重要棟にいる山本たちや本店対策室、官邸対策室はテレビを見ていなかったので、何が起きたか掌握できずにいた。

原発から4.5㎞離れている双葉厚生病院では、そのとき、患者の搬出避難作業をしていた。病院には重症患者も多く、医師・看護師の懸命の努力にもかかわらず避難は遅々として進まない。「ドーン」という衝撃が避難作業中の看護師を襲った。そのあと、爆風が患者と関係者を通り過ぎた。

「あぁー。もうこれで私たちは放射能被爆して広島の人たちみたいになって死んでいくのだわ」と看護師は思った。そのあとで、爆発前に患者を運び出せなかった悔しさがこみ上げてきた。双葉病院は、原子炉事故に備えた緊急避難訓練は一度も行ったことがなく、その可能性についても検討されたことはなかった。結果的に、重症患者には適さないバスによる長時間の避難中もしくは避難先で、13日までに11名の患者が死亡する惨事となった。

この水素爆発は、格納容器の外の原子炉建屋上部で起こった。爆発に備えて原子炉本体がある建屋に比べて、意識的に脆弱につくってある建屋上部は吹き飛んだが、爆圧はその派手な映像とは裏腹に、思ったほど大きくなかった。爆発の1分後の放射線強度は15時31分の半分にまで下がっていた。さらに、12日4時に破壊した格納容器の破断口の面積は爆発の前後で変化しなかった。厚さ3・6cmの鋼鉄製格納容器は、この水素爆発でひずみはしたが、しぶとく生き残り、傷つきながらも最後の砦を維持していたのだ。この日の朝4時に破裂によって生じた格納容器の破損部分の大きさも変化しなかった。

1号機のそばで炉心注水と海水注水準備をしていた注水班は、全員爆風で吹き飛ばされた。その後、空からバラバラと落ちてきた瓦礫が海水注入パイプと準備していた非常用外部電源のラインを寸断した。

「原子炉建屋上部が突然爆発しました。ものすごい爆風でした」

現場からは注水班長が無線で報告してきた。

「全員無事か。安否確認を最優先にして全員免震重要棟に避難してくれ」

山本が指示した。

「いまのところ、死亡者は確認されていません。所員が一人負傷して腕から血が噴き出しています。これから全員撤退します」

注水班と電源敷設班が免震重要棟に帰ってきた。東電の社員3名と高岡の社員2名が負傷した。特に、東電の社員は右上腕の動脈を落ちてきた瓦礫で切断し、「ピュッ、ピュッ」と血を噴き出しながら運び込まれてきた。幸い、ほかの4名は打撲などの軽傷だった。(脚注)

負傷者を産業医の白石千尋と看護師の大隅弘子が待ち構えていた。

「負傷者をすぐ臨時医務室に搬送してください。出血のほうは、どなたか肩のところを強く圧迫して止血してください。重傷の患者は私が処置します。軽傷患者の応急手当は大隅さんお願いします」

千尋が指示した。

机を並べただけの応急ベッドの上で負傷した社員が苦痛に顔をゆがめていた。

「亜紀子、このタオルで腕をもっときつく締め上げてちょうだい。血が止まらないと、患部が見えないの」

千尋がそばに付き添っている亜紀子に指示した。

「青木さん、大丈夫ですよ。これから局部麻酔を打ちますから、少し楽になりますからね」

局部麻酔を数箇所に注射してメスを使って負傷箇所を切開して広げた。上腕の動脈が鋭利な金属片で切断さ

脚注：実際の負傷者の状況は異なっている。また、負傷者の処置手順も架空である。

れていた。このまま上流の血管の止血を続けると、この人の右腕は壊死して、最終的には切断しなければならなくなる。救急車にきてもらい、大病院に搬送するまで待てない。

「輸血はできませんが、動脈の縫合手術を行います。亜紀子、青木さんの腕を押さえておいてちょうだい」

こういうときの修羅場は、男性社員より女性社員のほうが役に立つ。男性は血を見ると卒倒する人がいるが、なぜか女性はしぶとい。

「麻酔が効いてきたので、手術を開始します」

千尋が意識のある青木に説明しながら手術をする。千尋は、研修医時代に使っていた血管縫合用の手術セットを持ってきていた。それを使って、細い血管の縫合手術を手際よくやっていた。亜紀子は、青木の手を押さえながら手術を見ていた。それは素人目にも鮮やかな腕前だった。

「あぁー、管が見えました。これなら縫合できると思いますよ。亜紀子、そこの縫合セットちょうだい」

千尋は、細かい血管の縫合を鮮やかにやっていた。

　軽症患者の手当をしながら、弘子が千尋の手術を横目で見ていた。

「あら、この子手術うまいのね。てっきり愛想のいいだけの内科医だと思っていたのに、処置も的確だわ。どこで覚えたのかしら」

弘子は、千尋の手際のよさに内心驚いていた。

「これなら、青木さんの腕は切断しなくても大丈夫かもしれないわ」

弘子が思った。

「ハイ終わりました。青木さん、安心してください。もう大丈夫です。これから病院に搬送します。大隅さん、負傷者全員を病院に搬送するよう救急車を手配してください」

千尋が指示すると、佐藤総務課長が医務室に入ってきた。

「本店に救急車派遣を要請したのですが、放射能汚染を気にして救急車はここへはこないそうです。津波の影響のなかった高台に駐車してある所員の車を３台用意しましたので、それでＪビレッジに向かってください。そこに救急車を待機させるそうです」

「何ですって。こっちは命がけで原発と戦っているのに、放射能が怖くてここにこられないですって。それなら、私たちはどうなんですか」

千尋は憤ったが、仕方なく自家用車での搬送準備を始めた。

　患者を誘導しながら、千尋は弘子に小声で話しかけた。

「大隅さん、私の手術を見てびっくりしていたでしょう」

「そんなことはないですよ。先生の処置のうまさを再認識させていただきました」

図星だったが、弘子はしらばっくれた。

「私、これでも手術うまいんですよ。外科専攻で研修医のときは大学病院の胸部外科にいましたから。解離性大動脈瘤の手術で教授のお手伝いもしていたんですよ」

専門医でも難しい解離性大動脈瘤の大手術の手伝いをするとは、よっぽどの腕前である。

「見かけによらず、決断力や手術の腕前は抜群で、この子、本当はいい医者になるかもしれないのに…。企業の産業医にしておくのはもったいないわね」

弘子は思いながら、患者の搬送を続けた。

負傷者とともに3台の自家用車に分乗した千尋と弘子を山本が免震重要棟の玄関まで見送りにきた。

「ご苦労様。怪我人をよろしく頼みます。向こうに着いたら少し休んでください」

山本が労った。

「何を言うんですか。皆さんを救急車に渡したらすぐ戻ってきます。また、これからも何が起こるかわからないじゃないですか」

千尋が毅然と答えて、免震重要棟を後にした。

（第一部　完）

第二部　破壊の連鎖

２０１１年３月11日のプロローグ

東日本電力（東電）福島原子力発電所２号機から４号機は、１号機の運用開始の１９７１年から３年後の１９７４年～１９７８年の間に稼働した、いわば１号機の弟分の原子炉である。原子炉の形式は１号機とほぼ同等であるが、２～４号機の発電能力は７８・４万kWであり、１号機の46万kWに比べて７割も大きい。その分だけ**原子炉圧力容器**（ＲＰＶ）や格納容器も大きく、燃料棒の本数も多い大柄な弟たちである。（脚注１）

２０１１年３月11日14時46分の震災発生時には、２号機と３号機は設計出力で発電中だった。４号機は定期点検と**シュラウド**（脚注２）の改修中で、原子炉圧力容器内の核燃料は他の使用済み燃料とともに**原子炉建屋**５階の使用済み燃料プールの中で冷却中であった。

地震発生直後、原子炉の燃料棒に制御棒が挿入され、１～３号機のウランによる核分裂反応は停止し、原子炉の緊急停止（**スクラム**）が成功した。しかし、原子炉を運転・制御するための外部交流電源が、送電線

脚注１：福島県の原子力発電所は、東京電力福島第一原子力発電所と福島第二原子力発電所があるが、本書では第一原子力発電所のみを福島原発として取り上げることにする。また、福島第一原子力発電所には６号機まであるが、物語を明確にするために、５、６号機は存在しないものとして物語を進める。

脚注２：本文中に「ゴシック体」で表記されている用語は、本書の末尾に用語解説をしてある。

倒壊のために遮断された。その直後に1～3号機の非常用ディーゼル発電機が作動し、原子炉は**冷温停止**に向けた通常の崩壊熱冷却モードに移った。

15時35分　津波の第二波が原子力発電所を襲い、**タービン建屋**地下1階に設置してあったディーゼル発電機が3月11日すべて冠水して動作不能に陥り、全交流電源を喪失した。同時に、**中央制御室**1階にあった直流電源も3号機を除きすべて冠水した。これによって、核燃料の崩壊熱を冷却する**残留熱除去系**（RHR）が使用不能となり、2号機と3号機の交流電源を必要としない**隔離時冷却系**（RCIC）が作動した。

2～4号機に設けられている隔離時冷却系は、崩壊熱によって発生した蒸気でタービンを回し、格納容器下部にある**サプレッションチャンバー**（S／C）内の水で蒸気を凝縮させ水にしながら、そのタービンの駆動力でポンプを動かし、**復水貯蔵タンク**やサプレッションチャンバーにある水を原子炉圧力容器に注入するもので、交流電源がなくても作動する非常用冷却設備である。1号機に付けられている**非常用復水器**（IC）に比べてサプレッションチャンバーの水量が多いので、うまく運用すると、2日程度炉心を冷却し続けることができる。しかし、サプレッションチャンバーの水が高温になると、原子炉内の蒸気を水に凝縮できなくなるので動作しなくなる。

2号機と3号機の隔離時冷却系は、作動すると炉心への注水量が多いために、水位が上昇して自動停止する。それを手動で起動する不安定な運転を中央制御室の運転員が行っていた。そのたびに、原子炉圧力容器内の水位は上下を繰り返した。

17時12分　核燃料の崩壊熱を冷却するために、東日本電力（東電）福島原子力発電所所長の山本吉行《やまもとよしゆき》が、原子炉圧力容器への代替注水方法の検討開始を指示した。つまり、**消火系**（ＦＰ）、復水補給給水系（ＭＵＷＣ）、残留熱除去系および消防車を使用した代替注水である。その中で、残留熱除去系を経由した代替注水ラインをまず検討したが、交流電源がないので断念した。そこで、残留熱除去系の弁を手動で開け、原子炉圧力容器の圧力が低下した後で炉心に注水するよう山本が指示した。

21時50分　自動車用バッテリーを中央制御室に持ち込み２号機の原子炉水位を測定した結果、**燃料棒上端**（ＴＡＦ）から３・４ｍ（ＴＡＦ３４００㎜）であることが判明した。通常は、燃料棒上端から４ｍ程度であるので、ほぼ正常値で隔離時冷却系が作動していると判断された。

23時25分　２号機の格納容器**ドライウェル**（Ｄ／Ｗ）圧力は０・３９**気圧**と判明した。運転状態より若干高い程度であり、１号機に比べて安定していると判断された。

真夜中にやってきた男

3月12日0時10分　その男はやってきた。

「お晩です。新潟の柏崎原発から来た坂井です。山本さんはいらっしゃいますでしょうか」

ボストンバッグを提げた坂井真之《さかいまさゆき》が**免震重要棟**の玄関にぶら～と入ってきた。電源車の手配と配電盤の検討を行っていた大川亜紀子《おおかわあきこ》が対応した。

「山本所長に何のご用でしょうか」

東電の作業服は着ているが、面識のない坂井に亜紀子がいぶかしげに尋ねた。坂井は、その質問に答えずに

「いやー。原発の事故と停電で、道路は真っ暗でした。おまけに、道路は避難車両でごった返していて、福島駅でレンタカーは何とか借りられたものの、到着がこんな時間になってしまいました。ところで、山本さんどこに居られるの？」

「この人、何なのよ。いま原子炉が大変なことになっているのに、用件も言わないで山本所長に会わせろとは、どういう神経をしているのかしら」

亜紀子は思い、いかにも無愛想に

「山本所長は、２階の **緊急対策室** に居られます」

と答えた。

「ありがとう。ところでお嬢さん。事務所員さんは原発事故で危ないので、早く帰った方がいいですよ」

坂井が余計なことを言った。

「私は、原発保安係の係員です。現在、原発の収束に向けた原子炉 **ベント** 作業のプランを任されています」

亜紀子は、いまにも飛びかからんばかりの剣幕で答えた。たったいま、原発の状態がつかめないまま、所長に１号機のベント手順の計画を依頼され、それを考えるので気が立っていた。

「これは失礼しました。知らんかったもんですから」

坂井が博多弁で小馬鹿にしたように言って、２階への階段を上がって行った。

２階の緊急対策室に設置された対策本部では、山本が厳しい表情で原子炉の状態の報告を受けていた。

「山本先輩、お久しぶりです。ようやくこちらに到着できました。もっとも、本日朝の打ち合わせ会議は無理でしょうけど…。何かお役に立てることもあるかと、福島からレンタカーできました」

山本は坂井に気がつき、

「ようやくきたか。お前がいれば十人力だ。いまは忙しいので四方山話もできないけど、現状は桜井に聞いてくれ」

そこに亜紀子が入ってきた。

「あぁー、亜紀子君。君はここにきて3年なので、坂井君を知らないかな。こいつは、4年前まで福島原発にいたのだ。原発の熱流体解析に関してはプロなので、色々聞くといいよ」

亜紀子は坂井を無視して山本に言った。

「この方にはさきほど玄関でお会いしました。所長、1号機ベントの計画についてご相談があります」

坂井が山本の傍らにいた桜井典夫《さくらいのりお》と下山敏夫《しもやまとしお》に挨拶した。

「下山のおやっさん、桜井君、ご無沙汰しています。これから微力ながらお手伝いしますので、よろしくお願いします」

「坂井さん、お帰りなさい。坂井さんがきてくれて助かります」

桜井が、地震から現在までの原子炉の状況について坂井に説明を始めた。

坂井真之は、九州の福岡出身で、父は博多の国立大学教授だった。父親への反発心から山本と同じ仙台の国立大学の機械工学科に入学した。大学院修士課程に進学し、熱工学の抜山教授に師事し、水の沸騰現象を中心とする熱流動の研究を行った。修士修了後、東電入社直後は火力発電所を所轄する火力部配属となったが、その後、原子力部に配置換えとなった。原子力発電と火力発電両方の知識があるが、原子力部では何となく異端児で、居心地が悪い思いをしていた。「熱工学は機械工学科が原点で、原子力工学科は後追いだ」と山本と論争になることもある。その後、新潟の柏崎原発で副ユニット長を務めて、２０１１年４月１日付けで福島原発２号機のユニット長に就任予定だった。事前打ち合わせで、３月12日の福島原発で開催される会議に出席するのため、11日に到着予定だった。しかし、この地震で12日未明に福島原発に到着したのだ。

01時50分 山本所長が、桜井からこれまでの経過を聞き終えた坂井に尋ねた。

「坂井君、これまでの現状をどう思うかね」

「まず、１号機原子炉建屋４階にある非常用復水器が本当に作動しているか心配ですね。21時30分に非常用復水器のバルブを開けてから、水位は安定しているようですが…。非常用復水器の冷却水は大丈夫でしょうか」

坂井が言った。

「17時50分に係員が非常用復水器タンクの水位確認に向かったのですが、建屋入口の放射線量が高くて引き返してきました」

桜井が説明した。

「うぅーん。これから確認するとしても、１号機建屋は放射線強度が高いので確認は大変ですね。次は、２

号機の隔離時冷却系（ＲＣＩＣ）ですね。これは、直流電源がないと動かないはずなので、かなり危ないです。隔離時冷却系が動いていなければ、即メルトダウンです。２号機の隔離時冷却系が本当に動いているかは確認が必要です。３号機は、幸いにして電池が水につからずに直流電源が確保されているようなので、３号機の隔離時冷却系は大丈夫だと思います」

坂井が山本に進言した。

「よし、わかった。１／２号機中央制御室に連絡して２号機の隔離時冷却系の作動状況を確認させよう」

02時00分　１／２号機中央制御室の当直班長小宮が山本の指示を受け、当直員に言った。

「これから、だれかに２号機原子炉建屋に行って隔離時冷却系の動作確認をしてもらいたい。これが動いていないと、原子炉がメルトダウンする」

古参運転員の小笠原と古川が手を上げた。

「小宮さん、私たちが行ってきます。２号機はまだ放射線量が上がっていないはずですから、問題ないでしょう」

二人は、防護服と空気ボンベを身にまとい、長靴を履いて、懐中電灯と線量計を持って原子炉建屋に向かった。

まず、２号機原子炉建屋の地下１階の西端にある隔離時冷却系室を開けた(脚注)。そこには、津波で流入し

脚注：実際は、12日1時頃にも隔離時冷却系（ＲＣＩＣ）室に行ったが、水が溜まっていて引き返している。

た海水が床に溜まっていた。

「大丈夫でしょうか」

古川が小笠原に尋ねた。

「これは、津波で侵入した海水だから心配ないと思うよ。ほら、放射線計を向けても反応していないだろう」

二人は、長靴に水が入るのもお構いなしに室内のポンプ圧力計に向かった。圧力計は小刻みに震えており、室内にはポンプとタービンが発する金属音が防護服を通してかすかに聞こえていた。

「何とか隔離時冷却系は動いているようですね」

古川が言ったが、

「でも、確かに動いているか確実に確認するためには、原子炉圧力とポンプ出口圧力を確認する必要がある。ポンプ出口圧力を確かめに行こう」

小笠原が促した。二人は建屋1階と2階にあるポンプ出口の圧力計と炉心圧力計のところに行って、それぞれが59気圧と55気圧であることを確認して中央制御室に戻ってきた。

02時55分

「2号機の隔離時冷却系は正常作動が確認されました」

中央制御室の当直班長から緊急対策室に連絡があった。

「どうも、直流電源は3号機のバッテリーから供給されているようですね。原子炉水位も燃料棒上端から3・6mで安定しているようですし、当面は1号機のベント作業を優先し、2号機はプラントパラメータ（炉

心の水位や圧力）を監視する方向でいきましょう」(脚注)

坂井の指摘で、山本が1／2号機中央制御室に指示した。

免震重要棟の緊急対策室の傍らで1号機ベントのための手順を検討していた亜紀子が桜井にささやいた。

「あの坂井っていうヒトは何ですか。やたら横柄だし、山本所長に指示を出すなんて、やり過ぎではないですか。さっきなんか、私をいきなり女子事務員扱いですよ」

「坂井さんはちょっと変わっているかもしれない。そういえば、亜紀子君も剣道をやっていたよね。山本所長とは16歳も違うのだけど、同じ大学の剣道部の先輩と後輩らしいよ。原子炉の熱流動にはやたら詳しく、コンピュータを使った事故シミュレーションもこなすみたいだ。会社に勤めてからも、米国ＭＩＴ（マサチューセッツ工科大学）やフランスの原子力研究所に留学した経験もあるそうだよ。4年前まで、福島原発の1号機を担当していたんだ。下山さんは経験で原子炉を運転するけど、坂井さんは理詰めで納得しないと動かない。あの若さで、柏崎原発では副ユニット長を努め、この4月に福島原発2号機のユニット長に就任予定だそうだ。切れ者で、僕も尊敬する先輩だよ」

桜井が説明した。人は見かけによらないものだと亜紀子は思った。しかし、千葉といっても都会育ちの自分には、あの何とも泥臭い田舎っぽさがどうも性に合わない。

しばらくして、産業医の白石千尋《しらいしちひろ》が緊急対策室にふら〜と入ってきた。

脚注：東京電力は、電源がない状態で原子炉圧力容器（ＲＰＶ）が満水となりつつも隔離時冷却系（ＲＣＩＣ）が自動的に動いていたと推定している。

「ねぇねぇ、亜紀子。さっききた坂井さんって向こうの人？　へぇー。ちょっと田舎臭いけど、東電の男としてはまあまあじゃないの？　さっき聞いたところによると、彼、39歳でバツイチ・独身だって」

千尋は、自分には彼氏がいるくせして、こういう情報はやたらと早い。

「それがどうしたのよ。あの人、初対面で私を〝お茶くみ女〟扱いよ。第一、あの人が結婚しているかどうかなんか関係ないじゃない」

亜紀子は、何で千尋がそんなことをいうのか見当もつかず、憮然として言った。

「まぁ、いまは関係ないけど、お仕事がんばってね〜」

千尋が微妙な笑顔を浮かべて部屋を出て行った。

04時20分

「2号機の隔離時冷却系に水を供給している復水貯蔵タンクの水量が減少しています。あと少ししか残っていません」

中央制御室から連絡があった。

「何だって、復水貯蔵タンクは２５００トンの容量があるはずです。ざっと計算すると、原子炉には４００トンぐらいしか水を供給していないのに、何でタンクが空になるのだろう」

桜井が言った。坂井が山本に進言した。

「このタンクは、常に満タンというわけではないですから…。ともかく、水源をサプレッションチャンバー（S/C）に切り替えましょう。サプレッションチャンバーの水は不純物が含まれる可能性があるのと、蒸気を凝縮させているサプレッションチャンバーの水温上昇が早くなりますが、仕方がないでしょう」

山本が、中央制御室に水源の交換を指示した。(脚注)

04時40分　小笠原と古川は、当直班長小宮の要請を受けて再び原子炉建屋地下の隔離時冷却系室に向かった。

「また小宮さんに頼まれちゃったけど、我々が行くしかないですね。さっきの作業で事情も知っているし、何せ、事故直後の1号機ベント作業のように、鈴木君や高橋君のような若者を放射能被爆の可能性のある原子炉に向かわせるわけにはいきませんからね」

古川が言った。

「そうだね。でも、4時頃から空間放射線量が急激に大きくなっているので、なるべく早く作業を片づけよう」

隔離時冷却系室に入った小笠原が答えた。二人は、入口に設置してあるポンプ圧力計をチェックしながら、手動で三つの電動弁を操作し、隔離時冷却系のポンプ供給水源を復水貯蔵タンクからサプレッションチャンバーに切り替え、足早に中央制御室に戻って行った。

兄貴分の1号機原子炉のベント準備に所員が忙殺されている間、図体の大きい弟分の2号機と3号機の原

脚注：東電の報告書にはこの作業の記載がある。この時点で隔離時冷却系（ＲＣＩＣ）の水源を切り替えると、サプレッションチャンバー（Ｓ/Ｃ）の温度上昇が早い。後述するように、実際には水源の切り替えはできなかったとするほうが2号機の破壊や圧力温度データの説明がつきやすい。

子炉炉心は隔離時冷却系によって不安定ながらも冷却されて水位を保っていた。つまり、隔離時冷却系が作動して原子炉水位が規定以上になると自動停止し、原子炉蒸気が**逃がし安全弁**（ＳＲＶ）を経由してサプレッションチャンバーで凝縮し、水位が低下すると、再び隔離時冷却系が自動起動することを繰り返していた。しかし、この動作は、サプレッションチャンバーの温度が上昇するにつれて不安定になってきた。

11時10分　山本と下山たちが１／２号機中央制御室で１号機のベント作業をやっている頃、３号機のサプレッションチャンバー内に蓄えられていた約３０００トンの水が原子炉の崩壊熱の熱を吸収して１４０℃になり、ドライウェル（Ｄ／Ｗ）の圧力が２・５気圧に上昇していた。

11時36分

「３号機隔離時冷却系が停止しました。自動で再起動しません」（脚注）

３／４号機中央制御室の監視員が叫んだ。

「隔離時冷却系室に行って動作を確認してくれ」

当直班長の岡島が指示した。隔離時冷却系室に行った運転員が中央制御室に戻ってきて報告した。

「ポンプ圧力がゼロです。タービンが動いている金属音が聞こえません」

３／４号機中央制御室から手動起動を再度試みたが、作動できなかった岡島たちは慌てて言った。

脚注：３号機隔離時冷却系（ＲＣＩＣ）の停止理由については、サプレッションチャンバー（Ｓ／Ｃ）が高温になってタービン背圧が上昇したことや機器の不具合などが考えられるが、明確な説明ができていない。

「急いで免震重要棟の緊急対策室に３号機隔離時冷却系停止を連絡しろ」(脚注)

12時10分 隔離時冷却系が停止した３号機では、原子炉圧力容器内の圧力が急激に上昇して74気圧となり、逃がし安全弁から蒸気を放出した。そのため、炉心の冷却水の蒸発で炉内の水位が毎時１ｍの速度で低下し始めていた。原子炉水位が **高圧注水系**（ＨＰＣＩ）の自動起動範囲に入った。

12時35分

「３号機の高圧注水系が自動起動しました」

３／４号機中央制御室の監視員が叫んだ。それを受けて、岡島班長が対策本部に連絡した。

「炉心の水位低下で高圧注水系が自動起動しました。前もって高圧注水系を復水貯蔵タンクに繋いで調整しておいたから、うまく動くといいのですが…」

高圧注水系は、原子炉炉心の水位が低下したときに急速に水を補給するシステムで、基本的な構造は隔離時冷却系と同様だが、注水能力が隔離時冷却系の10倍程度ある。この装置は、事故直後に作動することを前提としており、炉心とサプレッションチャンバーとの圧力差が10気圧から76気圧の時に作動するように設計されている。高圧注水系の作動により、３号機炉心の水位は急激に回復した。このとき、崩壊熱による蒸気の発生量は、毎秒５・３㎏であり、高圧注水系能力の５分の１程度である。残りの蒸気は、高温の炉心水

脚注：政府の中間報告書では、12時６分にディーゼル駆動 **消火系ライン**（Ｄ／Ｄ ＦＰライン）を起動し、サプレッションチャンバー（Ｓ／Ｃ）をスプレイで冷却したことが記述されているが、初期の報告は記載されていない。作動の真偽については不明であるので、本書では取り上げていない。

から供給された。しかし、タービンを流れる蒸気の流量が大きすぎるため、圧力容器内の圧力は急激に低下を始めた。次第に、高圧注水系の動作が不安定になってきた。このようなシビアアクシデントを想定した状態で高圧注水系を実際に稼働した経験は日本の原発では皆無であった。そのため、どのような状態になるかは全くの未経験の領域だったのである。

通常の原子力発電所の事故対策は、事故の分析と対策指示を自動的に表示するコンピュータシステムである**緊急時対応情報表示システム**（ＳＰＤＳ）が動いていることが前提である。原発所員も、このシステムを作動させて事故に対する訓練を行っていた。しかし、全電源が喪失した現在、各種計測データが得られず、緊急時対応情報表示システムも、電源喪失で機能しない状態での訓練は行われたことがなかった。したがって、原発所員は、未知の状態に対して自分で考えて現象を分析し、自分でシナリオを考えながら適切な対処を行う必要があった。しかし、このような状態を想定した訓練は全く行われていなかったので、所員が適切な対処を行うには大変な困難が伴った。

本来、事故データの分析と対策の基本プランは本店の対策室または**オフサイトセンター**ですべて管理し、現場は情報の収集と対策の実施に専念することによって、大規模な事故に対する正確な対処が可能であった。しかし、オフサイトセンターは機能せず、本店は官邸との連絡や対応のみで、メーカーの技術者や専門家を集めて迅速に対策をたてて、そのプランを現場に実行させるだけの意志も能力もなかった。本店は、すべての事故対策の計画と実施を福島原発の緊急対策室にゆだねざるを得なかったのだ。

15時30分　12日未明から電源班が決死の努力を続けてきた電気配線の確保に成功し、電源車からの電気を2号機パワーセンターの配電盤に接続することに成功した。それによって、1号機のホウ酸水タンクから原子炉に注水する準備が整った。同時に、消防車を3台直列に繋いで圧力を高めた注水が可能となった。

「2号機の電源接続が完了し、1号機へホウ酸水を注入する準備が整いました」

電源班と注水班から弾んだ声で免震重要棟の山本たちに報告した。

「ようやく電源が復旧したか。よし、これで1号機は安定化の方向にもっていける」

山本が対策室の皆に伝えた。これで山場を越えたと、山本をはじめ免震重要棟の所員は安堵した。しかし、1号機は破滅の時を刻一刻と迎えつつあったのだ。

15時36分　1号機炉心の破壊で原子炉建屋5階に溜まっていた水素が爆発した。

海水注入

3月12日15時36分　1号機爆発の瞬間、1／2号機中央制御室では部屋全体が白い埃に覆われた。原子炉の状態を監視していた高橋は、爆発の衝撃で椅子から転げ落ちた。中央制御室の運転員は、原子炉の格納容器が爆発したと考えた。

「正直、これで終わったな。もう、自分たちは生きて福島原発から出られないかもしれない」

運転員の鈴木は思った。

免震重要棟対策室の山本から電話があった。

「中央制御室には必要最小限の人員を残し、後は至急 免震重要棟に避難してくれ」

小宮当直班長がこれを受けて運転員に言った。

「山本所長から指示があったので、私と小笠原君、古川君をはじめ、古参の運転員は残ってくれ。後は免震重要棟に避難してくれ」

「私も残りますよ、小宮班長」

高橋が言った。

「命令だ。若い人はとりあえず待避してくれ」

小宮が強い調子で言った。

「できることなら自分もここから逃げ出したいが、若い所員たちの被爆は最小限に抑えなければいけない。ここで、我々が逃げ出したら、この原子炉は終わってしまう」

小宮は思った。

11人いた中央制御室は、小宮を含めて五人に減っていた。原子炉の状態もわからないままで、暗闇の中央制御室で原因不明の爆発を経験し、皆頭がおかしくなりそうだった。見えない悪魔が徘徊しているように、放射能の恐怖が中央制御室を覆っていた。そのとき、小宮が言い出した。

「皆で記念写真を撮ろう。この事故が終わったら、それを肴に酒でも飲もうや」

「そうだ、写真を撮りましょう」

小笠原が応じた。小宮たちは、デジカメで写真を撮り合った。熱気で曇った防護服のフードを拭いて、無理に笑顔をつくって写真を撮った。ピースサインで応じるものもいた。しかし、写真を撮りながら、これが自分たちの最後の写真になるかもしれないとも思っていた。

「俺たちが帰らなかったら、家族はこの写真を見てくれるのだろうか」

だれしもが思った。しかし、写真を撮ったら何となく気持ちが吹っ切れた気がした。

「さぁ、仕事に取りかかろう」

小宮に促されて、みんな困難な仕事に戻って行った。

１号機が爆発したとき、免震重要棟の山本たちは突き上げるような衝撃を感じた。山本は、この衝撃は原子炉格納容器の水蒸気爆発かもしれないと疑っていた。水蒸気爆発は、原子炉でつくられた水素が外部の空気と反応する水素爆発と異なり、高温になって溶け落ちた燃料棒が原子炉圧力容器底部に溜まった水に触れることによって大量の水蒸気を発生し、その圧力で一気に圧力容器と格納容器が破壊される現象で、水素爆発よりエネルギーが大きく危険であった。

「もし水蒸気爆発なら、原子炉炉心から膨大な量の放射性物質が周囲にばらまかれたので、我々は助からない。これからの日本は廃墟と化す。１号機の状態がわからないまま、注水も思うようにいかず、原子炉をコントロールできない。もう、俺たちもこれで死んでしまうのかな」

山本は心の中で思った。

15時45分

「山本所長、１号機の爆発の模様がテレビに出ています」

桜井が報告にきた。楢葉町に設置されていた民放の固定カメラが1号機水素爆発を撮影していたのだ。テレビには、その映像が繰り返し放映された。山本らは食い入るようにその映像を見ていた。その後、現場にいた作業員が、怪我人とともに免震重要棟に戻ってきて言った。

「1号機原子炉建屋の屋上が吹き飛びました。詳しくはわかりませんが、格納容器のある4階より下の建物はまだ残っています」

「どうも、格納容器の水蒸気爆発は回避されたようですね。原子炉建屋5階が溜まった水素で爆発したようですね。格納容器内の水素爆発も起きていないようです」

坂井が山本に言った。

「その水素はどこからきたのだ。タービン建屋にある発電機の中に封入されている水素だろうか」

山本が坂井に尋ねた。

「この爆発の規模から考えると、炉心の燃料棒を覆っている**ジルカロイ**（ジルコニウム合金）が水蒸気と反応して水素が生成し、それが原子炉建屋内に溜まって爆発した可能性があります」

「ということは、1号機の炉心はすでに溶けているということか？」

「可能性としては十分に考えられるでしょうね」

坂井の返答に、対策本部の一同は唖然とした。桜井たちは、1号機が注水されている限りは燃料棒が溶けていないと思っていた。水位計によると、原子炉水位は燃料棒上端より下がっているが、燃料棒の露出は1・7mにとどまっていた。

坂井の分析のように、1号機の水素爆発は格納容器の外の原子炉建屋上部で起こった。圧力容器の注水は続けられているが、原子炉圧力容器（ＲＰＶ）は、すでに12日6時10分に亀裂が存在していた。水位計は一定の水位を示しているが、その表示は正しくなく、水位は燃料棒下端まで下がっていた。大部分の燃料棒は、崩壊してデブリ（燃料瓦礫）となって圧力容器の底に溜まっていた。核燃料のウランを覆っていたジルカロイは、水蒸気と反応して大量の水素を発生して、12日4時には格納容器ドライウェル下部にできた直径9cm相当の亀裂から漏れ出ていた。水素爆発によって格納容器の変形はしたが、亀裂の大きさに変化はなかった。（脚注）

産業医の白石千尋《しらいしちひろ》と看護師の大隅弘子《おおすみひろこ》が爆発で負傷した作業員を治療している間、免震重要棟2階の緊急対策室では爆発の分析と今後の対策に追われていた。

1号機の爆発により、すでに準備が整っていた2号機パワーセンターと高圧電源車との配線が飛散した瓦礫によって切断された。高圧電源車は、爆発による衝撃で自動停止した。その後、作業員が高圧電源車の再稼働を試みたが、電気回路のショートによる保護装置が働いて再起動ができなかった。また、ようやく完成した1号機ホウ酸水注入ポンプの電源ケーブルが損傷した。海水注入用ホースも、爆発で飛散落下した瓦礫によって各所で穴が開いていた。爆発直前に、ようやく準備が整った1号機注水が、この爆発で振り出しに戻ったのだ。

脚注：本書では、非常用復水器（ＩＣ）がある程度作動した仮定で原子炉破壊状況を推定している。ＩＣが動かず、早期に炉心損傷にいたる東京電力や政府の見解とは異なっている。

1号機爆発の後、作業員の安否確認をしている間、山本たちは無力感と焦燥感に襲われていた。山本たちの努力の甲斐もなく、原子炉の状態は刻一刻と悪化している。ようやく準備が終わった1号機への注水も水素爆発によって振り出しに戻ってしまった。さすがの山本も

「もう、だめかもしれない」

と思っていた。その重苦しい空気を察知して、坂井が言った。

「皆さん、ここでへこたれたら、これまでの我々の努力は無駄になってしまいます。第一、この周辺にお住まいの皆さんの家族が命の危険にさらされます。原子炉が本当に爆発したら、広範囲に汚染が広がり、避難住民にも放射能が襲いかかります」

爆発現場から戻ってきた地元の孫請け会社社長の高岡が言った。

「俺たちの会社の社員は2名も負傷したので、皆に帰れと言ったんだけれど、だれも帰らねえ。皆、自分の家族を守るために命を賭けてるんだ。山本所長さんよ、ここで勝負を投げたらおしまいですぜ」

17時20分　坂井と高岡の言葉で、山本は萎える気持ちをもう一度奮い立たせて言った。

「皆さんの言うことももっともだ。もう一度、海水の注入準備をがんばってみよう。まず現状確認を行い、注水班は消防車とホースの確認をしてくれ」

東電所員と片岡の会社社員が状況確認のために免震重要棟を出て行った。

「坂井っていう人、横柄でいやなやつだけど、ここぞっていうときには良いことをいうのね」

傍らで聞いていた亜紀子は思った。

17時30分

「亜紀子君、２号機と３号機のベント準備を始めてくれ。いま、隔離時冷却系や高圧注水系（ＨＰＣＩ）で二つとも安定に冷却できているけど、サプレッションチャンバーの熱吸収は限界にきているので、いつ冷却が止まっても良いように、いまのうちから準備をしておく。１号機のように、建物内が高放射線量になる前に準備を終わらせないといけない」

山本が指示した。亜紀子が資料のある本館の資料室へ向かった。

亜紀子たちが２号機と３号機のベント計画を練っている頃、現場確認のために出ていた注水班が戻ってきた。

「窓は壊れていましたが、幸い消防ポンプは動いており、稼働状態でした。ただし、消防ホースは各所で穴が開いており、水が噴出していました。もう、淡水はほとんど残っていません。また、周りは放射化した瓦礫が散乱し、かなり放射線量が高い状態です」

係員が山本に報告した。

「わかった。ホースを設置し直そう。３号機の **逆洗弁ピット** に溜まった海水を使って１号機の注水をするよう至急準備を始めてくれ」

山本が指示した。

東電の注水班と高岡の社員たちは、まず小型のブルドーザーで散乱した瓦礫を移動させ、３号機の逆洗弁ピットから１号機送水口まで数百メートルも手作業で消火栓のホースを繋ぎ注水準備を行っていた。この頃には日が暮れて真っ暗となり、作業には多大な時間を要した。

＊　＊　＊

17時47分 官邸の記者会見室では、官房長官が15時36分に起こった1号機爆発の報告をしていた。官邸でも、福島原発でどのような事態となっているか、情報が全く上がってこなかったため、官房長官の報告は歯切れの悪いものとなった。

その頃、官邸地下の緊急災害対策室は、津波の被害状況の把握と福島原子力発電所の事故対応で混乱を極めていた。さらに、この対策本部のある部屋は、情報セキュリティーの配慮から携帯電話が通じない構造となっており、主な通信手段はファックスだった。対策室に設置されていたメールやインターネットの回線は限られていたので、迅速できめ細かな情報の収集や発信・指示が難しい状態となっており、混乱を一層増大させた。

原発事故対応の部署は一元化されておらず、個々の省庁が独立に対応していたため、情報が錯綜していた。その中で、東電本店や福島原発から送られてくる重要な情報も、他の情報に紛れて伝達されないことが多かった。原発と東電本店を結んでいるテレビ会議システムは官邸の緊急災害対策室に導入されておらず、官邸には東電本店からの断片的なデータが断続的に送られるだけだった。

18時00分 官邸5階の総理執務室の隣にある会議室では、南雲忠夫《なぐもただお》総理、官房副長官、東電の連絡役員、原子力安全委員会委員長などが今後の対策について議論していた。官邸地下の緊急災害対策室と5階の会議室には情報伝達の手段がなく、係員が5階に行き、そのつど情報を首相たちに伝えていた。つまり、総理などがいる官邸5階の中枢部では、原発事故の情報やデータの詳細はほとんど掌握されていなかったのだ。皮肉にも、つけっぱなしになっているテレビからの情報が彼らの最新の情報だった。

「君たちは、原発は絶対爆発しないと言っていたが、現に爆発したではないか。その原因もわからない。今後どうなるかもわからないとは、どういうことなのだ」

南雲が激しい口調で言った。東電の役員も原子力安全委員会委員長も、下を向いたまま黙っていた。12日の朝、原子力安全委員長は、総理の原発視察に同行し、その途中で原発の水素爆発を否定していたが、実際に爆発が起きたのだ。東電の役員は、工学部出身で東電の原子力部門をとりまとめていたが、ただの連絡係として配置されていたので、本店からの情報を断片的に伝えるメッセンジャーボーイに過ぎなかった。ただし、官邸の雰囲気や総理の言動などは、逐一本店に連絡していた。本店では、原発の事故対策というよりは政府対応に重点を置いて、この役員を派遣したのだった。

「爆発のため、現在、炉心への注水は停止している状況ですが、1号機の注水準備を再開しました。1時間後には注水を再開できる模様です。ただし、爆発直前に淡水がなくなりましたので、今後の注水は海水を使うことになるそうです」

東電役員が本店の報告を伝えた。

「ともかく、炉心を冷やす必要があるのだろう。何でもよいから、炉心を冷やしてくれ。真水がなくなったのなら、海水でも良いじゃないか」

南雲がいらだちながら言った。

「しかし、海水を原子炉に入れると、二度と使えなくなります」

東電役員がためらいがちに言った。

「この期に及んで何を言っているんだ。原子炉の廃炉や東電の赤字を考える前に、日本のことを考えろ」

南雲の剣幕に、東電役員は黙ってうつむいた。

「原子炉炉心に何が起きているか定かではありませんが、海水を注入すると、塩でパイプなどが詰まって注水できなくなる可能性があります」

安全委員会委員長が取りなすように穏やかに言った。

「塩とウランが混ざって原子炉のウランが核反応する再臨界は大丈夫だろうな」

原子炉の知識が一応ある南雲は、現在ウランの核分裂反応が止まっている炉心が何らかの理由で核反応を再開する再臨界を恐れていた。もし1号機で再臨界が起これば、広島型原爆の80個分の燃料が暴走する可能性がある。

「塩のために原子炉が再臨界を起こすことは考えにくいと思います。まず、大丈夫でしょう」

安全委員会委員長が答えた。

「君、本当に大丈夫か？　もし、再臨界が起こったら日本は終わりだぞ」

南雲が追求する。大学の研究者で名誉教授の委員長は、科学者として正しく説明しようとした。つまり、未知の現象にはあらゆる可能性があるので、実際上はほとんどあり得ないが、確実な証拠のない再臨界について断言することをためらった。

「大丈夫だとは思いますが、原子炉の状態が不明なので、１００％再臨界の可能性がないとは断言できないかもしれません」

１号機の水素爆発を予測できなかった委員長が頼りなさそうに答えた。政治家として不確実なことも断言して民衆に説明する習性の南雲は急に不安になった。

「それでは、再臨界の可能性はゼロではないのだな。だったら、海水注入なんか危なくてできないじゃないか。君たちのいうことは信用できない」

総理の追求に委員長は黙ってしまった。東電役員は、このやり取りを黙って聞いていて、それを訂正することもなかった。

18時25分

「このままでは、最悪の事態を考えないといけないな。官房長官に連絡して、福島原発の半径20 km以内の住民を避難させてくれ」

南雲が部屋にいた連絡員に命令した。

海水注入の議論が膠着しているとき、会議室をそっと出た東電役員は、東電社長東城直樹《とうじょうなおき》に携帯で電話をかけた。

「東城社長。ただいま官邸で海水注入の議論になっています。原子力安全委員会委員長が原子炉の再臨界の可能性を完全に否定できなかったために、総理は海水注入が危ないと判断しています。海水注入はできない雰囲気です。このまま海水注入を再開すると、政府からクレームがくる可能性があります」

この役員は、原子力発電所の技術に関しては無知だが、会議の空気を読んで問題を生じないようにすることは長けていた。

「総理が海水注入に納得していないのですか。海水注入すると、1号機は廃炉になり、膨大な損失を生じます。株主代表訴訟になったとき、責任をとるのは私たちです。海水注入のお墨付きは政府からもらわないといけない。もし、総理が納得していないなら、海水注入は延期するしかないでしょう」

東城が本店の会議室から役員に答えた。

＊　＊　＊

19時04分　福島原発では、真っ暗な中での必死の屋外作業が完了し、ようやく圧力容器の消火系配管から消防車を使った注水ができるようになった。水源は、津波によって海水で満たされた逆洗弁ピットといわれるプールである。

「注水班から、海水注入準備が整ったとの報告がありました」

桜井が弾んだ声で山本に報告した。

「そうか、やっと準備が整ったか。すぐ海水注入するよう指示してくれ」

「本店に許可をとらなくていいのですか?」

桜井が聞いた。

「炉心の冷却は一刻を争う。どのみち海水を注入するのだから、いますぐやってくれ。本店には私から報告する」

山本が断固とした口調で命令した。

19時25分　山本は、本店と衛星回線で繋がっているテレビ会議室の前にいた。

「ようやく1号機の注水系が復旧し、19時4分に海水の注水を始めました」

山本が弾んだ声で報告した。

「えぇー、もう海水の注水を始めたのですか」

東城社長の意外な反応に山本はびっくりした。本来ならば、この注水を本店でも喜んでもらえるはずだと思っていたからだ。

「こちらでは、4時間も前に官邸災害対策室に海水注入のファックスを入れています。経産大臣をはじめ、向こうも同意していると思っていました」

山本が送ったファックスは、官邸対策室の混乱の中で南雲総理には伝えられないままでいた。

「総理が海水注入に納得していないようだ。政府の了解がとれないと、本社でも海水注入の指示は出せないのだよ。何とか中止してもらえないだろうか。こっちも責任のとりようがない」

東城が、いかにも困った口調で弱々しく山本に命令した。東電では、社長の命令は絶対である。東電社員は政府の命令には背いても良いが、社長を頂点とする組織の命令系統を破壊することは許されなかった。ましてや、一介の原発所長が社長の決定に異を唱えることは論外であった。

山本は、しばらく沈黙を保っていた。

「いま注水をやめたら、1号機はとんでもないことになる。かといって、社長以下本店幹部のいる前で命令に従わなかったら、この福島原発は見捨てられる」

そこで、下を向いたまま桜井を手招きで呼び寄せた。そばに寄ってきた桜井に山本がささやいた。

「いいか、これから俺は原発注水停止の命令を出すが、海水の注水を絶対やめるな。わかったな」

桜井が小さくうなずいた。頭を上げた山本は、テレビ画面の向こうの東城に一段と大きな声で言った。

「わかりました。それでは皆さん、ただいまより海水注入を停止します。桜井君、1号機注水班のところに行って海水注入中止を命令してください」

桜井が復唱して会議室を出て行った。しかし、山本の命令通り注水中止の指示は出さなかった。その間、1号機の海水注入は続けられていたのだ。

＊　＊　＊

18時30分　高圧注水系が作動している3号機では、高圧注水系駆動用タービンの能力が過大となり、不安定な動作をしていた。さらに、炉心の圧力が急激に低下したために、タービンの動作が不安定になり、炉心への給水ポンプが停止と始動を繰り返していた。ポンプとタービンが停止すると、弁が開いたままとなった高圧注水系の管路から逆流した炉心の蒸気は、復水貯蔵タンクで凝縮して水となった。そのため、原子炉圧力容器内の水位が４ｍから低下を始めた。

19時00分　ついに原子炉圧力容器の圧力は9・4気圧まで低下し、サプレッションチャンバーとの差圧は7・5気圧となった。本来、圧力差が10気圧から76気圧の間で作動する設計の高圧注水系は完全に停止し、原子炉圧力容器内の蒸気はポンプを逆流して復水貯蔵タンクに急激に凝縮を始めた。それによって、炉心の

水位がさらに低下し続けた。(脚注)

19時30分　1号機爆発の負傷者を送っていった白石千尋と大隅弘子が**Ｊビレッジ**から戻ってきた。

「戻ってくるのが遅れてすいません」

出迎えた桜井に弘子が言った。

「皆さん、地震からいままでほとんど飲まず食わずでしょう。原発には、ビスケットなど、ほんの少しの非常用食料とミネラルウォーターしかありませんでしたから…。白石先生と私たちで、とりあえずの食料と水をＪビレッジから調達してきました。Ｊビレッジの方たちも、停電と断水だったのですが、原発の方たちにと、自分たちの備蓄食糧をほとんど提供していただきました。それから、向こうの食堂でご飯を炊いて、おにぎりもつくってきました。７００人に分けるとわずかしかありませんが、皆さんで手分けして免震重要棟に運んでください」

「食料と水ですか。これは助かる。私たちも夢中で、食事のことは忘れていましたが、さすがに事故から丸1日以上たっているので、燃料切れでした。早速、皆さんに食べてもらいましょう」

桜井が言った。

乗用車3台に一杯に積まれた食料とミネラルウォーターが免震重要棟に運び込まれた。

脚注：政府の中間報告書では、高圧注水系（ＨＰＣＩ）は作動し続けたことになっている。しかし、19時0分時点でＨＰＣＩは作動範囲外となっており、タービンがゆっくり回ってもポンプが機能しない場合が考えられる。その場合、遠心ポンプ内を蒸気が逆流し、復水貯蔵タンクで凝縮する可能性も考えられる。本書では、ＨＰＣＩが途中で機能しなくなり、炉心の水位が低下を始めるシナリオを採用した。

「これは助かる。『腹が減っては軍《いくさ》はできぬ』だね。早速、二つの中央制御室の人たちに持って行ってくれ。外の現場では防護服のために食べられないので、交代要員が早く食べて、外の作業班と交代して食べてもらってくれ。会議室の皆さんも適宜食べて休息をとってくれ」

山本が皆に言った。

「おにぎりはおいしそうですね。特に、このいびつなおにぎりが何とも味わいがある」

真っ先に手を出した坂井が、おにぎりをほおばりながら言った。

「あぁ、それは白石先生の力作です。先生は、手術はお上手ですが、おにぎりづくりはもっとお上手です」

弘子が、にこにこしながら冷やかし半分に言った。

「大隅さん、そんなことばらさないでくださいよ。私も、ごく希には料理もするんですよ。あのときは、ご飯が熱いのと少し焦ってしまったために、いびつになってしまいましたけど…」

千尋が顔を赤らめて言った。

「ほう、白石先生にも苦手なことがあるのですね。これで安心した」

坂井が言ったので、皆、おにぎりの周りでニヤニヤ笑いながら、はにかんだ少女のようにうつむいている千尋を見ていた。

免震重要棟2階の廊下では、休息中の下山が、ようやく繋がった携帯電話で自分の娘に電話をかけていた。

「貴子《たかこ》、皆は無事か？　旦那さんの晃一《こういち》君は原発の保守に関係ないから、自宅に戻って楢葉町の自宅からは避難したとは思うが、いまどこにいる？　孫の敦《あつし》も一緒にいるのだろう？」

電話の向こうで下山の娘の貴子が答えた。

「皆、一緒に避難して、いまは飯舘村の公民館に避難しているわ。敦も玉枝《たまえ》お母さんも一緒だから安心してちょうだい。皆、元気よ。ガソリンが満タンの晃一さんの車で移動したのよ。でも、すごい渋滞で飯舘村に着いたのが夜になってしまったわ。普段30分で移動できる距離を3時間もかかってしまったのよ。警察や自衛隊の避難誘導はなくて、『ともかく、西に逃げろ』ですって。お父さん、そっちは大丈夫？　原子炉が大変なことになっているから」

「うん、『おじいちゃんは元気だ』と敦に言ってくれ。でも、そちらには当分帰れそうもないようだ。敦はまだ小さいので、ヨウ素剤を村役場で配ったと思うけど、もらって飲ませたか？」

下山が娘に聞いた。

原子炉事故の初期には、放射性ヨウ素が原子炉炉心から大量に放出される。放出された放射性ヨウ素の半減期は8日で、半減期30年の放射性セシウム１３７に比べて遙かに短いので、初期の放射線強度が大きく、甲状腺癌発症の原因となるといわれている。チェルノブイリ原発事故では、多くの子供が甲状腺癌を発症した。ヨウ素剤は、甲状腺に放射性ヨウ素が溜まるのを防ぐ効果がある。

「〝ヨウ素剤〟って何？　そんなもの、役場でくれなかったわよ」

原発近隣の市町村には、原発事故に備えてヨウ素剤を備蓄している自治体がある。それらのヨウ素剤は、原発事故の混乱の中、ほとんど配布されなかった。

それを聞いて、下山はしばらく考えた。このまま原発の放射能が飯舘村に及んだら、孫の敦の甲状腺被爆が心配だと下山は思った。

「そうか、晃一君には申し訳ないが、すぐそこを出発して、新潟にいる私の弟の家に避難してくれ。飯舘村でも安心だと思うけど、敦が小さいので、万が一のことを考えて新潟に行ってくれ」

父親の言い方に直感で危険を察知した貴子が小声で答えた。

「わかったわ。これから新潟のおじさんのところに行きます。お父さんも体に気をつけてね」

普段は気丈で活発な貴子だったが、このときは泣きそうになるのを一生懸命にこらえて電話口で言った。これが、父との今生の別れになるかもしれない。しかし、まだ小さい息子を原子炉事故の被爆者にするわけにはいかない。原子炉のプロの父親が遠くに逃げろと指示しているのだ。

「もう、孫の敦と富谷町の港で釣りをすることは一生できないかもしれないな。そもそも、私がここから生きて帰れるかどうかもわからない。ともかく、敦だけは守らないといけない」

と下山は思い、携帯電話を切った。

20時10分　免震重要棟2階緊急対策室の発電所対策本部では、山本たちが1号機爆発の原因分析を行っていた。

「20時頃再び計測可能となった原子炉圧力計によれば、1号機の原子炉圧力容器圧力は3・6気圧前後で保たれているようです」

桜井が報告した。

「やはり、炉心燃料棒被覆のジルカロイが高温になり、水蒸気と反応して水素が発生して、それが何らかの経路で原子炉建屋屋上に溜まって水素爆発したと考えるほうが自然ですね。もし、炉心の水蒸気爆発なら、原子炉圧力容器の圧力が維持されることは考えられない」

坂井が分析した。

「モニタリングポストの放射線強度も、爆発直後から急激に減少しました。炉心が壊れていれば、爆発後に放射能が大量放出されますが、それは起きていません」

桜井が付け加えた。

「原子炉建屋の屋根は、爆発の圧力を逃がすために弱くつくってあるので、原子炉建屋5階の水素爆発でも原子炉格納容器に大きな損傷はなかったかもしれませんよ」

休息から戻ってきた下山が言った。

「第二次世界大戦につくられた戦艦大和の船体は厚さ約20 cmの鋼鉄製ですが、米軍機に攻撃されて沈みました。わずか3・6 cmの厚さの鋼板でつくられた格納容器は、この爆発で完全に壊れたと思っていたのですが、意外と保っているようですね」

坂井が言った。

「色々な状況証拠から、1号機の原子炉本体の損傷は甚大ではないようだね。しかし、水素が出ているということは、炉心の燃料は溶けている可能性が高い。ともかく、海水注入を続けよう」

山本が言って、注水班に指示した。

　1号機では、消防車を使った海水の注入が続けられていた。原子炉圧力容器が破損したので、圧力が下がり注水が可能となったが、破損部が原子炉圧力容器下部の再循環ポンプのため、崩壊熱の蒸発量（12日20時時点で毎時10トン）以上の水を入れると、破損部分が水で塞がり、原子炉圧力容器内圧の上昇によって水が一気に排出される。それによって、また水の注入が可能となる圧力に戻ることを繰り返した。(脚注)

「原因はわかりませんが、海水の注入は断続的にですが順調に進んでいます。本日真夜中までには、1号機圧力容器は海水で満たされる量の注水が行われる予定です」

桜井が山本に報告した。しかし、前述の理由で必要以上の注水は強制的に原子炉圧力容器から排出されるので、破損して瓦礫となった燃料は海水で満たされることはなかったのだ。

3号機爆発

3月12日20時36分

「直流電源が枯渇したため、3号機の水位がわからなくなりました」

3／4号機中央制御室の岡島から免震重要棟の山本に連絡が入った。これまで、唯一残っていた3号機の直流バッテリーの電源が枯渇してきたのだ。何とか内部のバッテリーで計測できていた3号機の水位がわから

脚注：本書では、再循環ポンプベアリングの破損を仮定しているが、原子炉圧力容器（ＲＰＶ）下部が破損した場合もほぼ同様なシナリオとなる。

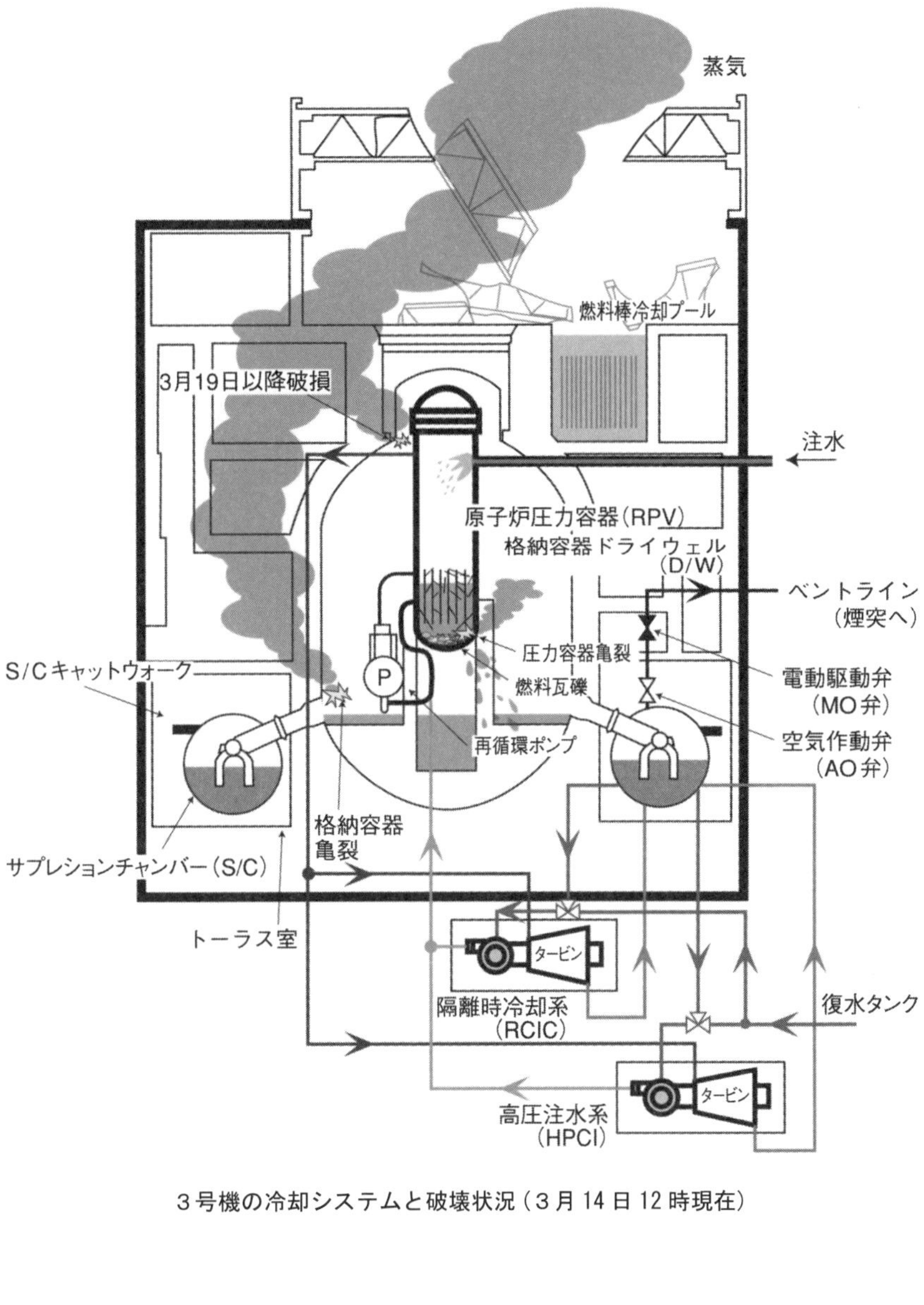

3号機の冷却システムと破壊状況（3月14日12時現在）

なくなった。水位計の値が不明になる直前の水位も、燃料棒上端（ＴＡＦ）から５・５ｍ以上の値を示しており、正常な動作をしていない可能性があった（脚注）。

「節約していたバッテリーがとうとう底をついたようだな。水位計測計の電源は24Ｖの直流なので、Ｊビレッジから調達した２Ｖのバッテリーを12個直列に繋いで、とりあえずしのぐことにしよう」

山本の指令で、免震重要棟にある１個の重さ１２・５kgの鉛バッテリーを車に積み、３号機建屋まで運び、そこから中央制御室に手持ちで運び込む作業が始められた。

20時45分　１号機の海水注入が続けられていた。注入する海水にはホウ酸を溶かして水を使用できるようになった。ホウ酸は、制御棒と同じ成分でウランが核反応するときの中性子を吸収する。原子炉は、すでに核反応つまり臨界が停止しているが、何らかの異常で再臨界が発生するとき、このホウ酸が再臨界を抑制することが期待されていた。

21時10分　１号機の注水が一段落していたので、中央制御室では、亜紀子と坂井が2、３号機のベントと注水計画をたてていた。2、３号機の冷却システムが停止することは予想されていたので、山本が亜紀子に格納容器のベント作業の計画をつくらせていたのだ。

「いま、３号機は高圧注水系（ＨＰＣＩ）が作動しているけれど、現在の３号機崩壊熱の大きさでは、高圧注水系の能力が大きすぎて、まともに動かないと思う。山本さんには報告しているけど、亜紀子君が１号機

脚注：この頃、水位データは東京電力の報告書には記載されているが、東京電力が発表した原子炉パラメータには記載されていない。

のベント作業を行っている間に3号機の原子炉建屋に行って、高圧注水系のポンプ注水管路と復水貯蔵タンクにバイパスをつけて流量のバランスを取ってきた。でも、これは、うまくいくかどうかわからないな。高圧注水系は、本来は事故直後の緊急時に炉心注水するもので、隔離時冷却系（ＲＣＩＣ）の10倍の能力があるんだ。ブルドーザーのエンジンで耕耘機を動かすようなものだ」

坂井が亜紀子に言った。

「桜井さんの言った通り、この人の知識は凄いわ。原子炉の崩壊熱の大きさが計算しなくてもわかっているみたい」

原子炉の崩壊熱は、原子炉がスクラムするまでどのような運転をしたかで燃料履歴が異なる。したがって、原子炉ごとに崩壊熱の発熱量が異なり、また、それが時間とともに減少する。坂井は、福島原発の燃料履歴を調べて大まかな崩壊熱をはじき出していた。

「それに、私と桜井係長が1号機のベントをしている間に、すでに3号機の対処もしていたなんて。生意気で気に入らないけど、やっぱり、私より原子炉の知識は豊富みたいね」

亜紀子は、坂井の知識に一目置き始めていた。

「坂井さん。1号機ベントの手順と2、3号機のアクシデント マネージメント手順書（ＡＭ手順書）を参考にして、2、3号機のベント手順をつくってみましたが、どうでしょうか」

亜紀子が手順書リストを坂井に渡した。

「なかなか良くまとまってわかりやすい手順書だね。作業も的確に書いてある。これでいけると思うよ。2

号機のベントに使う**電動駆動弁**（ＭＯ弁）の開度は25％でいいと思うけど、３号機のほうは、急激に蒸気が放出されて格納容器が負圧になる恐れがあるので、15％開度にしたほうがいいかもしれないね」

坂井が言った。亜紀子は、自分が準備した資料を坂井に評価してもらい、ちょっと嬉しい気持ちがした。しかし、これまで、今回のような事故を想定した検討がなされておらず、ゼロから手順書をつくらざるを得なかった状況には不満を持っていた。

「そうですね。わたしも、15％開度にしたほうがいいと思っていました。でも、マニュアルでは、画一的に25％と指定されています」

亜紀子が答えた。

本来、アクシデントマネージメント手順書とは、今回のように電源や冷却機能が喪失した重大事故に備えたマニュアルであった。欧米では、シビアアクシデントマネージメントマニュアル（Severe Accident Management Manual）と呼ばれているが、日本では「苛酷事故対応手順書」の「苛酷」という言葉をあえて外してＡＭ手順書として使用している。そもそも、原発では重大事故は起きないという建前である。したがって、マニュアルも型通りの形式にはなっているが、実際の事故を想定していないので、現在の福島原発に対応できるものではなかったし、亜紀子や坂井も真剣に全電源喪失時のアクシデントマネージメント手順書を検討する訓練を受けていなかった。

坂井が危惧するように、３号機の高圧注水系は設計圧力からかなり離れた条件で運転されていたので、タービンの回転数が上がらず、ポンプによる炉心注水ができない状態だった。さらに、水を汲み上げていないポンプの配管から圧力容器内の蒸気が逆流し、復水貯蔵タンク内で凝縮（蒸気から水になること）しており、炉心の水位が下がり続けていた。

23時30分 ついに、3号機の炉心水位が燃料棒上端に達した。（脚注）

＊　＊　＊

3月13日01時55分 首相官邸の官房副長官から山本へ電話があった。

「君たちの報告通りに、『あと数時間で原子炉炉心は海水で満たされ安定化する予定である』と記者会見したが、1号機の状態はどうなっているのかね」

電話口で山本が応対した。

「副長官。こちらは、全電源喪失で温度が測れない状態です。圧力容器の圧力は、現在3・7気圧で断続的ですが、海水注入は順調です。注入した海水量を累計すると、原子炉圧力容器は海水で満たされていることになりますが、原子炉の状態がわからないので何ともいえません」

「わからないでは困るのだよ。1号機の状態を正確に把握して官邸に情報を上げてくれ。ところで、2号機と3号機は大丈夫か？」

「2号機は、隔離時冷却系という炉心へ水を注入する非常用冷却設備が何とか動いています。3号機は、隔離時冷却系が止まり、高圧注水系という別の炉心注水設備が自動起動していますが、動作が不安定です。い

脚注：政府や東京電力の発表では、このとき高圧注水系（ＨＰＣＩ）は正常に作動しており、水位は保たれているとされている。

ずれも、サプレッションチャンバー（S／C）の熱吸収が限界にきていますので、いつ停止してもおかしくありません」

山本が答えた。

「そんな情報は、東電の本店から全く上がってこないぞ。東電から派遣されている役員は、詳しいことを何も言わない。君から、本店の東城社長に善処するようにいってくれ」

官房副長官の要請に「はぁ〜」と言って答えたが、いまは1〜3号機の対応と本店への報告に追われてそれどころではない。そもそも、官邸対策を現場に求めるのはお門違いというものだ。しかし、官邸の要請を無視するわけにはいかないので、テレビ会議システムを使って本店との協議を始めることにした。

1号機は、すでに圧力容器と格納容器が破壊しており、注入した余剰水は圧力容器の破損箇所を塞ぎ、核燃料の崩壊熱で生成した蒸気によって圧力容器が高圧になり、一気に格納容器にはき出されていた。つまり、崩壊熱の蒸発分より若干多めの注水が必要だった。しかし、このような注水量の微妙なバランスを原発所員が経験的に学ぶようになるには4月下旬まで待たなければならなかった。

02時35分 山本と桜井たちが本店と官邸対応に追われているとき、3、4号機の当直班長の岡島から電話があり、坂井が対応した。（脚注）

「坂井君。3号機の高圧注水系の動作が不安定で、いまにも止まりそうだよ。このまま運転すると、圧力容

脚注：実際には、発電班が中央制御室と相談したことになっている。

器が破壊される可能性が否定できない。こちらとしては、高圧注水系を手動停止して、まだ壊れていないディーゼル駆動消火ポンプ（D／D FP）を起動して注水したほうが安定化すると思うんだけど、どうだろうか」

「2時現在の原子炉圧力容器（RPV）圧力が8・4気圧なので、ポンプ吐出圧（ポンプ出口圧力）が4・2気圧（最大でも5気圧程度）の消火ポンプでは注水できません。でも、原子炉圧力容器の安全弁を強制的に開いて減圧すれば、消火ポンプでの注水は可能だと思います。それに、私の推測が正しければ、高圧注水系の配管を開けていることによって、原子炉圧力容器内の蒸気がポンプ配管を逆流して、すでに燃料棒が露出している可能性があります。1号機と同じように、水素爆発の可能性もある」

坂井が答えた。

坂井の推定は正しかった。このとき、3号機の炉心では、水位が下がり燃料棒が3m水面から露出していた。水という冷却機能を失った燃料棒は、崩壊熱で高温となり、上部からジルカロイが水蒸気と反応をして水素を発生していた。程なくして、燃料棒上端が溶融して崩壊を始めた。(脚注)

「燃料棒が露出しているのなら、消火ポンプによる注水は一刻を争う。山本所長は、どうしているのか？」

3／4号機中央制御室にいる当直班長の岡島が坂井に尋ねた。

「山本所長は、いま本店と総理官邸の対応で手一杯のようです。高圧注水系の停止については私から山本さ

脚注：政府と東京電力の報告では、この時点で炉心の水位は維持されているとしている。

んに報告しておきます。３号機の注水安定は一刻を争いますので、すぐやりましょう」

坂井が言った。

02時42分　３／４号機中央制御室では、高圧注水系の手動停止を決定した。

「それでは、高圧注水系の手動停止と原子炉圧力容器の強制減圧、同時にディーゼル駆動消火ポンプによる注水を実施する。高圧注水系の接続弁閉鎖、逃がし安全弁（ＳＲＶ）の安全弁〝開〟を実施してくれ」

当直班長の岡島が指示した。係員が復唱し、高圧注水系を手動停止し、安全弁を開くスイッチを押した。

逃がし安全弁に付いている弁は、原子炉圧力容器の圧力が上昇すると、バネの力で閉じている弁が開き、格納容器のサプレッションチャンバーに蒸気を逃がす役目をする。また、電磁弁を開いて圧力ボンベの空気をバルブに送ることによって強制的に原子炉圧力容器の圧力を下げることもできる。そのためには、電磁弁を開ける直流電圧と、安全弁のバネに負けないでバルブを開ける空気圧が必要であった。３号機は、交流電源喪失で空気タンクのコンプレッサーが作動しなかったので、電磁弁のスイッチは入ったが、空気圧が十分でなく、安全弁が作動しなかった。

02時44分　高圧注水系の弁が閉鎖された３号機圧力容器では、炉心の水位低下は止まったが、行き場のなくなった蒸気によって原子炉圧力容器内の圧力が急激に上昇し始めた。１時45分には４・４気圧まで低下した圧力が、１時間後に５・７気圧に急上昇した。最大で５気圧しか昇圧能力のない消火ポンプでは、注水ができなかった。

「３号機の安全弁が起動しません。ただいま、原子炉圧力容器の圧力上昇中です」

３号機の運転員が岡島に報告した。一瞬にして中央制御室全体に緊張が走った。

「なに！　安全弁が動かないのか、電磁弁のバッテリーはまだあるはずだ。もう一度、安全弁を開けてみてくれ。すでに起動しているディーゼル消火ポンプはどうなっているんだ」

岡島班長が叫んだ。

「もう一度安全弁を操作しましたが、原子炉圧力容器の圧力下がりません。消火用ポンプは動いていますが、原子炉圧力容器内の圧力が高いため、注水できません」

係員の報告に中央制御室は騒然となった。目まぐるしく変わる状況の中で、中央制御室のだれもが
「３号機の圧力容器が破壊するかもしれない」

と思った。


03時44分　当直班長が免震重要棟の坂井に電話をかけた。

「高圧注水系作動停止で原子炉圧力容器圧力が上がり、注水不可能となった。高圧注水系を再起動しようと試みたけど、バッテリーが底をついて再起動に失敗したようだ。現在、原子炉圧力容器の圧力が40気圧に上昇している」

岡島当直班長の報告に、坂井がうろたえて言った。

「逃がし弁が起動しなかったのですか。逃がし弁起動用の空気圧が足りなかったのかもしれませんね。ダメかもしれませんが、隔離時冷却系の起動を試してください」

03時55分　坂井が、本店とテレビ会議中の山本のところにやってきた。

「3号機の高圧注水系を停止しました。安全弁を強制起動して原子炉圧力容器の圧力を下げてからディーゼル駆動消火ポンプで注水しようとしましたが、失敗しました。ただいま、原子炉圧力容器の圧力が上昇中です」

坂井の報告に、山本とテレビ会議に参加していた本店役員は騒然となった。

「なに、高圧注水系が止まったのか。このまま原子炉圧力容器の圧力が上昇すると、逃がし安全弁から蒸気は逃げるが、注水できないので炉心が溶けてしまう。高圧注水系と隔離時冷却系の再起動は試したのか」

山本が聞いた。

「高圧注水系は、バッテリー枯渇のために動きませんでした。隔離時冷却系の起動のため、係員が原子炉建屋の隔離時冷却系室に行って手動再起動を試みましたが、無理でした」

坂井が報告した。

衛星回線に繋がっているテレビ会議の向こうでは、本店の伊地知が心配そうに様子を見ていた。

「山本君、いまどうなっているのか報告してくれ」

山本が殺気だった声で言った。

「どうもこうも。ご覧の通りですよ。おい、亜紀子君。すぐに3号機の格納容器ベント計画を持ってきてくれ。このまま3号機の原子炉圧力容器の圧力が上昇すると、熱吸収の限界にきているサプレッションチャンバーでは蒸気を凝縮できない。格納容器のベントをして圧力を下げないと爆発する。SPEEDIのシミュレーション結果はまだか。風向きをみてベントをしないと、この地域が汚染される」

本店を無視して、山本が矢継ぎ早に命令を出していた。東京にいる本店の重役たちは、原子炉が爆発しても直接的な被害は受けない。こっちは、圧力容器が水蒸気爆発したら全員死ぬのだ。周辺に避難している住民や所員の家族も無事ではいられない。

亜紀子が、3号機ベントに関する書類を持てるだけ抱えて、免震重要棟の対策室に飛び込んできた。亜紀子は、本店の重役たちが心配そうに見ているテレビ会議の役員を無視して言った。

「山本所長、ベント関係の書類を持ってきました。いま、中央制御室にある仮照明用の小型発電機を繋いでサプレッションチャンバーの電磁弁を操作できる可能性があります。電磁弁を操作してもサプレッションチャンバーの弁が開いたかどうかをチェックする必要がありますので、現場に行って動作確認をする必要があります。もし、動作していない場合は、1号機のように手動でバルブを開く必要があります」

山本が3／4号機中央制御室に電磁バルブを開くよう指示した後で、坂井が言った。

「サプレッションチャンバーへは自分が行きます。だれか、私と行ってくれる人はいませんか」

即座に大川亜紀子が答えた。

「私が行きます。1号機のサプレッションチャンバー室にも行っていますから様子はわかります」

「大川さんと桜井君はダメだ。1号機のベントですでに100ミリシーベルト以上被爆している。これ以上、高線量の作業はできない」

坂井が毅然と言った。

「あら、途中からきたのに、この人、私の被曝線量も気にしてくれているんだ」

亜紀子は、坂井が自分のことを気にかけてくれているのを意外に思った。

「坂井君、俺が行くよ。３号機の原子炉建屋は昨日も行ったので、様子がわかっている」

小笠原が言った。小笠原は、坂井が以前福島原発にいたときからよく知っている。こいつが行くと言ったら、何とかしてやらなければいけない。

「小笠原さん、助かります。よろしくお願いします。それでは、急ぎますので、準備を手伝ってください」

会議室にいる係員が総出で坂井と小笠原が放射線防護服を着るのを手伝った。放射線防護服を着たうえで空気ボンベを背負い、さらに耐火性のある化学防護服とマスクをつけた。最後にゴム長靴と手袋をつけて、テープで裾を封印した。

04時50分　坂井と小笠原が３号機原子炉建屋地下にあるトーラス室に入った。この部屋にあるサプレッションチャンバーは、原子炉からの蒸気で高温になった水のために、１４０℃近くの温度になっていた。さらに、サプレッションチャンバーのあるトーラス室には津波のために海水が侵入し、もうもうと湯気を立てていた。防護服がなければやけどしそうな温度だ。

真っ暗で高温の中を二人は、サプレッションチャンバーに設けられている**キャットウォーク**と呼ばれる渡り通路を懐中電灯で照らしながら慎重に進んでいた。その頃、圧力容器の圧力が70気圧を超えて、逃がし安全弁を通った蒸気がサプレッションチャンバーへ勢いよく吹き込んでいた。その蒸気は水で凝縮されず、格納容器のドライウェル（D/W）に流れ込んでいたため、ドライウェルとサプレッションチャンバーを接続する管路がものすごい音を立てて振動していた。

「ここは凄い状態になっていますね。サプレッションチャンバーの水は高温になってしまい、蒸気を凝縮する能力はないようですね。それでドライウェルの圧力が上がっているのか？　何とか、**空気作動弁**（ＡＯ弁）にたどり着けるといいのですが…」

坂井が防護服のマスク越しに言った。ようやく二人はサプレッションチャンバーのベント弁にたどり着いた。弁の開度を見ると、〝閉〟状態となっていた。中央制御室の電磁バルブの操作は失敗だったようだ。

「これでは、手動でバルブを開くしかありませんね。小笠原先輩、二人で弁を開けましょう」

坂井が言って、バルブに手をかけて踏ん張るためにサプレッションチャンバーに足をかけた。その瞬間、高温になっていたサプレッションチャンバーの熱で、坂井が履いていたゴム長靴の底が溶けてズルッと滑った。手をかけていたバルブからも煙が出て慌てて手を離した。

「これは、手動でバルブを開けるどころではないようだね。坂井君、撤退しよう」

小笠原に促されて、二人は足早にトーラス室から出て行った。

05時05分　坂井らがトーラス室でベント用のバルブを開けることができなかったことを報告された山本が言った。

「亜紀子君、３号機の格納容器ベント作業を始めてくれ。原子炉建屋２階の電動駆動弁（ＭＯ弁）は手動で開けることはできると思うけど、サプレッションチャンバー室の空気駆動弁（ＡＯ弁）は手動では開けられない。ほかの方策はないだろうか。桜井、風向きはどうだ？　ＳＰＥＥＤＩのシミュレーション結果を見せてくれ。住民の被爆は最小限に抑える必要がある」

「空気駆動弁は空気圧で動作するので、コンプレッサーで空気タンクの圧力を上げれば開くと思います。もしかしたら、圧縮空気のボンベも交換が必要かもしれません。バルブのシリンダーに圧縮空気を送るためには電磁弁を使いますので、中央制御室に直流バッテリーが必要です」

亜紀子が、これまでシミュレーションした手順を説明した。

「いまのところ風向きは西風なので、ベントしても内陸部への汚染はありません。ただいま、SPEEDIのシミュレーションを要請していますが、結果が出るまで2時間ぐらいかかるようです。データが出たら、こちらにファックスするよう要請しておきました」

桜井が報告した。山本がテレビ会議システムに向かって言った。

「3号機への炉心注水停止とベント実施の可能性があることを官邸に報告してください」

テレビ会議で状況を見ていた本店の役員と所員は、現場で起きている状態を見ているだけだった。山本に要請された3号機の注水不能報告も、種々議論するのに時間がかかり、官邸に報告されたのは約40分後の5時58分だった。本来ならば、現場の技術的問題に的確に答えたり、機器の補給や食糧の手配をしたりすることがオフサイトセンターや本店対策室の役割だったが、本店は官邸の対応だけで現場への技術支援業務が機能していなかった。

原発を製作した日芝電機と三石重工では、原発事故の発生直後から独自に原発事故対策本部を立ち上げた。原発建設当時のエンジニアを緊急招集して東電の技術的問題に答えるべく待機していた。しかし、東電からは支援要請は全くなく、現場のエンジニアはテレビ報道を見ながらハラハラしていた。原発は東電がつくったわけではないので、細かい配管などは製造した企業のほうが詳しい。しかし、施主である東電をさしおいて、「下請け企業」である日芝電機と三石重工が自ら支援を申し出ることは御法度だった。いらないお節介や忠告をすると、以後、発注停止となる恐れがあったからだ。過去にも、現場のエンジニアが東電の決定に注文をつけた結果、東電社員のプライドを傷つけたということで怒りを買い、他企業に発注されたこともあった。原発業界では、「施主様は神様」なのだ。

05時10分

「この状態では、3号機トーラス室にある空気作動弁を手動で開けることはできないようだ。ほかに代替方法はないだろうか。このまま格納容器のベントができないと、原子炉が破壊されてしまう」

山本が言った。

「原子炉建屋1階にある圧力ボンベを交換すれば、地下にある空気作動弁を中央制御室から開くことができます。いま、空気ボンベの圧力がない状態なので、同じ部屋にある計測用空気ボンベを代用できるかもしれません」

亜紀子が提案した。

「よし。そのボンベ交換をやってみよう。桜井君、3／4号機中央制御室にボンベの交換を依頼してくれ」

桜井の要請によって、係員が原子炉建屋1階のボンベ室のボンベを交換して、5時23分に報告してきた。

「これで、原子炉建屋2階の電動駆動弁を開けば、ベントが可能となります」

06時05分　発電所対策室では、3号機の安全弁強制開放に向けて検討を進めていた。

「圧力容器の駆動弁は電磁弁なので、１２０Ｖの直流電圧があればバルブを開けられます。ただし、中央制御室のバッテリーは枯渇して電圧が足りません。自家用車の12Ｖバッテリーを直列に繋げば、何とかなると思います。電磁弁は、あまり電流を必要としませんから…」

坂井が提案した。

「よし、それでいこう。しかし、津波で壊れた車のバッテリーは1、2号機の電源に使用ずみだ。この際、使用できる車のバッテリーを使うしかないだろう。所員の皆さん、津波がこなかったところに駐車している車のバッテリーを提供してください。提供をお願いできる方は、車の大体の駐車場所、ナンバープレートの番号、車種と色を車のキーに付けて提出してもらえませんか」

山本が皆に呼びかけた。すぐに20台分の車のキーが集められた。

「高岡社長、このキーを使って皆さんで手分けしてバッテリーを集めてください」

山本が下請け会社社長の高岡に頼んだ。

「了解しました、山本所長さん。さあ、皆で駐車場ごとに手分けしてバッテリーを集めてくれ」

高岡の社員たちがキーを持って駐車場に出て行った。

06時08分　2時42分に高圧注水系から隔離された3号機の原子炉圧力容器は、内圧が上がり5時には蒸気を噴き出した。そして、5時10分には原子炉水位が燃料棒下端まで減少した。燃料棒が完全に露出したのだ。水位はさらに低下して、燃料棒上部はすでに溶け始めていた。燃料棒の中程も酸化ウランを覆っているジルコニウム合金が水蒸気と反応して水素を放出していた。このとき、すでに原子炉はメルトダウンを開始していたのだ。

06時19分

「よし、これで何とか原子炉のシミュレーションができるかもしれない」

坂井がつぶやいた。坂井は、手持ちのデータと経験式を使って炉心内の状態をシミュレーションする簡単なプログラムをつくっていた。それが何とか完成したのだ。電源がある場合には、中央制御室のコンピュータの緊急時対応情報表示システム（ＳＰＤＳ）が作動して原子炉の状況を推定してくれるが、現在は全く機能していなかった。原発事故時には、緊急時対応情報表示システムが作動した状況下での対処しか訓練していなかった所員は、今回の事故状況で炉心の中で何が起きているかが把握できていなかったのだ。

「山本さん、大ざっぱですが、手持ちのデータで原子炉内の状態をシミュレーションするプログラムを手持ちのラップトップコンピュータを使ってつくってみました。これで何とか暴れまくっている〝奴ら〟の中身が推定できるかもしれません。えーっと、３号機は、高圧注水系が正常に動いていたとしても４時15分には水位は燃料棒上端に達しているようです。高圧注水系は十分に作動していなかったので、現状では燃料棒上端到達はもっと早かったかもしれません。現在の水位はもっと下がっているので、炉心溶融の可能性がありますす」

坂井が山本に報告した。

「そうか、桜井君。本店に『４時15分、水位、燃料棒上端到達の可能性あり』と報告し、官邸に伝えてもらってくれ」

亜紀子は、坂井の傍らでシミュレーション結果を見ていた。

「すごっ！　この人、こんなプログラムをいつつくってたのかしら。さっきから、サプレッションチャンバー室に行ったり、所長と会議していたりしていたのに、さすが米国マサチューセッツ工科大学（ＭＩＴ）とフランス放射線防護原子力安全研究所（ＩＲＳＮ）で勉強しただけあるわ…」

亜紀子が内心感心していた。

07時15分

「文部科学省からＳＰＥＥＤＩのシミュレーション結果が届きました。8時から1時間ベントしても放出ガスはほとんど海に行くので、内陸部の汚染はなさそうです」

桜井が山本に報告した。

「よし、いまがチャンスだ。3号機圧力容器の安全弁の強制開放とベント作業を同時にやろう。桜井君、官邸にこのことを報告してくれ。亜紀子君がつくったマニュアルに沿って3号機原子炉建屋2階の電動駆動弁を手動で開ける準備を進めてくれ。2号機の電動駆動弁も同時に開けておこう。時間がないので、この作業は、1/2号機と3/4号機中央制御室からそれぞれ係員を派遣して作業を行ってくれ。不足している人員は、こちらから派遣するよう手配するように…」

山本が桜井に指示した。

07時44分　3/4号機中央制御室では、ようやく自動車用バッテリーの繋ぎ込みが完了した。電灯もついていない部屋で、防護服を着た状態での手袋越しによるバッテリー繋ぎ込みは、思った以上に時間がかかった。

「ようやくバッテリーが繋がったか。早速、3号機の原子炉圧力容器の強制減圧を実施します。安全弁操作の電磁バルブ（弁）を開けてくれ」

当直班長の岡島が運転員に指示した。

「逃がし安全弁、開けます」

運転員が復唱した。しかし、安全弁が開いたことを示すランプはバルブ〝閉〟を示すグリーンとなったままだった。

「逃がし弁、作動しません」

運転員が落胆した声で岡島に報告した。

原子炉圧力容器についている逃がし安全弁は、原子炉の圧力が規定以上の場合はバネによって蒸気を逃がすが、強制減圧する場合は電磁弁で圧力ボンベの弁を開けてバネの力に抗して空気シリンダーの力によってバルブを強制的に開ける。全電源喪失状態で空気ボンベの圧力が低下していたため、圧力容器内の強制減圧は電磁バルブを開けただけではできなかったのだ。

1／2号機と3／4号機中央制御室では、格納容器ベントに必要な電動駆動弁（MO弁）を開けるために、放射線防護服を着用した当直員たちが2号機と3号機の原子炉建屋に向かっていた。真っ暗な原子力建屋の中を当直員が懐中電灯を頼りに建屋2階の電動駆動弁を手動で開ける作業を開始した。マニュアルに示されている通りに、8時10分には2号機の弁が25％開けられ、また8時35分には3号機の弁が15％手動で開けられ、免震重要棟の緊急対策室に報告された。

08時41分

「5時23分に空気作動用空気ボンベの交換をしていますから、中央制御室からバルブが開けられます。後は、3号機のドライウェルの圧力が上がると、自動的に**ラプチャーディスク**が破壊されてベントが実施されます」

坂井が言った。ラプチャーディスクとは、格納容器を破壊から守る安全装置で、4・2気圧より圧力が高くなると、ディスク上の板が破壊されて中のガスを放出して格納容器の圧力を下げる装置である。また、ラプチャーディスクは、何らかの誤操作によってベント配管のバルブが開いても格納容器の耐圧以内ではガスを放出しない安全装置の役割も持っていた。

「中央制御室にサプレッションチャンバーの空気作動弁を開くように指示しろ」

山本が命令した。

「空気作動弁を開きました。現在は、ドライウェルの圧力が3・5気圧で、ラプチャーディスクが破壊しません」

中央制御室から連絡があった。

「ドライウェル圧が高くなれば自動的にベントされるので、それまでは安全だ。とりあえず、ベントを待とう」

山本が言った。

５時23分に空気作動弁に接続されていた空気ボンベは、計測用の小さなものであった。そのため、電磁弁は起動されたが、空気作動弁の作動は不十分なままで、しばらくすると閉じてしまった。（脚注１）

07時30分　３号機の圧力容器内の水はほぼ完全に干上がり、行き場のなくなった崩壊熱が燃料棒を溶かしていた。溶けた燃料棒は、圧力容器下部に溜まり、圧力容器隔壁を溶かし始めていた。

08時55分　ついに、溶けた核燃料が３号機の原子炉圧力容器に破断面積を直径で表した等価直径で18 cmの穴を開けた。この面積は、１号機の原子炉圧力容器破損開口部（等価直径５ cm）の約13倍の大きさだ。このとき、圧力容器には若干の水が残っていたので、破壊場所は原子炉圧力容器最下端から２ m程度上方と考えられる。穴が開くと同時に、大量の汚染水蒸気と溶けた核燃料の一部が一気に格納容器に吹き出した。この破壊によって、72気圧あった炉心圧力が急速に低下した。これまで、厚さ16 cmの鋼鉄の壁で遮蔽されていた放射性蒸気と核燃料が一気に格納容器に放出されたことによって、原子炉周囲のモニタリングポストの放射線量が急激に上昇した。（脚注２）

08時56分　「モニタリングポストの放射線量が **毎時82マイクロシーベルト** になりました」

桜井が報告した。

脚注１：東京電力や政府の報告書では、ベントラインは健全に作動したことになっている。しかし、後の事象を考えると、この時点で、ＡＯ弁に何らかのトラブルがあったと考えることもできるので、本書では、この時点でＡＯ弁は完全に開いていないとした。

脚注２：東京電力の発表では、これよりずっと遅く14日10時頃の原子炉圧力容器（ＲＰＶ）破壊を推定している。東京電力は、場合によってはＲＰＶは破壊していないと推定している。筆者は、３号機のＲＰＶ破壊による燃料漏出が３機の原子炉で一番大きいと考えている。

「おかしいな。まだベントもしていないのに、何で放射線が急上昇したんだろうか。ともかく本店と官邸に放射線急増の報告をしてくれ」

山本がいぶかしげそうに言った。

09時05分 3号機原子炉では、破壊の連鎖が起こっていた。圧力容器破壊で急激に放出された蒸気は、格納容器の圧力を一気に上昇させ、6・9気圧以上となった（脚注）。この圧力で、格納容器ドライウェル下部が破壊された。この場所は、1号機の破壊箇所とほぼ同じで、ドライウェルとサプレッションチャンバーを繋ぐベローー（蛇腹状の薄板）の溶接箇所だ。その破壊面積は等価直径で12 cmであった。この破壊で、9時10分時点で格納容器圧力が5・3気圧に減少した。格納容器の破壊でドライウェル圧力が一気に低下し、環境に放出された放射性蒸気によって、正門の放射線量が毎時10マイクロシーベルトから毎時175マイクロシーベルトに一気に跳ね上がり、9時10分には毎時281マイクロシーベルトに達した。

09時08分 原子炉圧力容器破壊で内部圧力が低下した。

「あっ！　3号機の原子炉圧力容器の圧力下がっています。これで消防車による注水が可能となります」

制御室の運転員が叫んだ。

「そうか、逃がし安全弁の強制減圧が働いたのかもしれないな。注水可能となったことを山本所長に報告しよう」

脚注：この圧力データは筆者のシミュレーション結果であり、計測されていない。

当直班長の岡島が嬉しそうに言って受話器を取った。しかし、このときはすでに原子炉圧力容器（ＲＰＶ）が破壊されており、強制減圧は間に合わなかったのだ。(脚注)

09時20分 ドライウェルの圧力がサプレッションチャンバーに伝わり、ついにラプチャーディスクが破壊した。それによって、放射性蒸気が煙突を通じて放散された。しかし、ベントラインの空気圧動作弁の空気圧が十分でなかったので、空気作動弁はすぐに閉まり、このベントは十分になされなかった。

09時24分

「３号機ドライウェル圧力が５・２気圧から４・３気圧に低下しました。現在も低下傾向にあります」

中央制御室から山本へ連絡があった。

「よし、ラプチャーディスクが予定通り破裂して、ベントがうまくいったようだ。『９時20分頃、格納容器がベントされた模様』と、桜井君、官邸に連絡してくれ。これでしばらくはしのげそうだ。ＳＰＥＥＤＩの解析では、現段階では内陸部の放射能汚染は最小限に食い止められる。注水班に連絡して、すぐ３号機の淡水注入を始めるように言ってくれ」

山本が言った。

緊急対策室の発電所対策本部ではベントが成功したと考えていたが、実際は圧力容器破壊による急激な圧力上昇で格納容器が壊れたための減圧であった。その証拠に、ベントラインと直結しているサプレッション

脚注：政府の中間報告書では、この時点で逃がし安全弁（ＳＲＶ）の強制減圧ができたことになっている。原子炉圧力低下と強制減圧の時間が微妙にずれていることから、本書では強制減圧は空気ボンベの圧力低下のためできなかったこととしている。

チャンバーの圧力は、この時点で大きな変化はなかった。（脚注）

09時28分　３／４号機中央制御室の当直が、３号機サプレッションチャンバーの空気作動弁（ＡＯ弁）のランプが全開の赤から全閉のグリーンになっていることを発見した。

「岡島班長、サプレッションチャンバーベント弁が〝閉〟になっています。さっきまで全開の赤ランプはついていませんでしたが、グリーンランプもついていませんでした」

「弁を開ける空気圧が漏れているのかもしれない。原子炉建屋に行ってボンベの点検と接続部の増し締めをしてくれ」

岡島が指示し、電話で山本たちに報告した。

「そもそも、大きな空気駆動弁を小さな計測用ボンベで駆動することに無理がありますね。何とかして、エンジン駆動のコンプレッサーを調達できないでしょうか。それを、タービン建屋脇にある圧力配管に繋いで常に高圧に保てば、必要なときにバッテリーで電磁弁を開けてベントができます。危険な原子炉建屋に入る必要もないと思います」

亜紀子が提案した。

脚注：東京電力は、９時２分の逃がし安全弁（ＳＲＶ）による原子炉圧力容器（ＲＰＶ）減圧成功とベント成功を推定している。しかし、この頃、サプレッションチャンバー（Ｓ／Ｃ）の圧力が大きく変化していないことから、ラプチャーディスクが破壊する前にドライウェル（Ｄ／Ｗ）が破壊したと推定した。空気作動弁（ＡＯ弁）が半開きのためにベントによる減圧は十分でなかったと考えられる。このときベントが成功していれば、ベントラインを通して水素を含んだ水蒸気が３号機および４号機屋上に逆流し、14日11時より早い時点で水素爆発を起こしている必要がある。また、後述するようにＳ／Ｃベント弁に接続している空気圧ボンベがうまく働いていない可能性が大きい。

「そうだな。何とか、可搬式コンプレッサーを手配しよう。下山さん、関連会社の社屋や東電の工場に可搬式のコンプレッサーがあるかもしれないので、探してきてください。桜井、注水している淡水はもうすぐなくなると思うので、海水の注水準備を始めてくれ。本店への了解は、後でいいだろう」

山本が指示した。これ以後、コンプレッサーが接続されるまで、３号機は不安定なベントを断続的に実施し、消防ポンプ車による注水を続けていた。

10時15分

「２号機も格納容器耐圧ぎりぎりの状態だ。８時10分に２号機ベント用の電動駆動弁（ＭＯ弁）はすでに手動で開けてあるので、サプレッションチャンバー側の空気作動弁（ＡＯ弁）を開ける準備をしてくれ。本店には、一刻も猶予ができないので２号機のベントを実施すると報告してくれ」

山本の指示で、中央制御室では、電磁弁を開けるために照明用小型発電機を電磁弁に接続し、空気ボンベの圧力を確認した。

11時00分

「２号機サプレッションチャンバーベント用空気作動弁（ＡＯ弁）を開けろ」

３、４号機の岡島班長が指示して運転員が復唱した。

「サプレッションチャンバーベント弁は開きましたが、格納容器圧力が２・５気圧です。この圧力は、ラプチャーディスク破壊圧力の４・２気圧より低くてベントできません」

係員が報告した。

「空気作動弁（ＡＯ弁）の圧力を確保して、ラプチャーディスクが破壊したらベントができるように待機してください。ラプチャーディスクが破裂しないということは、格納容器も大丈夫だということですから…」

坂井が山本に進言した。

＊　＊　＊

10時30分　首相官邸の総理執務室隣の会議室では、総理以下の幹部がイライラしながらテレビ報道を見ていた。

「何で、東電は正確な情報を持ってこないのだ」

南雲忠夫総理大臣は、派遣されている東電役員に当たり散らした。

「詳しいことはわからないのですが、３号機の高圧注水系の冷却システムが停止して、炉心の水位が低下傾向にあるそうです。２号機は隔離時冷却系が動いていますので、安定な冷却ができています」

東電役員が、本店から伝えられた数時間前の情報を伝えた。不確定な情報を官邸に上げることは、伊地知原子力本部長に止められていたのだ。政府に東電の不利益になる決定をされては困るという理由からだった。

「それなら、３号機も水素爆発する可能性があるのか」

南雲が詰め寄った。

「まぁ、その可能性も否定できないとは思いますが…」

役員の煮え切らない態度に南雲が切れた。

「あんた、それでも原発担当役員か。可能性があるかどうかもわからないのか。さっきまでは2号機が危ないと言っていたじゃないか。今度は、3号機か」

東電役員もその場にいた安全委員会委員長たちも、南雲の剣幕に黙ってしまった。

「官房長官、記者会見をして原発から半径20 km以内の避難指示と半径30 km以内の住民の屋内待避を指示してくれ」

南雲が官房長官に指示した。11時0分に官房長官が記者会見し、避難区域の拡大を要請した。

この唐突な避難区域の決定は、この時点で結果的には妥当だった。半径10 km以内の住民は、原発直後の混乱の中でも、ほぼ避難を完了していた。事故初期では、半径を決めて内側から住民を避難させることが常套手段である。しかし、20 km以内の避難区域と30 km以内に設定された〝緊急時避難準備区域〟の決定は以後1カ月以上も変更されなかった。本来ならば、事態が落ち着いて現状が把握できた時点で、風向きや放射線汚染度に応じた避難地域を早急に再設定し、飯舘村など、半径30 km以遠にある高汚染地区の避難を早期に実施し、20～30 km以内でも低汚染地区は避難勧告を解除すべきであった。しかし、この決定は長期間変更されず、放射線高汚染区域に避難して滞在した多くの被爆者と、健全な生活を送れるのに長期に避難を強いられた不必要な避難者をつくり、周辺住民に多大な犠牲を強いることになった。

13時12分

「3号機に海水注入を始めました」

注水班から発電所対策本部に連絡があった。12時30分に注入していた防火水槽の淡水が枯渇したので、海水の注水準備が終わって、ようやく注水が再開された。3号機の逆洗弁を洗浄するための水槽（逆洗弁ピット）に津波の海水が溜まっているので、それを使用していた。本店の一部には、廃炉を決定的にする3号機の海水の注入を躊躇する意見もあったが、1号機の場合に比べると海水注入に対する抵抗は少なかった。

「2号機も隔離時冷却系が限界にきていますので、早晩、海水注入をする必要があると思います。その準備も進めさせていただきます」

山本がテレビ会議の本店役員に言った。本店役員は、これまでの経緯から何も言えない状態で、2号機を事実上廃炉とする処置を認めざるを得なかった。

14時15分

「モニタリングポストの放射線量が毎時９０５マイクロシーベルトとなりました」

桜井が山本に報告した。

「桜井、本店に放射線量異常上昇を報告してれ。12時30分にボンベを交換して空気作動弁（ＡＯ弁）を開けてベントした影響だろうか。サプレッションチャンバーの空気作動弁（ＡＯ弁）は不安定でなかなかうまくいかないな。坂井君、何か良い手はないかね」

「サプレッションチャンバーが置かれているトーラス室に行って、大川さんと桜井君が1号機でやったように、手動でバルブを開ければ空気作動弁（ＡＯ弁）をロック（固定）できます。でも、今日の未明に部屋に入ったときで、すでにものすごい暑さでしたから望みは薄いでしょうね。もし、空気作動弁（ＡＯ弁）をロックできれば3号機は安定しますから、試しに行ってみましょう。だれか一緒に行ってくれる方はいませんか？」

坂井が言った。

「小笠原先輩ばかりに負担をかけられないので、私がお供します」

運転員の古川が申し出た。

14時31分　坂井と古川は、３号機原子炉建屋北側二重扉の前にいた。放射線線量計が毎時３００マイクロシーベルト以上でメーターが振り切れていた。この値は、ここに3時間以上いると吐き気などの急性症状を起こし、10時間以上いると50％が死に至るという猛烈な放射線量である。このとき、３号機の格納容器は13日９時５分にすでに破損しており、原子炉建屋内に放射性水蒸気が充満していた。

「こりゃ、凄いな。ここからは入れそうもないので、南側に回りましょう」

坂井が言った。南側の二重扉前の放射線量も毎時１００マイクロシーベルトだったが、あえてその扉を開けてみた。扉の中は水蒸気が充満していた。持っていた線量計が一気に振り切れた。二人はサプレッションチャンバーがあるトーラス室に入ることをあきらめて免震重要棟に戻って行った。

３号機の格納容器は破壊しており、放射性水蒸気が原子炉建屋に充満していた。そこに隣接する３／４号機中央制御室の放射線強度も毎時12マイクロシーベルトとなっていた。この線量では長時間滞在できないので、運転員は普段は線量の比較的小さい４号機側の制御室に待避することになった。

15時30分　免震重要棟2階会議室の発電所対策室では、山本たちが坂井の報告を聞いていた。

「3号機の原子炉建屋地下は放射性水蒸気で充満しています。もしベントだけなら、地下室は高温になっているだけで水蒸気は出ないので、現時点で格納容器のどこかが壊れて蒸気が漏れている可能性があります。

私の簡易シミュレーションですと、遅くても今日（3月13日）の朝4時頃には3号機の水位は燃料棒上端に達しています。その後、燃料棒が露出していますから、被覆のジルカロイと水蒸気が反応して水素が発生していると考えられます。これが原子炉建屋に充満していると、1号機と同様に3号機も水素爆発をする可能性があります」

坂井の淡々とした説明に、発電所対策本部のメンバーは動揺を隠し得なかった。

「何とか、水素爆発を回避する方法はないのか」

山本が聞いた。

「格納容器と原子炉建屋のコンクリート壁には5 cmぐらいの隙間が空いているので、その隙間を伝って水素が建屋上部に溜まっている可能性があります。原子炉建屋5階には水蒸気が充満したときに自動的に開くブローアウトパネルがついていますが、柏崎原発の地震被害の後で固定されたので、パネルを外すために建物に入る必要があります。作業中に火花でも出したら爆発するので、パネルを外せません。火花を出さない手法としてウォータージェットという超高速高圧力の水ジェットを使う方法もありますが、現実的ではありませんね。つまり、お手上げということです」(脚注)

坂井のコメントに無力感を感じながら山本が桜井に指示した。

「本店と官邸に3号機が水素爆発の可能性ありと報告するように…。それから、水素爆発が起こった場合の

脚注：東京電力は、14日0時頃にウォータージェット装置を発注したが、3号機爆発までに搬入が間に合わなかった。

放射線被害のシミュレーションをしてくれ」

発電所対策本部からの報告は、16時43分の官房長官記者会見で国民に知らされた。

「SPEEDIのデータですと、15時に3号機が爆発しても放射性ガスは海側に流れる予定です。この件も官邸と本店に報告しておきます」

桜井が報告した。

17時52分　コンプレッサーを探していた下山敏夫《しもやまとしお》が免震重要棟に戻ってきた。

「小型のコンプレッサーがやっと見つかりました。下請け会社の倉庫に眠っていました。こいつは、100Vの電動モーターで動くので、エンジン式の発電機とセットで使います。それも調達してきました。それらは、小型クレーン付のトラックに積んでスタンバイしてあります。こいつを3号機タービン建屋の大型機器搬入口近くの空気ラインに接続すれば、空気作動弁（AO弁）を動かすことができると思います。もう原子炉建屋は放射線が高くて入れませんから…。ただし、発電機用の燃料は少ししか入らないので、数時間ごとにガソリンを補充する必要があります」

下山の報告に、

「ようやくコンプレッサーが手配できたので、早速、空気配管に接続するようにしてくれ」

山本が指示した。

20時10分　3/4号機中央制御室では、係員がサプレッションチャンバーベント用の空気作動弁（AO弁）のランプを見ていた。

「岡島班長、ようやく空気作動弁（ＡＯ弁）がグリーンから赤になりました。３号機のベントができます」

「やっと圧力が上がったのか、何せ小型の簡易コンプレッサーで昇圧しているから時間がかかってしまう。空気ボンベを開ける電磁弁の電圧を維持して圧力をモニターするように」

当直班長の岡島が運転員に指示した。３号機格納容器ドライウェルの圧力は、20時30分の３・２気圧から22時30分に、ようやく１・８気圧まで減少した。電磁弁の電圧は、自動車のバッテリーで維持されており、電圧が安定しない。コンプレッサーの圧力不足と重なって不安定なベント作業だった。

3月14日00時45分　官房長官指示により、各地方自治体の消防本部に協力を要請して消防ポンプ車両が東電に貸し出されていた。この時点で、近隣の自治体から４台の消防車がＪビレッジに到着していた。

「山本君、Ｊビレッジにようやく応援の消防車が到着したようだ。そちらから、消防車を取りに行ってくれないか」

テレビ会議システムを通して伊地知が言った。

「こちらはご覧の通り手一杯で、消防車を取りに行く人員がありません。Ｊビレッジで人を手配していただけませんか」

山本が言った。

「自治体の消防隊員は放射能の危険がある福島原発には行きたがらないのだ。Ｊビレッジの東電社員も消防車の運転できる人員がいないので、どうしようもない。近隣の東電社員に消防車の運転を依頼しているが、いまのところ手配がついていないのだ」

伊地知がバツ悪そうに答えた。

「こっちは、命がけでやっているのに、そちらから人の手配はできないのですか。自衛隊は消防車の運転はできると思いますが、お願いしてもらえませんでしょうか。あと1時間で逆洗弁ピットの海水が空になるので、ほかの消防車で海水を補充する必要があります。海水がなくなれば、1号機と3号機は空だき状態になります」

山本の依頼に伊地知が答えた。

「実は、自衛隊の中央特殊防護隊がJビレッジに到着しているのだ。彼らは給水車も持っているし、消防車も操作できる。でも、1号機の爆発以後、福島原発が危険だということで、防衛大臣の出動許可が下りないらしい。現場の隊員たちはそちらに行きたがっているようだが…」(脚注)

「そもそも、自衛隊は国民を守るためにあるのでしょう。原発が爆発したら、我々はもちろん、国民を守れないじゃないですか」

山本が食い下がった。

「しかし君、こちらから防衛大臣の決定に対してクレームをつけることができないのだ。一昨日も、東城社長が自衛隊機で名古屋から東京に戻ろうとしたが、防衛大臣に引き戻されている。ともかく、そちらから人を出してくれ」

脚注：自衛隊は福島第二原発に待機していた。防衛大臣の許可に関しては筆者の推定で、証拠はない。

伊地知が困った口調で山本にいった。

１９９５年の阪神・淡路大震災の教訓で、自然災害に対しては自衛隊の出動規則が大幅に変えられて、迅速に災害派遣ができるようになった。それは、東日本大震災の津波災害の救助などに発揮され、自衛隊は地域住民の救助に活躍した。しかし、原発事故に関しての自衛隊の役割は明確に規定されていなかった。「絶対安全」を旗頭にしている原発事故を想定することもタブーだったので、原発事故時の自衛隊の役割を表立って議論する機会も存在しなかった。しかし、自衛隊内部では、第三国の攻撃やテロに対して原発を守る方策や重大事故における住民避難や電力会社と協力方法が議論されていた。しかし、これらの議論を公にすることはできなかった。「建前上、事故や破壊が起きない」原発に対して、テロや自然災害による原発破壊とその放射能汚染を想定した訓練を行うことは世論が許さなかったのだ。

今回の震災において、防衛大臣と幕僚監部は、津波被害者の救出については迅速な発動を行ったが、明確な役割が議論されていない原発事故支援に関しては及び腰だった。３月11日19時30分には、すでに総理大臣から自衛隊の派遣命令が出ており、同日22時には自衛隊員がＪビレッジに到着していた(脚注)。しかし、実際は原発事故の制圧と住民の安全より、自衛隊員の安全が優先されたのだ。この事故で、自衛隊員が死傷した場合の責任をとることを防衛大臣も幕僚監部も躊躇した。１号機が爆発してからは、「隊員の安全が確保されるまで」原発への出動は見送られていた。

脚注：実際は、福島第二原発に80名が到着。

01時10分　とうとう、逆洗弁ピットの海水が底をついた。

「いまある消防車で海水を汲み、逆洗弁ピットに入れましょう。その間、1、3号機の注水が止まるのも仕方がないでしょう」

坂井が山本に言った。

「桜井、応援の消防車は、まだこないのか？」

山本がイライラして言った。

02時20分　1号機と3号機の注水が停止されたことで、原子炉内部の温度が急上昇した。燃料棒が高温になったことによって、セシウムなどの放射性物質が多量に格納容器の破損部を通して放出された。それによって、モニタリングポストの放射線量が毎時751マイクロシーベルトに急増した。

03時20分

「ようやく逆洗弁ピットの海水を汲み上げて、注水が可能になりました。しかし、海水の量が十分でないため、1号機と3号機両方を注水することは難しいと思われます。また、一つの消防車は海水の運搬に使用する必要があります」

桜井が山本に報告した。

「推定では、1号機の圧力容器はすでに海水で満たされていると考えられるので、応援の消防車がくるまで3号機の注水に集中しましょう」

坂井の進言で3号機の海水注入が再開された。

　1号機には圧力容器容積より多い注水がされていたが、崩壊熱の蒸気の力によって余剰の注水は圧力容器の破損箇所から強制的に排出されていた。そのため、1号機圧力容器内に余分の水は溜まっていなかった。山本たちの推測は間違っていたのだ。1号機は、14日20時30分に注水を再開するまでほぼ17時間の間、完全空だき状態になっていた。この注水中止で、溶けた燃料棒が圧力容器下部に穴を開けて核燃料が漏れ出した。(脚注)

03時40分　3／4号機中央制御室では、照明用仮設発電機を持ち込んでサプレッションチャンバーベント用空気作動弁（ＡＯ弁）を開ける電磁弁の接続を行っていた。

「よし、これで車のバッテリーを使わなくても安定的に電圧が確保できそうだ。下山さんが新しいコンプレッサーを見つけてくれたので、空気作動弁（ＡＯ弁）も、もう少し安定するといいのだけれど…」

当直班長の岡島の指示で運転員がベントのスイッチを入れた。スイッチの〝開閉〟を示すランプが全閉を示すグリーンから赤に変わった、程なくして、その赤ランプも消えてしまった。

「やはり、コンプレッサーの容量が足りないようだ。コンプレッサーの圧力が上がるのを待って断続的にベント弁を開けよう」

岡島が言った。

　このときのベントによって、モニタリングポストの放射線が毎時８２０マイクロシーベルトに急増した。

脚注：その後の冷却状態の推移から推定すると、1号機の核燃料の漏洩は政府や東京電力が予測しているより遙かに小規模で、圧力容器の穴も大きくないと考えられる。

このベントの効果は、それだけではなかった。ベントされた汚染水蒸気は、ベント配管を逆流して3号機原子炉建屋の屋上に水素を含んだ水蒸気を噴出させた。さらに、ベントされた水蒸気は4号機のベントラインを逆流し、4号機原子炉建屋にも水素が溜まり始めたのだ。

05時10分 東日本電力南横浜火力発電所と千葉火力発電所から4台の消防車と、防災要員11名が到着した。Jビレッジに集結していた多くの消防車は、とうとう間に合わなかった。Jビレッジには、消防車を原発に運ぶ人員がいなかったのだ。

「応援、ありがとうございます。いま、消防車が足りなくて困っていました。まさに、天の恵みです」

桜井が満面の笑みを浮かべて防災要員を出迎えた。彼らも爆発を起こした原発へ行くのは気が重かったが、同じ東電社員が命を賭けて原発と戦っているときに要請を拒否することはできなかった。

「これから、何をすればよいか指示してください」

応援要員が緊張で顔を紅潮させながらいった。2台の消防車は、逆洗弁ピットへの海水注入のために**物揚場**に行って、ピットへの海水注入準備を始め、9時20分には海水補給を開始した。

09時42分 免震重要棟にカーキ色の物々しい防護服を着た一隊が入ってきた。陸上自衛隊・中央特殊武器防護隊の隊員たちだった。この隊は、核兵器や化学・生物兵器の攻撃を受けたときに対処する特別な部隊だ。防護服も、東電の防護服とは比べものにならないくらい厚くて重い。隊員は、4台の5トン給水車と3台のトラックに分乗してきた。隊員は免震重要棟に入ると、一斉にマスクを取って小脇に抱え、山本たちに挨拶をした。まず、隊長の熊谷一佐（大佐）が白髪交じりの短髪頭をした穏和な顔を出していった。

「原発が大変な中、皆さんご苦労様です。我々も一刻も早くこちらにきたかったのですが、上層部の許可がなかなか下りなくて、こんなに遅くなってしまいました。原発が落ち着いて安全になったから行っても良いのだそうです。我々は、安全でない場所に派遣されるはずなんですがねぇ」

50歳代半ばの熊谷は、ごま塩頭を掻きながら自嘲的に言った。その後で、急に真剣な表情で

「これから、皆さんのお役に立ちたいと思いますので、よろしくお願いします。現場は、ここにおります高山二佐（中佐）が指揮をいたします。私は、ここで現場との連絡と指揮を執らせていただきます」

と言って、背筋を伸ばして敬礼した。

高山和雄二佐は、40代後半の精悍な顔立ちで敬礼した。彼は、２００７年にイラク派遣に参加した強者である。顔には、自分が日本国民の危機を救うのだという使命感がにじみ出ていた。

「参加が遅くなって申し訳ございません。これから、山本所長の指揮下に入り活動をいたします」

と言って敬礼した。他の隊員たちもそれに習って敬礼した。隊員たちは決して大柄ではないが、贅肉のない精悍な体つきは防護服の上からでも推察された。皆、十分訓練を受けている様子だった。

緊急対策室の傍らで所員の怪我の処置をしていた産業医の白石千尋が横目でこの光景を見ていた。

「へぇー。自衛隊の人たちって意外とカッコいいのね。私の彼はあの人たちより長身でスタイルもいいけれど、ああいう人たちも魅力的ね」

千尋の彼氏は、都内の開業医の息子で同じ医師だ。ルックスも申し分ないし、千尋にはとても優しい。しかし、最近はその優しさを少し物足らなく思っていた。ここにいる隊員たちは全く違うタイプの男性だ。隊員

たちの緊張と使命感に燃えた表情が、日焼けした彼らをより魅力的に見せていた。

10時53分 自衛隊の隊員には、給水車を使って逆洗弁ピットの水を補給してもらうことになった。その後、２号機の注水に向けた準備を依頼した。まず、先遣隊として高山以下５名が２台の給水車とトラックに乗って３号機脇のピットに向かった。現場に行くには、津波と地震で破壊された道路を通り、１号機の爆発で散乱した放射性瓦礫を避けて進まなければならず、四輪駆動の自衛隊の車両でも慎重に運転する必要があった。

10時55分

「消防車の応援と自衛隊がきてくれたので、注水作業も何とか軌道に乗りそうですね。この調子でうまくいけば、１号機の注水再開ももうすぐですね」

桜井が笑顔で山本に言った。

「外部からの応援は助かる。これまで、我々だけで３基の原発を相手に孤軍奮闘だったからな」

山本が、久しぶりにほっとした表情を見せた。これまで、だれの支援もなく、福島原発の所員と関連企業人員だけで困難を乗り越えてきた。これから外部の支援を受けられることは、実際の助力以上に大きな心の支えになった。注水準備も順調に進んでいる。免震重要棟の緊急対策室に、ようやく一息ついた雰囲気が漂った。

しかしこのとき、一見落ち着きを取り戻したかの様子を見せていた３号機は、鋭い牙をむく瞬間を待っていた。未明から何度か繰り返された水素を含むベントの蒸気がダクトを逆流して３号機原子炉建屋の屋上に溜まっていた。それと同時に、格納容器の破壊箇所からも蒸気が漏れ出し、その中に含まれている水素が格納容器と原子炉建屋コンクリートの隙間を伝って、やはり屋上階に集まっていた。11時0分には、水素濃度が5％を越えて原子炉建屋がいつ爆発してもよい状態が整っていた。

11時01分 ついに、その時がきた。わずかに生き残っていた直流バッテリーの電流を介して、制御システムスイッチの小さな火花が充満していた水素に引火した。「ズーン」大きな音を出して3号機の原子炉建屋が爆発した。この模様は、民放の定点カメラに捕らえられ、即座に日本全土に放映された。爆発は1号機より規模が大きく、赤い爆発炎がカメラに捕らえられた。その後、黒い煙と瓦礫が上空に舞い上がった。ほぼ同時に、免震重要棟が激しく揺さぶられた。

「3号機が爆発した」

だれしも思った。1号機爆発の経験があるので、今回は迷うことはなかった。

爆発の直前、高山たちは1号機の爆発で散乱した瓦礫を避けて、2台の給水車を従えて進んでいた。3号機タービン建屋裏にある給水ポンプの取水口でいったん車両を止めて位置確認をしようとした。高山二佐と一緒に先頭車両を運転していた小針陸曹長は、3号機付近の地図を持って車外に出ていた。爆発の瞬間、爆発音は小針に聞こえなかった。ふぅ〜と、手に持っていた地図が何者かにひったくられたように手元からなくなった。「あれー」と思った瞬間、体が持ち上げられ空中にいた。あとは記憶がない。

高山二佐がドアノブに手をかけて出ようとしたときに、「ドン」という爆発音とともに爆風が襲った。高山の小型車両はひとたまりもなく空中に舞い上がり、横倒しになった。爆発が起こったのだ。その後、空中に飛び散ったコンクリート片が落下して車を襲い、ホロを突き破って車内に入ってきた。辺りは真っ白で、何も見えない。高山は、何とかドアをこじ開けて外に出た。爆発のとき、ノブに手をかけていた左手首を捻挫していた。自分の怪我より隊員たちの安否が心配だった。２台の給水車も爆風で横転していた。その中から隊員たちがドアをこじ開けてはい出てきた。そのうちの二等陸曹は、瓦礫で右足に裂傷を負い出血していた。陸士長は左肩を骨折しているようだった。「１、２、３、４」と隊員の人数を数えた。１人足りない。

「小針はどこだ」

高山が叫んだ。まだ視界が効かない当たりを見回すと、５ｍほど離れたところで小針が仰向けに倒れていた。高山が駆け寄って、防護服のマスク越しに声をかけた。

「小針、大丈夫か」

返事がない。目は薄く開いていたが、瞳は全く動いていない。呼吸も止まっているようだ。防護服越しに心臓に耳を当ててみた。心音は聞こえない。急いで自分の車に戻り、無線で熊谷隊長に報告した。

「小針陸曹長の呼吸が止まっています。早く救援をお願いします」(脚注)

高山二佐と熊谷隊長のやり取りを聞いていた産業医の白石千尋は、即座に状況を理解した。

「隊員の一人が心肺停止ですね」

そう確認して時計を見た。11時２分だった。

脚注：実際に心肺停止した自衛隊員はいない。この設定は架空である。

「あと3分しかない」

千尋はとっさに思った。人は心停止して3分以上経つと、蘇生率が著しく低下する。心停止してから3分以内に現場に行って蘇生術を行わないと、この隊員は助からないことを千尋は知っていた。

「私が防護服を着るのを手伝ってください。亜紀子、お願い手伝って」

亜紀子が、そばにあった防護服を千尋に着せた。防護服は男物で、身長157㎝の千尋にはブカブカだが、かまっていられない。千尋が防護服を着ている間に看護師の大隅弘子が駆け寄ってきた。

「先生、AEDと緊急救命用のセットです。私たちも後で行きますので、とりあえず蘇生処置をお願いします」

AEDは自動体外式除細動器で、心房細動などが起きたときに電気ショックで蘇生を行う装置である。最近は、公共機関や職場での設置が一般的である。免震重要棟にもAEDが備えられていた。防護服を着た千尋が、弘子が用意してくれたAEDと救命セットを抱え込んで叫んだ。

「だれか、私を現場に運んでください。現場にすぐ行かないと間に合わないけど、この格好では走れない。それから、亜紀子。高山さんにお願いして患者の胸を出しておいてもらって。向こうに着いてから防護服を脱がしたのでは間に合わないから。それから、心臓マッサージもしてもらうようお願いしてちょうだい」

防護服を着た二人の男性所員が、千尋を引きずるようにして3号機タービン建屋に走って行った。

千尋が現場に着くと、小針陸曹長の上半身は防護服が脱がされていた。左手を捻挫した高山二佐が右手で心臓マッサージを行っていた。二人とも防護マスクはつけたままである。

「小針さん、聞こえますか」

千尋が大声で怒鳴って体を揺すった。反応がない。次に心臓の部分を強くたたいた。この措置で蘇生することもあると大学の講義では教わったが、この処置で蘇生した患者は見たことがない。案の定、無反応だった。時計を見た。11時６分。すでに心停止から４分経過している。一瞬考えた千尋は小針のマスクを外した。やはり呼吸は停止していた。すぐ人工呼吸をする必要がある。そのためには、千尋もマスクを脱いで口から人工呼吸をしなくてはならない。放射能を帯びた埃が充満していて視界も効かない状態でマスクをとることは、自分の被爆を意味する。しかし、目の前の自衛隊員は千尋が人工呼吸しなければ確実に死ぬのだ。すでに心停止から４分30秒が経過していた。

千尋は、躊躇なく自分のマスクを外して小針の人工呼吸を始めた。周りで見ていた高山たちは、一瞬唖然とした。周りは、放射性ガスと埃で充満して視界も効かない状態である。この状態でマスクを脱いだら、内部被爆をすることになる。ましてや人工呼吸は空気を目一杯吸うことになるから、内部被爆は免れない。千尋は、自分の被爆より目の前の患者の蘇生を選んだのだ。

千尋は長い髪を後ろに束ねると、小針の顎を上げて、口をつけてゆっくり２回息を吹き込んだ。その後、高山と交代して、仰向けになっている小針の胸に馬乗りになり全身の力を込めて心臓マッサージを始めた。本来、患者の左側で心臓マッサージをするが、体重の軽い千尋は馬乗りにならないと、鍛えられて胸板の厚い小針の心臓マッサージができなかった。マッサージしながら高山に言った。

「高山さん、このＡＥＤを開いて電気ショックの準備をしてください」

高山は、自衛隊でＡＥＤの訓練を受けているので、手際よく準備をした。準備が終わったＡＥＤを千尋が小針に装着してスイッチを入れた。

「感電するので、皆さん離れてください」

ＡＥＤが作動して小針の体がビクッと動いたが、心臓は再起動しなかった。千尋は、また小針に馬乗りになり人工呼吸と心臓マッサージを続けた。まだ、鼓動は戻ってこない。千尋は、救命セットからボスミン剤を取り出し、注射器に入れた。この薬剤は、一般には末梢血管から点滴で投与するが、いまは設備も時間もない。千尋は心臓に直接注射することにした。この場合、心臓の冠動脈を傷つけると、蘇生する心臓も死んでしまう。細心の注意が必要だ。千尋はじっと狙いを定めて、小針の左胸の奥に深く注射針を差し込んで薬剤を注入した。その後、また人工呼吸と心臓マッサージを続けた。しばらくすると、ホンのわずかに心臓の鼓動が感じられるようになってきた。ボスミンの心臓注射が効いたようだ。心臓マッサージをしても確実に鼓動が手に伝わってくる。

「何とか助けられるかもしれない」

千尋は思って、人工呼吸と心臓マッサージを続けた。

しばらくして、小針の意識が戻ってきた。小針は、真っ暗闇からうっすらと光が差したように感じた。そのとき、唇に何か柔らかいものを感じた。目を開けると、目の前に女の子の顔があった。その後、その女性は自分に馬乗りになっていることがわかった。

「おい、もしかしてここは天国か。女子アナみたいな綺麗な女の子が俺の上に馬乗りになっている。おまけにキスまでしてくれて…」

彼女いない歴29年の小針にとって、この体験は、地獄から戻ってきた以上に鮮烈だった。

「小針さん、聞こえますか」

馬乗りになっている女性が言った。小針がうつろな目でうなずいた。

「意識が戻ったみたいですね」

千尋が言った。その頃、小針の意識が確実に戻ってきたと同時に右足に激痛が走った。膝下の骨折で右足があさっての方向に向いていた。小針の表情が骨折の苦痛でゆがんだ。

「あぁ！ 右足は単純骨折ですから。とりあえず添え木を当てましょう。あと、皆さんで小針さんを運んでください」

千尋が、近くにあった棒と包帯で右足の骨折部分を固定した。その扱いは意外と粗っぽく、小針の表情が痛みでゆがんだ。千尋が急に事務的に扱うので小針は少しがっかりした。

「もう少し死んだまねしておけば良かったかな」

しばらくすると、防護服を着けた弘子と亜紀子が千尋のところにやってきた。各種の治療機器も持っていた。

小針の傍らで呆然としている千尋を見て弘子が驚いて言った。

「先生、マスクを外したんですか。内部被爆するじゃありませんか」

「人工呼吸するにはマスク外さないとできないでしょう」

当たり前のように千尋が答えた。

「わかりましたから、すぐマスクつけてください」

母親に叱られた子供のように、千尋は弘子の言われるままにマスクをつけた。

弘子の傍らにいる亜紀子を見て千尋が言った。

「亜紀子、何んであんたきたのよ。一昨日の1号機のベントであなたの被曝線量１００ミリシーベルトを超えているじゃない。ここにはこられないはずよ」

「へへー、千尋が心配できちゃった。それに怪我人が多いので、大隅さん一人では大変だと思ったから」

亜紀子が照れながら言った。

「まったく二人とも無茶なんだから、もう。自分のことを考えて無茶しないでくださいよ」

弘子が隊員の治療をしながら言った。

そこへ、免震重要棟の方角から防護服を着た坂井が走ってきた。

「あら、坂井さん。私のこと気遣ってきてくれたのかしら…。坂井さんって、ちょっといいかも」

千尋が坂井を見ていると、坂井は千尋を通り過ぎて亜紀子のところへ行った。

「大川さん、ダメじゃないですか。あなたは被曝線量が規定を越えています。こんな線量の高いとこにきてはいけない。すぐ帰りなさい」

「でも、大隅さんのお手伝いをしないといけませんから」

亜紀子が、いたずらを先生にとがめられた子供のようにはにかんで答えた。

「大隅さんは私が手伝います。ともかく、免震重要棟に戻ってください」

坂井が毅然として言ったので、亜紀子は戻ることにした。

「ああ、そういうことだったのね。まあ、亜紀子がライバルではしょうがないか。まだ亜紀子は気づいてないみたいだけれど…」

男女の関係に聡い千尋は、坂井の気持ちを察知していた。この会話を聞いていた弘子も、二人の関係を理解して微笑ましく思っていた。

「あとは坂井さんに手伝ってもらうので、大川さんは免震重要棟に帰ってください」

弘子が言った。

この爆発で、給水作業をしていた東電の社員４名と孫請け会社である高岡の社員３名が負傷した。しかし、防護服を着て消防車の車内にいたため、奇跡的に重傷にならずにすんだ。高山の部下は４名が負傷したが、小針以外は比較的軽傷ですんだ。千尋と弘子が怪我人の応急処置をしている間に、免震重要棟から自衛隊の隊員と車両がきて、怪我人を免震重要棟に運んだ。

添え木で足を固定され、担架で運ばれている小針に高山が付き添っていた。

「お前は、地獄の入口から帰ってきたんだぞ。白石先生が、ご自分のマスクを外して人工呼吸と心臓マッサージをしてくれなければ、いま頃、お前は殉職だったのだ。先生にお礼を言わんといかんな」

と言いつつ、にやりと笑って、耳元でつぶやいた。

「ところで、美人先生の唇を奪った感想はどうだ」

小針は、骨折の痛みをこらえながら照れくさそうに言った。

「先生の唇、柔らかかったッス」

総務課長の佐藤が、怪我人と千尋たちを免震重要棟で出迎えた。

「いま、双葉町の救急車が向かっています。もうすぐ到着すると思います。1号機の爆発のときは、救急車がきませんでしたが、今回は何とかきてくれることになりました」

しばらくして、双葉町消防署の救急隊と救助隊が免震重要棟に到着し、小針と比較的重傷の6名の負傷者を病院に搬送した。軽傷の負傷者は、自衛隊の車両で搬送されることになった。

防衛省では、現場が危険となったために、熊谷一佐の隊に撤退命令を出したのだ。東京都・市ヶ谷にある防衛省の11階会議室に集まっていた防衛大臣と幕僚監部たちは、原子炉の安全より隊員の安全を優先させたのだ。原発事故に対する自衛隊行動の規範がない状態で自衛隊隊員が死亡することは、防衛大臣にとって責任問題だった。防衛省の幹部は、国民の安全より自衛隊員の安全を優先させた。防衛省からの撤退命令を受けて、熊谷隊長は自分と負傷していない隊員はここに残り、支援を続けたいと申し出たが、聞き入れられなかった。総員撤退は、防衛大臣の命令だったのだ。（脚注）

熊谷隊長が山本に撤退命令を伝えた。

「上からの命令で総員撤退の指令がきました。私たちは残ってお手伝いしたいのですが、断腸の思いです」

「そうですか、仕方ありませんね」

脚注：自衛隊撤退の実際の経緯については不明である。

山本が力なく言った。程なくして、自衛隊の総員撤退の準備が整った。爆発で横転した車両はそのままにすることにした。

「それでは、撤退します。お力になれなくて、申し訳ありません」

熊谷隊長が敬礼して車両に乗った。それを山本たちが免震重要棟の玄関で見送った。

３号機の爆発が起こったとき、大きな噴煙が上空に舞い上がった。その黒い噴煙は、１号機の爆発より遥かに大きいことを示していた。それと同時に、放射性の瓦礫が大量に吹き上げられた。その瓦礫が落下したときに、消防車や自衛隊の車両を壊しただけでなく、注水準備がほぼ終わった消防ホースをずたずたに引き裂いたのだ。

爆発による爆風は、隣の2号機原子炉建屋5階にあるブローアウトパネルを吹き飛ばした。このパネルは、原子炉建屋に水蒸気が充満したときに自動的に開くようになっていたが、柏崎原発の地震被害の後で固定されていたものが爆風で外れたのだ。３号機のブローアウトパネルは、３号機の水素爆発まで外すことができなかった。

３号機爆発による爆風と圧力は、上空だけでなく、下方にも向かった。爆発の圧力が室内の換気パイプを通じて衝撃波となって伝播した。衝撃波とは、音のように伝播する圧力波である。その衝撃波は、ベント配管に到達し、サプレッションチャンバーの空気作動バルブ（ＡＯ弁）を損傷した。同時に、その衝撃波と爆風は、３号機のベント配管を通り、ベント用煙突の接合部を破壊して４号機のベント配管を逆流した。ベント用煙突の下部では、爆風によって運ばれた高放射線量の瓦礫が積み重なって煙突流路の一部を塞いでしまった。４号機のベント配管は、４号機換気配管とも繋がっている。爆風は、換気用配管を逆流しながら逆流防止用ダンパーなどを破壊してしまった。つまり、この爆発によって３号機と４号機の配管が繋がってしまったのだ。（脚注）

11時20分 山本は、中央制御室に最低限の人員を残し、それ以外は免震重要棟に避難させた。

「安否確認と被害状況の報告をお願いします」

１階の大ホールに所員たちを集めて山本がマイクを持って言った。全員で情報を共有するためだった。

「東電の社員が４名、協力会社社員３名、自衛隊員４名が負傷しました。１名は重傷で心肺停止状態でしたが、白石先生が蘇生させました。ほかの10名は奇跡的に軽傷でした。６名は双葉消防署の救急車で病院に搬送され、残りは自衛隊の車両で病院に行きました。負傷者は、千葉の放射線医学研究所に搬送され、怪我の治療と被爆状態のチェックを受ける予定です」

佐藤総務課長が報告した。

「３号機注水準備を進めていた消防車は横倒しになり、使用不能です。消防ホースは、注水準備を完了していましたが、爆発の瓦礫により損傷し、使用不能です。海水を汲み上げる予定の３号機逆洗弁ピットは、瓦礫が積み重なり使用不能の状態です。２号機のトーラス室にある空気駆動ベント弁は、ベントのために開い

脚注：この仮説は、筆者の推測である。このベント管路の衝撃波伝播で管路の貫通が起きていれば、この後に発生した３号機の水素が４号機原子炉建屋４階に溜まり、15日朝に爆発したことが説明できる。ベント配管以外でも、３号機と４号機の原子炉建屋が共通ダクトなどで繋がっている場合も同じシナリオが適用できる。

た状態でしたが、爆発のために電磁弁回路が外れて〝閉〟になりました。もう一度、ベントラインの構築が必要になります。なお、3号機周辺は高い放射線強度の瓦礫が散乱しています」

桜井が被害状況を説明した。

3／4号機中央制御室からインターフォンを通じて免震重要棟に連絡があった。

「爆発直後でも、原子炉内の圧力は測定可能でした。11時2分現在で、原子炉圧力は約2・7気圧、格納容器圧力は約3・7気圧を保っています」

この報告を聞いた坂井が言った。

「1号機の場合と同様に、爆発後も3号機の原子炉内は圧力を保っているようです。この状況から判断すると、3号機も原子炉建屋が水素爆発で破壊したと考えられます」

その場所にいた一同は、坂井の解説に納得した。山本たちが恐れていた水蒸気爆発ではなかったようだ。

しかし、免震重要棟1階の大ホールにいた所員たちの間には、どうしようもない無力感が漂っていた。12日は、海水の注入準備が整ったときに1号機が爆発した。それでも気を取り直して懸命に復旧作業に努め、14日の10時半には、何とか3号機のベントと注水準備にまでこぎ着けた。その矢先の3号機爆発である。原発1号機と3号機の兄弟は、膨大なエネルギーの制御ができない福島原発所員に意地悪い悪魔のように次々と難題を仕掛けてくる。それに立ち向かっている自分たちの無力さをあざ笑っているかのように…。

これまで、先頭に立って事故対処を行っていた桜井がじっと下を向いていた。悔しさと、どうしようもない空しさで、下を向いた目からは涙があふれ、頬を伝わって床にしたたり落ちた。桜井の小太りの丸い背中が小刻みに震えていた。これまで、皆を指揮していた山本は、その涙を見て思った。

「これで、俺たちも終わりなのかな。やっても、やっても、原子炉事故収束の目処は立たない。状況は、どんどん悪くなるばかりだ」

さすがに、山本も下を向いていた。重苦しい空気の中、大広間にいる全員が下を向いて黙っていた。

大ホール全体が暗い沈黙に包まれた。

「このまま原子炉を放り投げて撤退するしかないのか」

だれしもが心の中で思ったが、口にすることはできなかった。

そのとき、大川亜紀子がマイクを持って立ち上がった。亜紀子は、真っ直ぐ前を見つめて、一息ついてから言った。

「保安係の大川です。私は、桜井係長と一緒にベントの計画担当をしています。いまの原子炉の状態は、わからないことが多くて、これから何が起こるか私もわかりません。でも、このまま私たちが原子炉を放棄したら、この地域、いえ日本全体が放射能で汚染されてしまいます。いまは、東電や私たちのためでなく、原発の周りの人たちのために、私たちができうる最善のことをやるべきではないでしょうか」

それを聞いた大隅弘子が、みんなに向かって穏やかに言った。

「私、看護師の大隅といいます。原子炉のことは素人で、なんにもわかりませんが、この危機的状況は理解しているつもりです。私の夫は双葉南小学校で教師をしていますが、現在は全く連絡がとれません。東京に息子がいます。私たちがここを放棄したら、いま、どこかに避難している私の夫もその学校の子供たちも被爆してしまいます。東京にいる息子も無事ですまないかもしれません。皆さん、大変つらい思いをしていることはわかりますが、いまは、皆さんのご家族や友人のために踏ん張るときではないでしょうか」

二人の話を聞いた一同は、

「この悪魔のような原発を押さえ込むことは、自分たちの家族や親を守ることなのだ」

ということを再認識した。

気持ちが折れかかっていた山本も、二人の話を聞いて気持ちを奮い立たせた。マイクを再び手にした山本が皆に向かって言った。

「大川君、大隅さん、ありがとう。そうですね。私たちの家族や地域の人たちのためにもう一踏ん張りしましょうか。それでは、具体的な対策プランを各グループに分かれてつくりましょう」

各部署の係員が、集まって対応について検討を始めた。

２号機破壊

3月14日10時30分　隔離時冷却系（ＲＣＩＣ）が作動して何とか冷却機能を保っていた2号機の崩壊熱吸収が限界となった。これまで、２号機は、燃料棒の崩壊熱を蒸気にしてそれをサプレッションチャンバー（Ｓ／Ｃ）で凝縮し、水にしながらタービンを動かして復水貯蔵タンクから注水を続けていた。そのタービンは、とりあえず動いていたが、水を原子炉圧力容器（ＲＰＶ）に送るポンプが機能不全になり、注水が停止

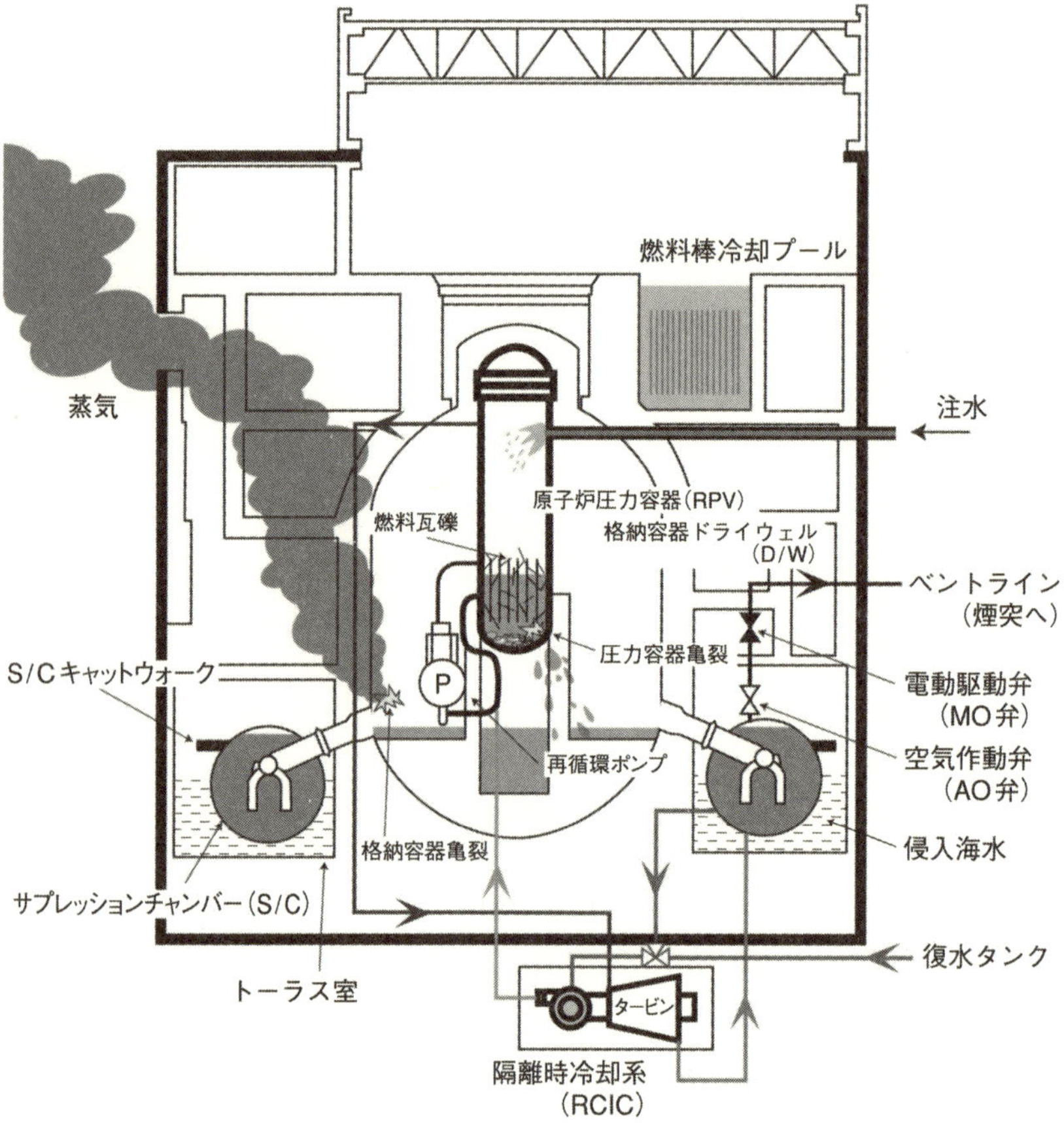

２号機の冷却システムと破壊状況（３月 15 日９時現在）

した（脚注１）。本来ならば、サプレッションチャンバー内の水は、残留熱除去系（ＲＨＲ）で冷却されるが、全電源喪失となって海水ポンプも破損しているので、炉心から放出された蒸気によって水温が上昇していた。しかし、サプレッションチャンバーが置かれているトーラス室に海水が侵入し、その海水の蒸発によりサプレッションチャンバーの水が辛うじて冷却されていた。しかし、崩壊熱を吸収していたサプレッションチャンバーが高温になり、エネルギーを吸収できなくなって徐々にドライウェル（Ｄ／Ｗ）の温度と圧力が上昇していた。

復水貯蔵タンクからの注水で、事故当初２９００トンの水を溜めていた容積約７４００立方メートルのサプレッションチャンバー内の水も４５００トンとなっていた。隔離時冷却系の蒸気タービンは徐々に回転数を下げて、ついには停止した。それに伴い、注水が止まったことによって原子炉圧力容器内の水位が徐々に下がり始めた。（脚注２）

11時30分　２号機の圧力容器内の圧力上昇のために逃がし安全弁（ＳＲＶ）が開き始めた。それによって、このときから原子炉水位が低下し始めた。

12時30分

「２号機のサプレッションチャンバーの温度１４９・３℃、圧力３・８気圧です」

脚注１：本書では、12日４時に実施したと報告されている復水タンクからサプレッションチャンバー（Ｓ／Ｃ）への水源の切り替えは実施できなかったとしている。

脚注２：東京電力の報告書では、隔離時冷却系（ＲＣＩＣ）停止は13時25分と推定されている。

1／2号機中央制御室から、免震重要棟発電所対策本部に連絡が入った。

「サプレッションチャンバーの熱吸収はもう限界ですね。これから原子炉を急減圧して炉内の蒸気をサプレッションチャンバーに放出すると、蒸気が凝縮されずに格納容器に流れ込み、ドライウェルの圧力急上昇で格納容器が破壊される可能性があります」

坂井が言った。

「海水注入を行う前に、何としてもベントを実施する必要があります」

テレビ会議システムの向こうで、これを聞いていた東城直樹 東日本電力社長が言った。

「首相と一緒に官邸で待機している原子力安全委員長は、一刻も早い圧力容器の強制減圧を主張しているのです。何とか強制減圧を行って、原子炉内に注水できないでしょうか」

東城が山本に言った。

「いま坂井が報告したように、圧力容器を急激に減圧すると、格納容器が破壊する恐れがあります。まず、ベントラインを確定してから原子炉圧力容器の減圧をさせてください」

技術的な専門スタッフがいない本店会議室では、どちらが適切かの判断はできなかった。

「山本君がそういうのなら仕方ないだろうね」

東城が自信なさそうに同意した。

13時05分　3号機タービン建屋付近では、作業員たちが海水注入準備を文字通り〝必死〟で行っていた。周りには、1号機と3号機の爆発で高強度の放射線を放つ瓦礫が散乱していた。作業員たちは、2号機もいつ爆発するかもしれない恐怖に曝されていた。しかし、自分の家族と地域の人たちを守るために、自分たちの危険を顧みず、黙々と作業を続けていたのだ。原子炉近くにある逆洗弁ピットは3号機の爆発ですべて瓦礫に覆われていたため、海水の汲み上げが不可能となっていた。そのために、千葉火力から調達した新たな消防車を使って、海岸に設置された物揚場と呼ばれる埠頭から消防車とホースを使った注水ラインをつくっていた。

13時25分 動作不良だった2号機隔離時冷却系がついに停止した。このとき、隔離時冷却系が停止したときに閉じられる弁が、直流電圧の枯渇で開いたままになっていた。そのため、3号機と同様に原子炉圧力容器内の蒸気が隔離時冷却系のポンプを逆流し、復水貯蔵タンクで凝縮していた。(脚注)

その頃、山本たちが2号機の現状について分析している。

「坂井君、2号機の現状はどうなっていると思うかね」

坂井がパソコンで計算したデータを基に解説した。坂井の周りには、桜井、下山、亜紀子たちが坂井のパソコンを見ていた。

「いまの水位データを見ると、水位低下が始まっているので、隔離時冷却系は停止している可能性が高いと思います。もし、いま隔離時冷却系が止まったとすると、シミュレーションでは、16時30分には水位が燃料棒上端（TAF）に到達します。その後、燃料棒のドライアウトが始まり、20時50分頃には燃料棒下端ま

脚注：この蒸気逆流は、筆者の推定である。この仮説を設けた解析を行うと、原子炉内の圧力変化が説明できる。

で水位が下がると思います」

「桜井、この予想を本店と官邸に伝えてくれ。何としても、水位が燃料棒上端に達するまでにベントをする必要がある。燃料棒のドライアウトが始まると、ジルカロイと水蒸気の反応で1、3号機と同じように水素が発生して爆発する。下山さん、本店に調達を頼んでいる可搬式コンプレッサーはまだ届かないのですか」

山本が下山に聞いた。

「本店には随分前から何度も頼んでいるのですが、コンプレッサーが到着するのは、あと数時間かかる見込みです」

下山が答えた。

16時00分　コンプレッサーの調達が遅れて、2号機のベント準備はまだ整っていなかった。山本たちは、本店の東城社長と対策を協議していた。

「2号機のベント準備に時間がかかっているようですね。そちらの推定では、2号機はすでに水位が燃料棒上端に達しているようじゃないですか。この際、原子力安全委員長のおっしゃるように、格納容器ベントに優先して炉内の強制減圧をしたらどうでしょうかねえ」

この指令は、総理のいる官邸5階の会議室から出されている。官邸の意見を無視するわけにはいかなかった。

「わかりました。ベント作業と逃がし安全弁の強制減圧準備を同時に行います。どちらも直流電源と圧縮空気が必要ですから…。ただし、強制減圧に必要な圧縮空気の量は比較的少なくてすみますが…」

山本は、東城の命令を受け入れることにした。

16時15分

「2号機と3号機に消防車から注水可能となりました。3号機への注水はもうすぐ開始します」

桜井が2階の緊急対策室に走り込んできて注水班からの報告を山本に伝えた。

「そうか。やっと海水注入ができるようになったか。皆もがんばってくれた。3号機注水担当の皆にはお礼を言ってくれ。2号機は、消防車のエンジンをかけて炉内減圧とベントができ次第、注水ができるように準備をしてくれ」

山本が指示した。

1/2号機中央制御室では、可動型コンプレッサーが配置されタービン建屋の配管から加圧を開始していた。やっとのことで2号機サプレッションチャンバーのベントまでたどり着いたのだ。免震重要棟の山本たちも、ベントの報告を待ち受けていた。

「よし、準備が整いました。2号機のベント弁を開けてください」

当直班長の小宮が指示した。

「空気作動弁（AO弁）起動の電磁弁開けます」

運転員が復唱してスイッチを入れた。ベント弁の〝開閉〟を示すランプは、全閉を示すグリーンのままだった。

「空気作動弁（AO弁）開きません」

運転員が報告した。制御室の所員は失望のため息をついた。期待が大きかっただけに落胆も大きい。ベントの失敗は山本たちに報告された。

16時20分　2号機圧力容器内の水位が、とうとう燃料棒上端に到達した。水という守護神を失った燃料棒は、水蒸気中で加熱を続けて高温となり、ウラン燃料を覆っているジルコニウム合金（ジルカロイ）が水蒸気と反応して水素を発生する。高温になった燃料棒からは、蒸気となった放射性セシウムやヨウ素が放出されていた。

16時34分　ベント失敗の報告を受けて、山本たちは逃がし安全弁を強制的に開けて原子炉の減圧をするよう指示した。1/2号機中央制御室の小宮たちは、すぐに準備に取りかかった。12Vの自動車用バッテリー10個を直列に繋いで電磁弁を動作させる電源を確保した。注水用消防車は、エンジンをかけた状態でいつでも注水が始められるようにスタンバイしていた。スイッチを入れたが、原子炉圧力容器の圧力が下がる兆候は見られなかった。

「ともかく、バッテリーを繋ぎ変えて試してみよう」

落胆する係員たちを励ますように、小宮がみんなに声をかけた。

18時00分　2号機圧力容器内の水は燃料棒下部まで低下し、完全露出した燃料棒で加熱した蒸気が上部に溜まり、圧力容器上部が高温になってきた。その高温によって、逃がし安全弁のバネがクリープ（高温になり材料が軟化変形すること）を始めた。それによって、16時34分から繰り返し行われてきた逃がし安全弁が開く条件が整ってきた。ついに、逃がし安全弁から蒸気が開放され、サプレッションチャンバーに流れ出た。急激に圧力を開放された圧力容器内では、飽和状態の蒸気が断熱膨張で温度低下して真っ白な蒸気となった。続いて、原子炉圧力容器内の水が猛烈な勢いで沸騰を始めた。

18時03分

「18時に70気圧だった圧力が60気圧に下がりました。いまも急激に下がっています。逃がし安全弁による強制減圧が成功した模様です」

運転員が小宮当直班長に報告した。このとき、減圧による水の沸騰で原子炉圧力容器内の水位が一気に低下した。

18時04分 免震重要棟対策本部の山本たちは、２号機原子炉圧力容器の強制減圧成功の報告を受けていた。

「現在、53気圧まで急激に圧力が下がっています。このまま水位が下がれば、消防車で注水が可能です」

中央制御室からのデータを坂井が山本に報告した。

「それでは、待機させていた消防車で注水を始めてくれ」

山本が言った。免震重要棟は久しぶりに明るい報告を受けて、ほっとした空気が漂っていた。

その矢先、圧力容器減圧の朗報を覆す報告が注水班から届いた。

「消防車による注水ができません。原因は不明です」

「何だって。原子炉水位は18時０分に燃料棒上端からマイナス１・６ｍまで下がっているのだ。これで注水できなかったら、燃料棒が溶け落ちて圧力容器を溶かしてしまう」

坂井が叫んだ。山本が注水班に指示した。

「ともかく、注水不能の原因を突き止めてくれ。このままでは原子炉がメルトダウンする」

18時10分　このとき、2号機原子炉圧力容器内は、逃がし安全弁の強制減圧のために中の水が激しく沸騰し、水位が急激に下がっていった。

「ただいま、TAFマイナス2mです。現在、ものすごい勢いで水位が低下しています。注水はまだですか」

1／2号機の中央制御室の小宮から緊迫した声で連絡を受けた山本は、頭が真っ白になった。

「えっ！水位の低下がそんなに早いのか。注水はどうしたんだ。このままでは2号機の原子炉がメルトダウンしてしまう。注水はどうした」

山本が叫んだ。

18時22分　中央制御室の小宮から絶望的な報告があった。

「現在、2号機炉心水位はTAFマイナス3・7mで燃料棒下端に到達しました。燃料棒上端は溶け始まっているものと推定されます」

免震重要棟の対策本部にいた山本たちは、その報告を聞いて

「もうダメだ。俺たちは死んでしまう」

と、だれしもが思った。対策本部の山本たちは1分ごとに小宮から報告される炉心の水位データをなすすべもなく聞いているだけだった。

18時40分　小宮から連絡があった。

「ただいま、炉心圧力５・３気圧。すぐにでも注水できます。早くしてください。原子炉は、もう持たない」

悲痛な叫び声だった。原子炉が破壊すると、一番先に死ぬのは原子炉建屋のすぐ隣の中央制御室にいる小宮当直班長とその部下たちだ。しかし、注水不能の原因がわからない山本たちには、何もできない焦燥感とある種の諦めが漂っていた。

山本は、対策本部隣の仮所長室に入って自分の携帯電話を取り出した。首相官邸への電話である。

＊　＊　＊

18時40分　官邸では、総理たちが2号機の現状報告を東電役員から受けていた。2号機は、16時30分に水位が燃料棒上端に達し、依然としてベントも圧力容器の強制減圧もできず、炉心に水が注入できていないことが報告された。

「君たちは、原子炉は爆発しないと言っていたじゃないか。それが、まず1号機が爆発し、3号機が爆発し、今度は安定に冷却してあると言っていた2号機が危ない。一体どうなっているのだ。第一、正確な情報が我々に全く上がってこないじゃないか。2号機の水位情報だって、2時間前じゃないか。テレビの情報がよっぽど早いというのは、どういう訳だ」

総理の激怒に一同黙って下を向いていた。

そのとき、部屋にいた官房副長官の携帯に山本所長から電話が入った。総理は、3月11日7時に福島原発を電撃訪問したときに、官房副長官の携帯電話の番号を教えていたのだ。

「総理、福島原発の山本所長から電話です」

官房副長官が電話に出た。山本が電話口で話した。

「官房副長官、すみません。色々とがんばっているのですが、うまくいっていません。2号機の減圧は成功したのですが、原子炉に水が入りません。原因がわからないのです。推定では、18時22分には、水位は燃料棒下端まで低下しています。このままでは原子炉がメルトダウンします。皆さんには申し訳ないが、我々はもうダメかもしれない」

携帯電話の向こうで山本の絶望的な報告を官房副長官は黙って聞いていた。

「現状はわかりました。総理に報告します。大変だと思いますが、がんばってください」

官房副長官は、それ以上何も言えなかった。

電話を切った後、南雲総理に報告した。

「2号機に水が入らないそうです。このままいくとメルトダウンする可能性があります。さすがの山本所長も『もう、ダメかもしれない』と言っています」

それを聞いた総理をはじめ、官邸会議室ではしばらくの沈黙があった。

南雲は思った。

「3月11日の津波発生から、原発の状況はどんどん悪くなっている。しかも、その原因もわからない。こんな風に事故の経過が予測できずコントロールできない状態がいつまで続くのだ。4機の原子炉と、それぞれに設備されている使用済み燃料プールと燃料貯蔵プールが一度に爆発したら、一体、日本はどうなるのだ」

このままでは、日本国自体が壊滅状態になることを南雲は予想した。（脚注）

＊　＊　＊

19時20分　２号機が注水不能に陥り、絶望の淵にいた山本たちに、注水班から報告があった。

「2号機に注水できなかった原因は、海水注入のための消防車が燃料切れで停止していたためのようです。現在、燃料を入れて注水再開準備をしています」

現状は好転していないが、注水不可能の原因がわかり、対策を打つことができる状態となったのだ。

「これで、何とかなるかもしれない」

一縷《いちる》の希望が山本たちに戻ってきた。

テレビ会議システムを通じて、消防車の燃料切れの報告が本店に伝えられた。テレビの向こうでその報告を聞いていた伊地知大輔原子力本部長が激怒した。これまで、現場主義と称して自分の言うことを聞かず、本店の指示も無視して来たことへの怒りが一気にこみ上げてきたのだ。

「お前は、何をやっているのか。こっちの言うことも聞かないで、勝手に物事を進めるからこんなことになるのだ。お前のミスで2号機がメルトダウンしたら、それはお前の責任だ。私や本店は一切責任をとらないからな。さっさと消防車に燃料を入れてこい」

伊地知の叱咤《しった》に、山本は１８１㎝の長身を丸めて小さくなっていた。伊地知の言うことは、もっともだ。

脚注：実際は、福島第二原発もあるが、本書では第一原発の４基のみを対象としている。

「色々なことに忙殺されていたとはいえ、自分の不注意で消防車の燃料補給を考えていなかった。伊地知本部長の言うことはもっともだ。私のせいで、原発所員と近隣住民を危険にさらしている」

山本は思った。

「私の責任です。本当にすみません」

テレビの前で山本が深々と頭を下げた。

たまたま、看護師の大隅弘子がテレビ会議を見ていた。山本は、原発所員の意思疎通を図るために、本店とのテレビ会議をだれでも見られるようにしていた。山本が謝っているとき、弘子が所員に配る薬を持って会議室に入ってきたのだ。山本と伊地知のやり取りを聞いていた弘子が、つかつかとテレビの前に出てきた。いきなり、山本のそばによってくるなり、

「山本所長、マイクを貸してください」

山本が唖然としていると、マイクを持った弘子がテレビの前にいた。

「私、ここの産業医の看護師をしています。大隅と申します。いまのやり取りを聞かせていただきました。一言いわせてください」

「はぁー。君、東電の社員かね。看護婦が何の用かい。私は体の具合は悪くないが。いま山本君と話しているところなのだが…」

テレビの向こうでの伊地知のいつものとぼけた口調だ。

「だから、一言いいたいといったでしょ。本店のあなたたちは、原発の影響もない東京の本社で、食べ物も

睡眠も十分に取れるところにいるのでしょう。こっちは、いつ死ぬかもしれない状態で、食べ物も、飲み物も与えられていないんですよ。眠る時間もなく、皆、必死にがんばっている。そっちは、ノホホンと文句だけ言って、こっちには何も回してくれないじゃありませんか。人も食べ物も与えないで、人手の足りない中、ちょっとミスをしたら怒鳴り散らすとは何様のつもり？　評判の悪い太平洋戦争中の大本営だって、現場の兵士にはできる限りの食料と弾薬を手配したんですよ。あなたたち、何もしていないじゃない。そちらにいる方たちはお偉い重役さんたちでしょうけど、こんな役員さんが経営している東電のために命を賭けて原発と戦っているかと思うと、私たちがバカバカしくなってしまうわぁ」

本店の役員たちは、弘子の剣幕に圧倒され唖然としていた。

「女は怒ると恐ろしいな。この女性の剣幕は、うちの家内よりもっと手強そうだ。こういう手合いには、黙っていたほうがよさそうだ」

伊地知は、弘子の剣幕に圧倒され黙ってしまった。テレビの向こうの東城が取りなした。

「看護師さんの言うことはわかりました。これから、本店で皆さんの食料と交代人員の補給を検討しますから、よろしくお願いします」

東城が頼りなげに弘子に言った。

「よろしくお願いしますよ。社長さん」

弘子が言って、テレビの前を離れた。

このやり取りを傍らで見ていた亜紀子が、弘子のそばに寄ってきて言った。

「大隅さん、ありがとうございます。私たちが思っていることを言ってくれて。これで少しすっきりしました。でも、大隅さんって怒ると私のお母さんより怖いですね」

「あら、世の中の母親なんて怒るとこんなものよ。自分の子供を守るときはもっと凄いですからね」

弘子は、こともなげに言って会議室を出て行った。会議室にいた所員たちは、本店の重役たちをやり込めた弘子に密かに感謝していた。

19時54分 燃料を入れた消防ポンプが動き出した。2号機の海水注入が始まったのだ。3分後には、もう1台の消防ポンプも稼働して猛烈な勢いで海水注入を開始した。

海水注入直前の2号機の原子炉圧力容器の中はほとんど水がなくなり、2000℃以上になった燃料の酸化ウランが溶けた状態で炉心にあった。しかし、ジルコニウム合金が酸化したジルコニア（酸化ジルコニウム）の薄い膜に覆われて、何とか形だけは保っていた。そこへ大量の海水が投入され、熱衝撃によって燃料棒がバラバラの瓦礫となって炉心下部に溶け落ちていった。このときの蒸気発生によって、5・3気圧まで圧力が下がっていた炉心は、一時、10気圧以上となって注水が不可能となった。炉心では、溶け出した燃料棒から蒸発した放射性セシウムや放射性ヨウ素が悪魔の使徒として外に飛び出す準備を始めていたのだ。

20時30分 注水中断から19時間経って、ようやく1号機の海水注入が再開された。注水中止で高温になっていた燃料棒に水が入ることによって、圧力容器から蒸気が噴き出し、格納容器の割れ目から外に吹き出

した。（脚注１）

21時00分

「２号機のサプレッションチャンバーベント弁が開きました」

２号機の運転員が小宮当直班長に報告した。コンプレッサーの圧力が上がり、空気作動弁（ＡＯ弁）が動作したのだ。そのことは、すぐ免震重要棟会議室に報告された。

「やっと、ベントの準備が整ったな。後は、２号機のラプチャーディスクが破壊して、ベントを待つだけだね。いまは、ドライウェルの圧力は３・２気圧で、あと１気圧の圧力上昇でベントが始まる」

山本が言った。この報告で、安堵の空気が免震重要棟の緊急対策室に漂った。

21時18分　１号機では、長らく注水を中断していたために完全空だきとなり、燃料棒が溶け落ちた核燃料棒が原子炉圧力容器に堆積して瓦礫状態となっていた。そこへ、20時30分から始まった海水注入の再開によって大量の放射性水蒸気が発生し、格納容器の亀裂を通って環境に放出された。このときの噴出蒸気は水を通らずドライウェルに直接噴出したので、放射線も高い強度を示した。21時35分には、モニタリングポストの放射線量が毎時７６０マイクロシーベルトを観測した。（脚注２）

脚注１：この汚染蒸気により、21時35分に放射線量が急増した可能性も考えられる。

脚注２：このときの放射線増加を20時30分に再開した1号機注水によって放射性蒸気が放出されたとしたが、２号機のドライウェル（Ｄ／Ｗ）の直接ベントがこの時点で実施された可能性もある。現状では、原因がはっきりしない。21時20分に2号機逃がし安全弁（ＳＲＶ）を二つの弁を開けて原子炉水位が回復してきたことを確認した東京電力の報告書にはあるが、本書では触れていない。

22時00分 初めは2900トンしか水が入っていなかった2号機サプレッションチャンバーは隔離時冷却系の長時間稼働で、復水補給タンクの水が凝縮し、7400立方メートルの体積があるサプレッションチャンバーは、高温の水でほぼ満水の状態になった。本来ならば蒸気が充満しているベント配管の入口も、水で塞がれてしまった。そのため、ドライウェルが高温になってもラプチャーディスクの配管には圧力が伝わらない状態になっていた。さらに、大量に注水された海水がサプレッションチャンバーとドライウェルの通気パイプを塞ぐ形になった。（脚注）

22時50分 急速に2号機炉心に水を注入したために、炉心水位が上昇し、TAFマイナス0・5mに達したとき、ジルコニアで被覆されて何とか形を保っていた溶融酸化ウラン燃料に水が接触した。このとき、小規模の水蒸気爆発が原子炉圧力容器内で発生し、22cmの等価直径の亀裂を生じさせた。その場所は、TAFマイナス1・5m近くの容器側面であった。それと同時に、原子炉圧力容器内の蒸気が水と一緒にドライウェル内に放出され、その蒸気でドライウェルの圧力が急激に上昇した。

22時50分

「2号機ドライウェルのゲージ圧力が4・4気圧でラプチャーディスク破壊圧力を超えましたが、サプレッションチャンバーの圧力は2・8気圧でラプチャーディスクが破壊しないため、ベントできません。ドライ

脚注：これは、12日5時に2号機隔離時冷却系（RCIC）の水源を復水貯蔵タンクからサプレッションチャンバー（S／C）に変更しないと仮定した設定である。しかし、このときのS／C水量は4700トンと推定されるので、注水によるドライウェル（D／W）流出を考えても矛盾がある。今後の検証が待たれるところである。

ウェル圧力は徐々に上昇中です」

桜井が報告した。

「どうなっているんだ。ドライウェルとサプレッションチャンバーは繋がっているので、圧力はそんなに違わないはずなのだけど…」

さすがの坂井も原因を掴みかねていた。隔離時冷却系は、最長でも２日程度の動作しか考えていないので、２号機のように隔離時冷却系が３日近くも作動してサプレッションチャンバーが満水になることは考慮されていなかった。原因不明のドライウェルの高圧に、だれしもが

「２号機も助からない」

と思った。

23時05分　３号機運転員の古川は１階の休息室にいた。缶コーヒーを飲んでいると、いままでほとんど不通だったポケットの携帯電話が鳴った。電話の向こうから娘の絵理の声がした。

「もしもし、パパ？　ママ、やっとパパに繋がったわよ」

娘の弾んだ声が聞こえた。

「もしもし、絵理か？　そっちはどうなっているんだ」

古川の家族は楢葉町に住んでいるが、原発の近くにある家を捨てて、家族はどこかに避難しているはずだった。

「私たち、いま、福島の避難所にいるのよ。ママも弟の英太も元気よ。そっちはどうなっているの？　ラジ

オでは原発が大変なことになっているようだけれど…。避難所は停電で詳しいことがわからないの。避難命令が出てから、ここにたどり着くまで、ママの運転した車で半日かかったのよ」

中学1年生の娘が言った。古川は久しぶりに元気な娘の声を聞いてほっとした。

「原発は、いま非常事態だ。こっちは大変なことになっているけれど、パパはいまのところ大丈夫だ。絵理はお姉さんなんだから、英太を助けてママとがんばらないといけないよ。ママと代わってくれるかい？」

普段は、オヤジ臭いだの洗濯物を一緒にするなだの、父親を避けている娘だが、いまは素直だった。

「うん。私、ママを助けてがんばっているから安心して。パパがママに電話代わってくれって」

妻の優子が受話器を取った。

「パパ、生きていたの？　大丈夫？」

優子は電話口で泣いていた。ようやく気持ちを落ち着けて報告した。

「こちらは、避難所で何とかやっているわ。絵理も英太も私を助けてくれるのよ。そちらは原発が爆発したみたいだけれど、どうなっているの？」

「ママ。皆、元気で良かった。こちらは原発が危機的状況で、悪戦苦闘している。とりあえず、俺は無事だ。でも、状況はどんどん悪くなっている。今後どのようになるか、俺でも見当がつかない。もしかしたら、俺たちはもう全員助からないかもしれない。英太はそこにいるか」

古川の切羽詰まった状況に妻の優子はまた泣き出した。つい数日前まで楢葉町で送っていた家族の平凡な日々が嘘のようだった。もしかしたら、これで夫との永遠の別れになるかもしれないのだ。懸命に動揺を抑えて、優子が小学3年生の息子に受話器を渡した。

「パパ元気？　僕ママを助けているよ。パパもがんばってね」

息子は、こちらの危機的状況は認識していないようだ。

「うん、パパもがんばる。英太もママを助けていい子にしているんだよ」

と言い終わるやいなや、電話が突然切れた。中継回線が途絶したのだ。電話が切れた後、急に悲しさがこみ上げてきた。静かな休息室の中で、古川は携帯電話を両手で握りしめたまま、うつむいて背中をふるわせた。涙が止めどもなく出てきて、両手で握っている携帯電話にポトリポトリと落ちていた。

山本も休息室で、偶然この会話を聞いていた。山本の胸に熱いものがこみ上げ、古川に背を向けたまま黙って目から涙をこぼした。次々と猛威をふるい悪魔の牙を向けてくる原子炉に自分たちの無力さを見せつけられていた。

「このまま2号機の注水ができなければ、溶けた核燃料が圧力容器を突き破り、ついには格納容器も突き破って〝チャイナシンドローム〟が起きるかもしれない。2号機の核燃料が外に出たら、それ以後は1号機と3号機の注水はできないから、すべての原発が〝チャイナシンドローム〟を起こしてしまう。そうなったら、ここにいる古川君をはじめ所員や協力企業の社員が全員死んでしまう。自分は死んでもいいが、所員らの家族を路頭に迷わすことはできない」

山本は思った。

「チャイナシンドローム」とは、米国の原発が事故を起こした場合、溶けた核燃料が地球の反対側の中国にまで到達するのではないかというハリウッド映画のタイトルが由来である。実際にはそのようなことは起きないが、炉心の核燃料が溶けてメルトダウンし、格納容器の外に出る現象をいう。

23時35分 山本たちが、テレビ会議システムで2号機のベントについて相談していた。

「格納容器ドライウェルの圧力は上昇して6・3気圧となり、格納容器がいつ爆発してもおかしくない状況です。しかし、ドライウェルと繋がっているはずのサプレッションチャンバーの圧力が上がらず、ラプチャーディスクが壊れないのでベントができません。原因がわからないのです」

坂井が言った。

「この際、ドライウェルから直接ベントして蒸気を外に逃がすしかありません」

坂井の提案に伊地知が言った。

「しかし君、もし圧力容器が壊れていたらドライウェルの蒸気はサプレッションチャンバーの水を通さないので高度に汚染されているぞ。そんな蒸気を環境に出して大丈夫か」

「しかし、格納容器が壊れたら元も子もありません。圧力は、とっくに設計最高圧力を超えています。いまベントしないと、格納容器が壊れます」

坂井が言った。

「この際、ドライウェルから直接ベントするしかないでしょうね。社長、ご決断ください」

山本が本店の社長に言った。

「そうですね。多少の汚染は覚悟する必要がありますが、しょうがないでしょう」

東城が自信なさそうに答えた。

「所員を危険にさらすことになるが、格納容器が壊れたらもっと悲惨なことになる。東京にいる自分たちも被害を免れないかもしれない」

東城は考えた。

このとき、1号機も3号機も圧力容器・格納容器ともに破壊されていたが、それを東電が認識するのは4月になってからである。だれもが、核燃料と放射性蒸気は格納容器内に留まっていると考えていた。しかし、1号機の格納容器は3月12日4時に破壊し、また3号機の格納容器は3月13日9時5分に破壊していたのだ。(脚注)

テレビ会議が終わった後、だれもいない仮の所長室で、山本が本店の東城社長に電話をかけた。

「皆がいて、先ほどのテレビ会議ではお話しできなかったのですが、ご存じのように、こちらは壊滅的な状況です。私や原発の運転員や注水班は残りますが、事務系所員や協力会社の社員たちを一時待避させていただけないでしょうか。このままでは、全員が死んでしまいます」

東城は〝社員の死〟という言葉を聞いてうろたえた。

「社員が死亡するのは困りますね。でも、〝社員が待避する〟となると、官邸の了解がいります。私の一存では決めかねますので、官邸に問い合わせてみます」

脚注：この推定は東京電力と異なる。

ここで、〝一時避難〟と〝待避〟の解釈の違いが生まれた。

電話を切った山本は、総務課長の佐藤を仮の所長室に呼んだ。

「佐藤課長、知っての通り、ここはかなり危ない状況だ。万が一、2号機が爆発すると、所員の命が危ない。避難の準備をおおっぴらにすると所員が動揺するので、こっそり避難用のバスを用意してもらえないだろうか」

いつもニコニコしている佐藤も、このときは真剣な眼差しで言った。

「わかりました。バス15台をJビレッジに待機させ、いつでもこちらにこられるように手配します。バスの手配は簡単だと思いますが、運転手の手配が大変ですね。大型免許を持っている東電社員を配置しましょう」

佐藤が同意して、仮の所長室から電話をかけ始めた。


3月15日00時02分　1/2号機の中央制御室では、自動車用バッテリーの繋ぎ替えを行い、2号機ドライウェルを直接ベントするための準備が整った。

「これで、ドライベントするための準備が整った。ベント用の空気作動弁（AO弁）が動くといいのだが…」と当直班長の小宮が言って、係員に指示した。スイッチを入れると、弁が開いたことを示す赤いランプがついたが、数分後にはグリーンに戻ってしまった。

「ドライウェルの圧力は6・4気圧で変化ありません。弁を開ける空気ボンベの圧力が足りないようです」

係員が小宮に報告した。(脚注)

圧力容器の下端が破損した2号機では、圧力が減少して大量の海水が注入されると、その海水で破損箇所が塞がり、崩壊熱によって内部の海水が蒸発して圧力が再び増大し、消防車による海水注入ができなくなった。その蒸気圧で海水が押し出されると、再び海水注入が可能となる不安定な冷却が続いていた。格納容器は、海水と蒸気に満たされて6・4気圧前後の圧力を維持していた。

00時30分　震災直後から、いままで眠りについていて、おとなしくしていた4号機がようやく悪魔の様相を見せ始めていた。3月11日14時の地震当時、4号機は定期点検中であり、原子炉圧力容器には燃料棒はなかった。しかし、4号機の燃料プールには、これまで使用が終わった燃料棒5万6000本のほかに、炉心から取り出して一時保管している燃料棒4万本が収納され、冷却装置によって冷やされていた。

4号機が電源喪失して、冷却装置が停止してから9万6000本の燃料棒が放出する崩壊熱でプールにある1425トンの水が加熱され100℃で沸騰した。以後、水は沸騰を続け、この時点で410トンの水が蒸発し、水位が3・4m下がっていた。しかし、深さ11・8mの燃料プールの底に置かれた長さ4mの燃料棒は、未だに水中に没していたのだ。4号機の悪魔は水という門番に守られておとなしくしていた。

伏兵は3号機にいた。3月14日11時1分に発生した3号機の水素爆発で、4号機と繋がっているベントラインに管内衝撃波が走った。衝撃波は、音速より速く伝わる圧力波である。この衝撃波でベント配管内部

脚注：本店の了解を得る前に、この操作を3月14日21時30分頃に行ったと仮定すると、14日21時35分にモニタリングポストの放射線量が毎時760マイクロシーベルトを観測したことが説明できる。しかし、真相は不明である。

が破壊され、3号機と4号機原子炉建屋は実質的に繋がっていた。爆発後も、3号機の炉心からはジルカロイと水蒸気の反応によって、水素が出続けていた。この水素が、ベント配管を通じて4号機原子炉建屋3階と4階に充満し始めたのだ。4号機原子炉建屋に溜まった水素が一部建物外に放出され、何らかの火花で引火して青白い炎となった。この炎は、真っ暗な4号機原子炉建屋に狐火のように不気味に漂っては消えた。この狐火は、近くを通りかかった所員に目撃された。所員には、あたかも死神が原子炉にとりついているように見えた。しかし、3号機から放出された大部分の水素は4号機建物内に蓄積し、新たな反撃のチャンスをうかがっていたのだ。

＊　＊　＊

3月15日00時50分　東電本店では、東城社長が重役たちと原発撤退の議論をしていた。まず、直属官庁の経済産業省の許可をとるべく、東城が官邸地下の緊急対策室にいる経産大臣に電話をかけた。

「大臣、私どもでは原発はどうにもなりません。所員を待避させたいのですが、よろしいでしょうか」

東電社長の意外な提案に経産大臣は唖然とした。

「何ですって。〝全面撤退〟ですか。そんなことをしたら、原発は全部ダメになってしまうじゃないですか。そもそも事故を起こしたのは、あなたたち東電でしょう。当事者が逃げたら、後はだれが処理するのですか」

経産大臣が言った。

「こんな状態で…。我が社の社員の命が危ないわけですから、あとは自衛隊か米軍にお願いしたいとも考えているわけでして…」

東城が申し訳なさそうに答えた。

「そんなことできるわけがないではないか。ともかく、撤退しないでがんばってください」

電話を切った。その後、同様の内容を同じく官邸対策室にいる官房長官にも伝えたが、返事は同じだった。

03時20分　官邸５階の会議室に官房長官をはじめ原発対策の主要メンバーが集められた。官房副長官が言った。

「2時10分に、東城社長からまた総員待避の要請がきました。この要請は、３時頃まで繰り返し経産大臣や官房長官にもされています」

東電出向役員が原発の現状について説明した。

「格納容器の設計圧力は4・1気圧ですが、２号機格納容器の圧力は現在6気圧を超えており、いつ破壊してもおかしくない状況です。サプレッションチャンバーの圧力は2気圧でラプチャーディスクが破壊しないためベント出来ない状況です。圧力容器の水位も下がっており、燃料棒が露出していると予想されますので、もし格納容器が破壊すると、大量の放射性物質が外部に放出されることになります。その場合、原発所員の生命は保証されません」

会議室が重い空気に包まれた。南雲忠夫総理が発言した。

「このまま総員待避したら、三つの原子炉と核燃料貯蔵プールも入れて、五つのプールにある核燃料が爆発する。広島原爆の３００発以上の放射能が日本国中にまき散らされるのだ。総員待避なんてあり得ないじゃないか」

南雲の剣幕に、東電役員をはじめ、会議室の出席者は下を向いて何も言わなかった。

「官房副長官、福島原発の山本所長に電話を繋いでくれ」

官房副長官が山本に電話を繋いで南雲に渡した。

＊　＊　＊

原発では、山本をはじめ屋外の所員たちが1号機から3号機の注水作業を必死で行っていた。中央制御室では、2号機と3号機のベント作業を試みていたが、成功していない。現場の放射線強度は増すばかりで、2号機の格納容器はいつ破裂してもおかしくない状況だ。そんなとき、南雲総理から電話がきた。

「山本君、そちらはどんな状態だね。東電の社長から〝総員待避〟したいという要望が出ているのだけれど、そっちはどうなのだ」

山本は主要部分の人員は残し、直接関係のない部署の人員の一時避難は要請したが、〝総員待避〟は考えていなかった。

「いま、こちらは危機的状況です。でも注水は止められないし、やるべきことはまだまだあります。まだ、がんばれると思います」

山本が電話の向こうにいる総理に答えた。

「山本君は、まだがんばれるといっているぞ。官房長官、東城社長をここに呼べ」

南雲が指示した。

＊　＊　＊

04時17分　東城東電社長が総理官邸に到着した。東城は、後頭部に手をやり、歩きながら考えていた。

「やれやれ、また総理に怒鳴られるのか。こっちだって精一杯やっているのだ。官邸は、データを出せだの、色々な要求は突きつけてくるけど、実際は我々に何もやってくれないじゃないか。震災直後に、私が小牧の名古屋飛行場から自衛隊機で羽田に向かおうとしたら途中で引き返えさせられるし、3月14日にやっと原発にきた自衛隊はその日に起きた3号機の爆発で、我が社の所員をほっぽり出して、さっさと逃げてしまったではないか。政府は、事故後の補償問題を我が社に押しつけたまま、何もしようとしない。事故処理の財政援助の確約もする様子がない。こんな状態で、これ以上、我が社にどうしろと言うのかね」

係員に誘導されて官邸5階の会議室に入ると、南雲総理が待ち受けていた。

会議室では、南雲が東城をにらみつけていた。

「東城君、東電は全員撤退すると聞いたが、本当か？」

「そんなことはありません。一部は残してJビレッジに避難するつもりです」（脚注）

「〝総員撤退〟ではないのだな。君たちで、最後までやるしかないだろう」

「その通りでございます」

南雲は、東電社長が全面撤退しないことを了承したので少し安心した。そこで、

「君たちは、なかなか情報を上げてこないので、官房副長官を東電に常駐させる。そこに統合対策本部をつ

脚注：実際は、福島第二原発に避難を計画していた。本書では、第二原発はないことになっている。

くるので、よろしく手配をたのむ」

と命令した。東城は、

「えっ！」

と言った。本当は、政府関係者に原発と本店を繋いでいるテレビ会議に参加してほしくなかったのだ。色々な内幕を曝さなければいけないので、足下を見られる恐れがあったからだ。しかし、南雲の剣幕と迫力に押し切られた。

「はい、承知しました」

東城が答えて、ソソクサと東電本社に戻って行った。会談は意外と早く終わった。

この会議の後も、東電では所員を避難させる準備が着々と進められていた。すでに10台の避難用バスは福島原発から約20 km離れたJビレッジで待機していた。バス運転手の手配もついていた。東電本店からは避難準備解除の命令は出されなかったのだ。南雲総理と東城社長の会談は、事態を何も変えることはなかった。（脚注）

政府は、東電に色々要求したが、東電や原発に全く支援の手を伸ばさなかった。東城が指摘したように、本来、国民を守るべき自衛隊は、原発に対して実質的に何の支援もしていなかった。原子力安全・保安院や、原子力安全委員会も東電からデータを受けとって記者会見で公表するだけで、有効な支援や助言を与えては

脚注：実際、東京電力が用意したバスは7台とされている。

いなかった。すべて、山本をはじめとする福島原子力発電所の現場所員が自ら判断して物事が進んでいたのだ。

東電本店も、山本たち福島原発に対する支援状況は政府と同じだった。本店は政府との調整や機材の調達はある程度行っているが、発電所の交代要員や増員といった支援を怠っていた。(脚注)

一般的に、重大事故は最初の機動的な人員と物資投入が重要で、初期に事故を押さえ込むことができれば、被害は最小限になる。しかし、初期投入が遅れれば遅れるほど、後でどんなに人員を投入しても収束は難しい。初動を間違え、後になって膨大な人員と物量を投入した東電は、日露戦争の旅順攻略における乃木大将の日本軍と同じ戦術を使ったことになる。

＊　＊　＊

06時02分　2号機のサプレッションチャンバー内の水が満水になり、圧力測定用の穴から水が侵入した。侵入した水は圧力センサーに達し、半導体センサーの振動子を濡らした。その結果、圧力計の指示値が測定範囲外を示した。

06時12分　4号機がようやく悪魔の牙を見せ始めた。3号機の炉心から放出され続けている水素が、4号機原子炉建屋の4階と5階に充満した。水素濃度が5%を越えて電気火花に引火した。「ズーン」鈍い音とともに屋上の屋根と4階の壁を吹き飛ばした。また、この爆発でベント配管に管内衝撃波が発生し、3月

脚注：東京電力は、当初から十分な支援をしていると主張している。しかし、600名以上が避難して70名程度しかいなかった15日の支援人数が400名に達しているなど、データに不明な点がある。

14日11時1分に起きた3号機爆発とは逆向きに衝撃波が管内を走った。この衝撃で、3号機と4号機のベント配管はさらに繋がってしまった。この4号機原子炉建屋の爆発は、3号機の水素爆発ほどは大きくなかったが、3/4号機の中央制御室では大きな振動を感じた。

「また、爆発が起こったのか」

当直班長の岡島が、山本たちにその振動を報告した後、運転員に指示した。

「放射線量を確認しながら外の様子を見てきてくれ」

運転員が様子を確認に行った。しばらくして、戻ってきた運転員が報告した。

「さっきまで通行可能だった4号機原子炉建屋周りの道路が瓦礫で覆われています。4号機建屋の上部の壁も壊れています」

この報告は、8時11分まで山本たちに報告されることはなかった。

06時15分

「原子炉に、何らかの爆発があった模様です。いま、3/4号機中央制御室から報告がありました。また、6時0分まで1.7気圧あった2号機サプレッションチャンバーの圧力計が、いまゼロを示しています」

桜井が山本たちに報告した。

「うぅーん。この爆発は2号機サプレッションチャンバーかもしれませんね。サプレッションチャンバーの圧力がゼロを示しているということは、チャンバーが壊れて大量の放射性水蒸気が放出されている可能性があります。計測では、圧力容器の水位は、現在、燃料棒上端から2.7m下にありますから、燃料が溶け落ちていることも考えられます。周囲の放射線量も高い値を示しており、非常に危険な状況です」

坂井が言った。坂井の分析に、免震棟会議室の全員が絶望の色を隠さなかった。とうとう２号機の格納容器が破壊したのだ。炉心は、ほぼ露出している可能性があるので、大量の放射能が出ていると、だれもが思った。１号機と３号機の格納容器は破壊されていないと思っている所員にとって、２号機の格納容器爆発という坂井の分析は絶望的な報告だった。しかしこのとき、２号機の格納容器はまだしぶとく圧力に耐えていた。

坂井の報告を聞いて、山本は腕を組んだまま、しばらく沈黙を保っていた。

「事態は最悪の状態まできている。このままでは、ここにいる所員全員が死んでしまう可能性がある。何とか人的被害を最小限にしなければいけないな」

そう思った山本は、決断して言葉を発した。

「わかった。それでは、現在原子炉の監視と注水をしている人員を残して、全員免震需要棟１階の大ホールに集まるよう指示してくれ」

山本が言った。

06時30分　免震重要棟１階の大ホールに約７００名の原発所員と協力会社社員が集められた。休息でホールの床に寝込んでいた所員も起こされた。集まった所員たちは、震災から３日余り、ほとんど不眠不休の作業に疲労の色を募らせていた。１階の大ホールには、原発作業員だけでなく、事務職員や白石千尋たち医療関係者も集められた。

山本吉行所長が、マイクを持って言った。

「皆さん、これまで原発の事故対応でご苦労をかけています。しかし、原発の状態はますます悪化していく状況で、所長として申し訳なく思っています。ご存じのように、12日には1号機、14日には3号機が水素爆発しました。本日（15日）朝6時頃に爆発音が聞こえ、2号機サプレッションチャンバーの圧力がゼロになりました。2号機の格納容器破壊が考えられています。これから、大量の放射能が放出されることが懸念されます」

そこで、山本は一瞬言葉を詰まらせて、しばらく声を出せなかった。

少しの沈黙の後、山本が話を続けた。

「これまで、皆さんと一緒に必死にがんばってきましたが、もう限界です。原子炉維持に必要な最少人員を残して、あとは20 km離れたJビレッジに一時待避したいと思います」

山本の提案に、だれも声を発するものはいなかった。山本の言うように、所員たちは必死になって原子炉を制御しようとしていた。しかし、原子炉はそれら所員の努力をあざ笑うように、次々と悪魔の爪をむき出しにて彼らに襲いかかってきた。山本たちは、原子力の持つ膨大なエネルギーと放射能の前に人間の無力さを思い知らされていた。

山本が続けた。

「事務系所員や関連会社社員の皆さんはすべて避難してもらいます。原発の保守・運転と注水に関わっている社員は残っていただき、原発が最終的に壊れることを防いでもらいたいと思います。しかし、皆さんもおわかりのように、福島原発は、現在、大変危険な状態です。私たちは、残念ながら皆さんの命の保証ができません。ですから、保守要員でもここを去りたい方は避難しても結構です。そのことによる責任は問いません。皆さん、個々に考えて残留の判断をしてください」

集まっている所員たちに動揺が走った。原発が危機的状況にあり、命も危ないことはわかっている。しかし、自分たちが去ることによって原発自体が大爆発を起こしたら、我々の家族や日本が危機にさらされるのだ。それぞれの所員に心の葛藤が始まった。

まず、事務系所員が避難準備を始めた。次に、原子炉運転と直接関係のない技術系所員がそれに追随した。免震重要棟１階の大ホールがざわめいて、避難準備を進めている中、話し終わった山本が千尋と弘子のところへやってきた。

「白石先生、大隅さん、ご苦労様でした。これまで、皆さんは十分役目を果たしてくれました。あとは私たちでやりますから、お二人は避難してください。これは命令です」

山本の毅然とした言葉に、避難するか残留するか内心迷っていた千尋たちがうなずいた。

「はい、山本所長わかりました。でも、事態が落ち着いたらまた戻ってきます」

千尋が山本に向かって言った。山本は軽くうなずいた。

原子炉運転員と注水班については、原則的に年配の作業員が残留することになった。

「下山さん、最初に残留の手を上げていただいてありがとうございます。東電本社の人間では原発の細かいところがわからないので、下山さんが残ってくれると助かります」

山本が言った。

「なあに、老い先の長くない身ですから、山本所長に最後のご奉公です。それに、1号機は昭和43年に高校を卒業してすぐに建設のお手伝いをした炉です。生まれるのを手伝ったのですから、最後まで看とる責任がありますよ」

下山が言った。しかし、これで孫の敦とはもう一緒に釣りに行けないことを思うと、寂しさがこみ上げてきた。

「子供たちは新潟に避難しているだろうか」

「山本先輩、私も残ります。なにせ、原子炉の熱流動解析のためにつくった簡易ソフトを扱えるのは私だけですから。それに、山本先輩とは熱工学の本流は、江口先生か抜山先生かという大論争の結末がまだ残っていますからね」

坂井が以前福島原発にいた頃、自分の恩師と山本の恩師のどちらが熱工学の本流研究者であるかという議論を山本に仕掛けたことがあるのだ。

「山本所長、私も残ります。坂井さんが残ってくれるなら百人力です」

桜井が言った。

「二人に残ってもらえるのはありがたい。でも、桜井君は娘さんがまだ五つじゃないか。避難してくれよ」

山本が言った。

「その5歳の娘と妻のために、私は原発に残るのです。私が逃げてしまったら。原発は暴発して、どこかに逃げている妻も娘も無事ではすみません」

小太りで丸顔の桜井が、内にひめた決意を込めて穏やかに山本に言った。

亜紀子が山本のところへやってきた。

「所長、私も残ります」

意気込んで山本に申し出たが、

「亜紀子君はダメだ。きみはまだ若い。だからここには残せない。皆と一緒に避難しなさい」

山本が即座に拒否した。

「私は、これまでベントのプランを担当していました。ベント配管と手順については所内のだれより詳しいと思っています。これから、原子炉はベントを続けなければいけません。そのプランのお手伝いさせていただきたいのです」

亜紀子が山本に直訴した。亜紀子も、本心ではここに残ることは不安で一杯だ。１号機のベント作業で、原子炉の怖さは身にしみている。この作業で亜紀子の被曝線量は１００ミリシーベルトを超えていた。見えない放射能の恐怖はそれ以上だ。しかし、原子炉を完全な破壊から守らなければいけないという使命感が、その放射能の恐怖を若干上回った。原子炉がすべて破壊したら、その放射能は千葉にいる亜紀子の両親や弟を襲うことになるのだ。

「大川さんがいてくれたら助かります。私も、原子炉の中身はわかっているつもりですが、細かい配管とバルブの位置までは自信がありません」

坂井が言った。使命感に燃えて真っすぐ山本を見つめて訴える亜紀子を見て、坂井は美しいと思った。

「そうか。私としては不本意だが、亜紀子君にも手伝ってもらうか」

山本がようやく承諾した。亜紀子は、坂井に認めてもらって少し嬉しい気持ちがした。

孫請け会社社長の高岡が山本のところへやってきた。

「山本所長。今回は、うちの社員は避難させてください。でも、俺と専務は残ります」

高岡の申し出に山本が言った。

「1号機と3号機の爆発では、高岡さんの会社の従業員に怪我を負わせて申し訳ない。これからは、東電の社員が引き受けます。高岡さんたちも待避してください」

「東電さんのお陰で、いままで会社がもったようなものです。その恩返しといっては何ですが、俺たちを残してください。東電社員では、ブル（ブルドーザー）とかユンボー（パワーショベル）を動かせる人いないでしょ。年はとっていても、まだチットは役に立ちますぜ」

山本は、高岡の申し出が嬉しかった。

佐藤総務課長が山本に報告した。

「待機していたバス10台が6時40分にこちらに向かってJビレッジを出発しました。道路が空いているので、30分ほどで免震重要棟に到着する予定です」

佐藤は、山本の思っていることを先回りで実行してくれるので助かると思った。

「ありがとう。佐藤さん、事務職のあなたも避難してください」

山本が言った。

「所長、私は残ります。技術屋だけでは、本店への報告やら事務手続きが大変でしょ。私の子供たちはもう独立していますから、心配していただかなくとも何とかなります」

佐藤の娘と息子は、すでに静岡と東京で働いていた。地元にいる妻も薬剤師なので、仕事は何とか続けられる。佐藤は、地元採用の東電社員だが、これといった業績もないまま、１年前に地域の子会社に出向させられる予定だった。そこへ、赴任した山本が、佐藤の総務的な才能を見出し、総務課長に抜擢したのだ。佐藤は、定年まで残り２年、課長の職責を全うさせてくれる山本に密かに恩義を感じていた。

「これが自分の人生最後の奉公となっても悔いはない」

と思っていた。

各原子炉の中央制御室でも、残留組と避難組の選別が行われた。当直班長の判断で高齢の所員が残り、若い所員は避難組に回された。放射能の影響を若い世代に残さないためだった。結局、72名が福島原発に残り、あとの６５０名はＪビレッジに一時避難することになった。(脚注)

07時00分 所員の一時待避が、本店と官邸に報告された。本店では、山本の判断に異論を唱えるものはいなかった。

07時10分 Ｊビレッジを出発したバス10台が免震重要棟前に到着した。避難組がバスに乗り込むのを残留組が見送った。バスに乗り組む所員たちは、これから予想される残留組の苛酷な環境を考えながら、後ろ

脚注：実際は、福島第二原発に避難した。

めたい気持ちで黙々とバスに乗り込んだ。だれも言葉を発するものはいなかった。

バスを見送っている亜紀子のもとへバスに乗り込む千尋が駆け寄ってきた。目には、一杯涙を溜めていた。

「亜紀子、ごめん。でも、この事故が終わったら二人で女子会をきっと、きっと、やるからね。約束よ」

千尋が亜紀子の手を両手で強く握ったとき、千尋の頬に涙が止めどもなく流れた。

「うん。千尋のパパのワイン楽しみにしているから、それまで大事にとっておいてよ。彼氏と飲んじゃったら承知しないから」

亜紀子も目に涙を浮かべ、精一杯笑顔をつくって答えた。二人とも、これが最後の別れとなるかもしれないと思っていた。

千尋はバスに乗り込むと、亜紀子に見えないように座席の中で体を屈めて、幼稚園の子供のように顔に手を当てて泣きじゃくった。隣に座っていた大隅弘子が、震える千尋の背中を優しくさすっていた。

バスが出発した。

バスを見送った後、残留組はそれぞれの部署について作業を始めていた。ガランとした免震重要棟2階の緊急対策室に、山本と坂井、亜紀子がいた。このとき、偶然すべての作業員が出払い、偶然三人だけが雑然とした緊急対策室に残っていた。大隅弘子が本店の社長と談判して用意させた非常用食料と水が、部屋の片隅にうずたかく積まれていた。

「大隅さんのお陰で、食料と水はしばらく持ちそうですね」

坂井がぽつりと言った。

「ところで、俺たちの大学祭でまだ剣道部の わんこそば大会やっているかな。もし、まだやっているなら、11月の大学祭に仙台に行って、坂井君と わんこそば勝負をしたいね。熱工学の論争はともかく、そば食い競争なら負けないぞ」

唐突に山本が言った。

「何ですか、その剣道部の わんこそば大会って」

亜紀子が聞いた。

「我々の大学の剣道部では、なぜか大学祭で盛岡の わんこそばの出店を出す伝統があるんだ。俺たちのときは、結構 人気だったよ。そういえば、そのときに看護学校からきていたマネージャー、美人だったなあ」

山本が言った。

「そうですか、私の代は、マネージャーは近くの女子短大からきていて、その子も可愛いかったですよ」

坂井が言った。坂井の瞳は、昔を懐かしむように遠くの方を見つめていた。

二人の会話を聞いて、剣道をやっていた亜紀子もうらやましくなった。二人とも大学時代の甘酸っぱい思い出があるのだ。それと同時に、坂井の前の奥さんは、もしかしたらそのマネージャーかもしれないと考えた。亜紀子は、坂井の話に嫉妬心が芽生えているのを自分で不思議に思っていた。

「これが終わったら、三人で仙台に行って わんこそば食べましょうよ」

亜紀子が提案した。

「そうだね。これが終わったら、三人で仙台に行こう」

山本が言った。

07時40分　とうとう、2号機の格納容器が破裂した。破壊部分の大きさは等価直径で21㎝の大きさだった。1号機、3号機と同じドライウェルとサプレッションチャンバーを繋ぐパイプのベロー部（蛇腹状の金属リング）だ。ドライウェルの減圧に伴いサプレッションチャンバーの水が大量に蒸発して蒸気となって放出された。高温の水蒸気とともに放射性セシウムとヨウ素も放出された。2号機の悪魔の使徒は、3号機の爆発で吹き飛んだブローアウトパネルの開口部から環境に放たれた。この放出蒸気も水素を含んでいたが、2号機原子炉建屋には滞留せず水素爆発は起きなかった。しかし、大量の放射性物質が放出されていったのだ。(脚注)

2号機格納容器が破壊したとき、係員は、だれも近くにいなかったので、2号機は6時頃にサプレッションチャンバーが破損したと、だれしもが信じていた。7時40分の2号機ドライウェル破裂で、8時25分に2号機原子炉建屋5階付近から蒸気が出ていることが目撃された。この頃、付近の放射線強度が急激に上昇し、9時0分には毎時1193マイクロシーベルトが観測された。この放射線量は、一般人の1年間の許容放射線量1ミリシーベルトを1時間で超えてしまう猛烈な放射能だ。

福島原発に残った72名の作業員は、原子炉パラメータの計測、炉心への注水、ベント作業を淡々と行っ

脚注：圧力データから、2号機格納容器は15日7時20分から8時25分の間に破損したと考えられる。

ていた。原子炉建屋に隣接する中央制御室は放射線が高いので、数時間ごとに当直員が免震重要棟から制御室に行き、データを取得した。注水班は、消防車の燃料補給を行いながら注水を継続した。移動式コンプレッサーで加圧しているベント用空気作動弁（ＡＯ弁）の操作は、ボンベの空気圧が上昇した時点で断続的に実施された。人員が足りないので、ＳＰＥＥＤＩなどによる風向きを見ながらのベントは行われなかったのだ。

極限環境のもとで、原発に残った作業員は半ば無表情で作業をこなしていた。しかし、炉心への海水注入や原子炉の計測を怠ると、自分たちがまず死んでしまうことは十分認識していた。さらに、見えない放射能の恐怖が作業員の心に重くのしかかっていた。この文字通りの〝必死〟の作業によって、原子炉が完全に破壊することをぎりぎりの状態で食い止めていたのだ。

09時38分　３号機から依然として供給されている水素によって4号機原子炉建屋３階付近が再び爆発して火災が発生した。しかし、72名の所員ではどうすることもできなかった。火災は、２時間後に自然鎮火した。

依然として消防車による海水注入が続けられていたが、注入している海水が圧力容器破損部を塞ぐと、内部圧力が上がり、その圧力で一気に海水が排出され、燃料がドライアウトするという不安定な冷却が続いていた。ドライアウトした高温の核燃料に海水が接触すると、蒸気が環境に一気に噴き出した。この現象と繰り返されたベント操作によって、放射能が1～３号機原子炉から断続的に放出された。その放射能は15日23時30分で毎時８０８０マイクロシーベルトを観測するなど猛烈な強度だった。

3月15日7時には、北風だった風向きも14時には東に方角を変え、18時頃からは南東の風に変化した。これまでのベント操作は放射能が海に流れる西風のときに行われたが、すでにベントが制御できなくなった原子炉から放出された大量の放射性物質は、内陸部に流れて行ったのだ。

3月15日21時から16日の明け方にかけて、福島地方に冷たい雨がシトシトと音もなく降った。この雨は、明け方にはミゾレに変わった。南東の風に運ばれた放射性ヨウ素とセシウムは、この雨と雪によって双葉町と飯舘村に大量に降下し、この地域を放射能で汚染した。特に、雪は周囲の放射性物質を吸着し、ホットスポットと呼ばれる局所的に放射線が強い場所をつくった。一方、この雨と雪は風下にある福島市の放射能汚染をある程度食い止めることにもなったのだ。

これから放射能との長い戦いが始まることになる。

（第二部　完）

第三部　それから

２０１１年３月16日からの出来事

３月16日　これまでに、１～３号機の原子炉と４号機の原子炉建屋はすべて破壊された。その後、自衛隊や消防による燃料プールへの放水が行われた。隊員たちの決死の努力にもかかわらず、その効果は限定的であった。使用済み燃料プールから水蒸気の白煙が上がっていたが、燃料棒は水没しており、大きな損傷はなかった。原子炉炉心の破壊によって環境に放出された放射能は、チェルノブイリ事故の約１／５程度と推算されている。（脚注１）

燃料プールへの放水の傍らで、原発所員は消防車を用いた注水を続けていた。1号機は3月19日～21日、3号機は20日～22日に、何らかの理由で炉心注水量が極端に減少し、原子炉の温度が４００℃以上となった。（脚注２）この高温で、３号機の格納容器（ＰＣＶ）とその蓋を密閉するシールが損傷し、３号機ドライウェル（Ｄ／Ｗ）破損面積が５倍になった。１号機と3号機の炉心が高温になり、そこにわずかな水が注水された

脚注１：この量は、発表機関によって異なる。本書では、東京電力の値を参照した。

脚注２：この1号機と3号機への炉心注水量が極端に減少した理由は不明である。しかし、この時期と、消防庁と自衛隊の放水車による燃料貯蔵プールへの放水時期が符合する。さらに、コンクリートポンプによる貯蔵プールへの注水が始まると、炉心への注水量も回復した。

ことによって、これまで炉心に留まっていた放射性ヨウ素とセシウムが水蒸気とともに一気に環境へと放出された。その放射能は北風に乗って北関東地区に到達し、多くのホットスポットをつくり、東京地区の水道水汚染などを引き起こした。

3月22日　民間の建設会社の提案でコンクリートポンプによる使用済み燃料プールの注水が開始された。これは有効に働き、使用済み燃料プールは何とか安定して冷却できるようになった。この方法は、3月15日には東電本店に提案されていたが、しばらくの間、無視されていた。(脚注)同様に、米国や国内外の企業、大学などの研究機関などから事故収束のための多くの提案や申し出がなされたが、政府と東電は無視し続けた。東電は、自分たちの力だけで事故収束ができると考えていたのだ。

3月25日～26日　炉心の注水を海水から近くのダムの淡水に切り替えることに成功した。しかし、崩壊熱の蒸発量より多い水を注水していたため、余剰水が格納容器破損箇所から原子炉建屋地下に溜まり、それがトレンチなどの貫通部を通じてタービン建屋に流れ込んだ。今度は、放射性物質を含んだ汚染水の漏出に悩まされることになる。

この放射性汚染水は、トレンチという溝を通って海に漏出した。また、敷地内の透水層からも高濃度汚染水が漏出し海を汚染した。東電は、トレンチの水を汲み出すことで対応したが、地下の透水層を通り、原子炉建屋地下から供給される汚染水の水位が下がることはなかった。このような現象は、物理の基本法則であ

脚注：東京電力によると、コンクリートポンプの提供提案は3月18日頃なされたとされており、当時の新聞報道とは異なっている。真偽は不明である。

り、現場の土木技術者にとっても常識であった。しかし、現場の意見は東電上層部に上がらない組織となっていたのだ。

4月4日　原子力安全・保安院と原子力安全基盤機構は、ＩＡＥＡ（国際原子力機関）に対して原発事故の経緯を纏めた説明資料を提出した。この資料は英語で作成されたが、日本語資料は1週間後にこっそり発表され、国民の多くに知らされることはなかった。このほか、政府は米国や海外機関にデータを公表しても、国民に対して解析データなどを積極的に公表することを怠っていた。事故当初から放射能拡散と汚染状況の解析結果を出し続けていた**ＳＰＥＥＤＩ**のデータが国民に公開されるのは、事故から1カ月半以上経った5月3日になってからであった。

東電は、増大した高レベルの汚染水の保管場所を確保するために1万1５００トンの低レベル汚染水を海洋に投棄した。この放水の近隣諸国への通告は事後報告となり、国際的批判を浴びることになる。

4月17日　東電は、事故収束のためのロードマップを発表した。この頃、東電や関係各機関は、炉心溶融や原子炉容器破壊の可能性を認識していたものの、正式には認めておらず、1号機の収束には圧力容器を水没させる「水棺」と呼ばれる方法を検討していた。また、余熱除去系（ＲＨＲ）およびその関連装置が津波で水没し破壊されていたにもかかわらず、電源復帰と余熱除去系の回復による炉心冷却を行うという、いまとなっては無駄とわかっている涙ぐましい努力を膨大な時間と労力をかけて続けていた。東電本店の上層部は、4月末頃まで1号機と3号機の格納容器は健全であると信じていた。これ以後、東電や政府関係者が行う努力とその失敗は、現状分析を軽んじ、固定観念にとらわれたことによる。また、それを是正する体制が東電および政府になかったことが原発事故収束を遅らせる一因となったとも考えられる。

4月20日 作業員の被爆検査が行われ、29名が100ミリシーベルト以上の被爆を受けていることが判明した。その内、1号機のベント作業をした桜井典夫《さくらいのりお》と大川亜紀子《おおかわあきこ》は、200ミリシーベルトを越えていた。また、産業医の白石千尋《しらいしちひろ》は体内に放射性物質を吸い込み100ミリシーベルト以上の内部被爆と診断された。この3名は、直ちに原発勤務を解かれ、病院で精密検査を受けることになった。(脚注)

亜紀子たちが原発を離れるとき、所長の山本吉行《やまもとよしゆき》が見送りにきていた。

「桜井、亜紀子君、白石先生。若い君たちに被爆のリスクを与えたのは私だ。これからのことを思うと、本当に申し訳ない」

山本が長身を折り曲げて深々と頭を下げた。

「山本所長。私たちは所長の制止を断り、志願して危険なところに行ったのですからしょうがないですよ。病院で亜紀子とワインとケーキの女子会でもやって、ゆっくり休みますから、お気になさらないでください」

父からもらった赤ワインの瓶をバックから取り出して、千尋がニッコリと微笑んだ。もちろん、千尋は医師として放射線被曝のリスクを承知していた。100ミリシーベルトの被曝量は、下限とはいえ、放射線による癌などの発症可能性が否定できない。特に、将来出産するときの子供への影響がどうしても頭を離れないことも事実だ。

脚注：実際の被爆状況とは異なる。女性所員二人の被爆が確認されているが、実際は免震重要棟内の内部被爆と考えられており、被曝線量も本書より少ない。

「果たして、被爆した私を東京の彼と彼のご家族は受け入れてくれるのかしら」

千尋の心に一瞬不安がよぎった。

「ねぇ、病室でワインを飲みながらの女子会なんてできるの？」

傍らにいた亜紀子が千尋に尋ねた。仕事以外の亜紀子は、どちらかというと〝天然〟である。

「バカねぇ。病室で女子会なんかできるわけないじゃないの。私は、これでも医者ですからね」

そこにいた皆が笑った。所員たちが見送る中、三人は東電の車で原発を後にした。

5月12日　東電が、1号機の炉心溶融と原子炉圧力容器（RPV）の破損がある可能性を認めた。圧力容器に数cmの亀裂がある可能性があるとのことだった。この報道は、テレビを通して山本たちの知ることとなった。

「本店では、圧力容器に穴が開いていることをようやく認めたようだな。俺たちの実感では、原子炉に穴が開いていなければ水は漏れないので、当然だと思っていたのに。まぁ、現場の意見は聞く耳持たずか」

山本が吐き捨てるように坂井真之《さかいまさゆき》に言った。桜井が去った後、坂井が山本の補佐役を務めていた。

「おかしいですね。私の出身研究室で教授をやっている先輩から数日前に同じレポートをもらいましたよ。確か、圧力容器に4.5cmぐらいの穴が開いている可能性があるって。その研究室の先輩、山本所長の1年上だったと思ったけどな。同じ熱工学系の研究室ですから、ご存じありませんか。私が研究室にいたときは、恩師の抜山教授の助教授をやっていたと思いますけど」

坂井が尋ねた。

「あぁ、その人なら学生時代から知っているよ。学生時代は、クラス会や大学院生会のダンスパーティーを企画したり、ともかく元気な先輩だったな。所属クラブが違うので、あまり面識はなかったが…。その人が、いま教授なのか」

山本が懐かしそうに言った。

「その先輩が、原発の事故解析のレポートを研究室で発表し、そのコピーを送ってくれるのですよ。彼は原子力工学が専門でないので、時々トンチンカンなことを言っていることもあります。でも、本店の解析チームよりまともな分析をしている場合が多くて、事故対応に時々使わせてもらっています」

坂井が、そのレポートのコピーを山本に渡した。

5月23日　東電が、「ＭＡＡＰ」という米国製の事故解析コンピュータプログラムを使って原発の事故解析を行い発表した。そこでは、1号機は早期にメルトダウンを起こし、水位計は全く壊れて誤作動していることになっていた。また、2号機と3号機はメルトダウンの可能性もあるが、条件によっては、燃料棒は炉心に留まっているとした。圧力容器と格納容器に穴が開いている可能性も指摘した。

国内のマスコミは、この発表をセンセーショナルに報じた。東電の報告書では、1号機の解析条件は一番厳しい条件で行ったと説明してあるが、メディアが「メルトダウン」や「メルトスルー」という報道を多用したために、以後、1号機は3月11日中に破壊したことが定説となって定着した。

今回も、現場の意見を聞くことなしに、東電の研究所と本店役員がすべてを決定した。坂井が、その発表を東電のインターネットから取り出して山本に報告した。

「今回も、我々の頭越しに原子炉状況の発表です。特に、我々が計測した1号機の水位データは全く嘘っぱちということになっています。非常用復水器（ＩＣ）がほとんど動作しないと、こんな風になりますが、あの状況では考えにくいなあ」

坂井が言った。

「それで、本店から非常用復水器の蒸気発生の確認を随分しつこく聞いていたのだな。こちらとしては、非常用復水器の蒸気発生は確認しているし、水位データも危険を冒してちゃんと取っているのに。だれかに吹き込まれたのか、本店は伏魔殿みたいだ」

「それと面白いのが、今回の発表内容が、先日話した研究室の先輩教授のレポートとそっくりなのですよ。私の先輩は、破壊面積をわかりやすく直径で書いているのに、ご丁寧に本店の報告書も同じなんです。水位計が、条件によっては不正確だという記述も先輩のレポートに以前ありました。確か、研究室の先輩は、レポートを東電の研究所や官邸の知り合いにも送っているようですけれど。本店の報告書では、それを参考にしたとは書いていませんが…」

「そんなことは当たり前さ。他人がやったことも、組織としては自分たちですべて解析したとしないと、カッコがつかない」

山本が言った。

7月2日　汚染水を増加させないで原子炉の注水を行う〝循環注水冷却システム〟が本格的に稼働した。

このシステムは、タービン建屋の地下に溜まった放射能で汚染された海水を除染して放射能を取り除き、さらに塩分を取り除いた後、再び原子炉炉心に注水するシステムである。その配管は４㎞に及び、原発の敷地の約半分に展開している長大なものである。配管は、仮設でプラスチックのパイプなどを使用しているため、この設備の本格稼働以後も汚染水の水漏れに悩まされることになる。

「山本所長、また仮設配管に漏れが生じ、放射能汚染水が漏れ出しました。現在雨が降っているので、漏れ出した汚染水はどこかに流れて、完全な漏洩防止はできませんでした」

注水担当職員が山本に報告した。

「そうか、また漏れたか。このシステムはフランス製とアメリカ製の混成チームで、相性がどうも合わない。それに、フランス製の除染装置は企業秘密だとかで、内容がわからない。一部の操作マニュアルは、イタリア語で書かれている」

山本がつぶやいた。

「大体、放射能で汚染された水を仮設配管で４㎞も引き回し、除染・脱塩して、また一番汚染されている原子炉炉心に戻すことはだれが考えても無駄なことだ。肥だめの水を、飲料水になるまで綺麗にして、また肥だめに戻すようなものじゃないか。本店の連中の机上の理論だろうが、その長大な装置のお守りを、放射能被爆のリスクを背負いながら作業する現場作業員の負担を考えているのだろうか。第一、除染に使ったフィルターは高度に汚染されていて、その処分方法も決まっていない」

放射線被曝により、桜井をはじめ多くの有能な技術者が現場を離れたいま、山本は孤軍奮闘していた。原発の事態が少しずつ落ち着きはじめ、事故収拾の実質権限は本店に移っていた。山本たちは、歯車の一つとして計画通りに動かされ、現場の意見はほとんど東電中枢部の計画に反映されなかった。本店としては、色々な意見を内外に発している山本たちの配置換えをしたかったが、「フクシマ50」などといわれ、事故当初の原発所員を英雄視する国内外の世論が、山本たちの配置換えを阻んでいた。

11月24日　これまで原発の陣頭指揮を執っていた山本が、ついに倒れた。事故以来、ほとんど休むこともなく原発事故に立ち向かっていた長時間のストレスが山本の体を少しずつ蝕んでいたのだ。事故による放射線被曝は、山本の病気とは直接の関係はなかった。山本は、原発事故収束で一定の目処がつくまで現場で指揮を執りたかったが、体がそれを許さなかった。山本は戦線離脱し、入院して手術することになった。

冷温停止状態宣言

２０１１年12月28日　東京都内の病院で入院中の山本を坂井と桜井が見舞いに訪れていた。山本の病室は決して広くはないが、小綺麗な個室である。奥さんが毎日きて整理しているらしく、病室の片隅に本が綺麗に積んであった。歴史小説やビジネス本が大半で、原発関係の書籍は1冊もなかった。窓際には、だれかが見舞いに持ってきた花が花瓶に生けてあった。ベッドの反対側には小さな液晶テレビがつけっぱなしにしてある。

「山本さん、お体の具合どうですか。随分顔色が良いようですけれど…」

桜井が尋ねた。桜井は、事故の放射線被曝で現場を離れ、都内で福島原発の物資支援業務を行っていた。病院には時々顔を出している。

「お陰様で手術も成功し、順調に回復しているようだ。原発事故当初のものすごいストレスが嘘のようだよ。もう少ししたら、病院の屋上で木刀の素振りでもしようかと思っている」

山本が、部屋の片隅に立て掛けてある木刀に目をやった。

「山本先輩、無理しないでくださいよ。病人が、病院で木刀を振り回すとはただ事ではありませんよ」

坂井がからかい半分で言った。

そのとき、つけっぱなしになっていたテレビで、福島原発が〝冷温停止状態〟になったという宣言を総理大臣が読み上げていた。南雲忠夫《なぐもただお》前総理は、原発事故が一段落してから、自分が党首の与党に引きずり下ろされるように退任し、後任の総理大臣が前政権と東電がつくったシナリオを機械的に淡々と読んでいた。

本来「**冷温停止**」とは、健全な原子炉が１００℃以下になり、蒸気圧も1気圧以下に下がることから、放射能を出さずに安定して休止していることを意味する。今回の場合は、圧力容器と格納容器が壊れた原子炉の炉心の一部が１００℃以下になっただけで、福島原発1～3号機は依然として放射性汚染水を環境に放出している。そこで、東電と政府は〝冷温停止状態〟という新語を創り、福島原発事故の一応の収束を国内外に宣言したのであった。当然、国民も世界もこの〝冷温停止状態〟を全く認めていなかった。

三人は、この総理大臣発表を白々しく聞いていた。そして、しばらくの沈黙の後、坂井がぽつり言った。

「何で、私たちはあの原発事故を防げなかったのでしょうかね」

また、沈黙が病室を支配した。つけっぱなしになっているテレビが他のニュースを別世界の出来事のように伝えていた。

山本が、遠くを見るような目をして口を開いた。

「結局、俺たちも国民も、原発の『絶対安全』にすがりついていたのだろうな。

俺たちの原発事故の真逆がＪＲの新幹線だ。東日本大震災のとき、多くの新幹線が時速３００㎞で走っていた。この速度は、ジェット旅客機の着陸速度より速い。我々は、そんな乗り物に日常乗って仙台や大阪に行っているのだよ。だいぶ前になるが、ロシアへの出張で飛行機が着陸したときは、皆嬉しそうに拍手していた。新幹線で東京に着いても、拍手する乗客はだれもいない。

後輩に聞いた話だが、ＪＲは常に地震とその安全対策を独自に考えていて、大地震の初期振動を察知したら、全車両がフルブレーキで止まるようになっているそうだ。今回の大震災でも大きな揺れが始まったときには全車両が自動停止中で、いくつかの脱線はあったようだが、乗客は一人も死んでいない。

でも、大規模な直下型地震があったときに車両が全速ですれ違う状況ではどうにもならないそうだ。この場合は、最悪２０００人が一度に死傷する大惨事になる。色んな事故状況を想定して、それに対する最善の対策を常に考えている。開業以来47年間、新幹線に着席した乗客は一人も事故で死んでいない。しかし、その安全神話にあぐらをかかず、常に最悪の事態を考えている。我々は、そこまで考えていなかったし、世論も最悪の事態に対する対策をとることを許さなかった。我々も国民も、ともかく『原発は絶対安全である必要がある』という認識だ。

その結果、新幹線は今回の東日本大震災でも乗客は一人も死亡していないし、復旧も驚異的な早さで達成し、世界の賞賛を浴びている。俺たちの原発はその真逆で、世界の嘲笑と叱責を受けている。俺も、その戦犯の一人だがな」

自虐的な山本の解説に坂井も桜井も肯かざるを得なかった。

桜井が山本に聞いた。

「事故は防げなかったにしても、なぜ原子炉破壊が拡大し、事故収束に時間がかかるのでしょうか。少なくとも、3機の原子炉が順次に破壊することは防げたかもしれないのですが…」

「俺も、病院に入院してから随分それを考えたよ。なにせ、ここは時間だけはあるからな。

俺たちの好対照が、1970年に起きた米国のアポロ13号の事故だろうな。アポロ13号は、月に向かう途中で機械船の燃料電池が爆発して制御不能になった。そこで、月着陸船の電気と機能を最大限に活用し、まさに奇跡的に地球に帰還した。このとき、当然、このような事故を想定したマニュアルはなかった。その点では、俺たちの原子炉事故と似たようなものだった。もっとも、色々な苛酷事故を想定した訓練と対策は真剣に行われていたようだがな。このときも世界中が注目し、ライブ中継など、色々な報道が過熱した。それも俺たちの事故と似ている。

大きな違いは、現場のアポロ飛行船の宇宙飛行士とNASA（アメリカ航空宇宙局）の管制チームとの関係だ。管制センターでは、事故当初からすべての指令を管制官が出し、宇宙飛行士は、それを忠実かつ正確に実行した。管制センターでは、予備の宇宙飛行士に宇宙船と同じ状態のシミュレーションをさせ、それを月着陸船にいた飛行士に実行させた。二酸化炭素の吸着や、軌道変更、位置確認など、専門的な事象に対応できるスタッフを緊急に集め、それが機能的に動いた。メーカーも全面的な技術支援に当たったようだ。さらに、管制官はチームの交代制で事故対処に当たり、長時間の宇宙船支援を継続的に実施した。

我々の場合は、全く逆だった。

本来、ヒューストンの管制センターの役割を担うはずの本店やオフサイトセンターが全く役割を果たさなかった。支援どころか、現場の事故対処を阻害した場合も多い。君たちが身をもって体験したように、技術的なバックアップや人的・物質的な支援はほとんどなされなかった。テレビ会議の向こうにいた人たちは、技術的にはほとんど無知だった。そもそも、日本にはこういう事故が起きたときに必要な技術アナリストが皆無だ。そんな人員の育成もしていない。おまけに、俺たちは総理大臣や官邸の対応までやらされた。そもそも、日本人は危機管理がものすごく苦手な民族のようだな。原発事故の初期対応は、マニュアルも技術的支援もないまま、俺たち現場の職員が手探りで行わなければならなかった。その後の調査で、我々の事故対応のいくつかが批判されているが、君たちはあの状況で最善を尽くしてくれたよ」

２０１４年10月11日仙台にて

事故から３年７カ月後の２０１４年10月11日　山本、坂井、亜紀子は、仙台にある山本と坂井の出身大学の記念講堂前の広場にいた。大学の創立１００周年を記念して音楽ホールとして大改装した記念講堂前にある庭は、伊達藩の仙台城二丸跡地にある広々とした芝生の広場だ。広場の周りは、生きた化石といわれるメタセコイアの並木に囲われている。前日までの雨が晴れ上がり、今日は気持ちのよい初秋の休日だ。すでに日が傾いて辺りは暗くなり始めていた。

原発事故で三人が絶望の淵にあった２０１１年3月15日に、山本たちの出身大学で行われる大学祭の剣道部の出店でわんこそばを食べる約束をした。しかし、その出店はもう行われていないということで、この大学が始めた〝ホームカミングデー〟に合わせて集まったのだ。〝ホームカミングデー〟とは、大学全部の同窓会のようなもので、卒業生が出身大学に集まり、在学生と集うお祭りだ。この日は、卒業生の人気歌手が特別にコンサートを行うということで、集まったのだ。山本は、この歌手の熱烈なファンだった。

「よぉ！　お久しぶり。２０１２年3月の白石千尋先生の結婚式以来だね」

山本が声をかけた。

「お久しぶりです、山本さん。福島ではお世話になりました。千尋は、もうママですよ。娘さんは6カ月で、千尋に似てとってもかわいいです。千尋ったら、お腹が大きくなっても、しばらく千尋の病院で手術していたみたいですよ。相変わらず手術の腕前はよくて、患者さんには評判がいいみたいです。そういえば、桜井さんも二人目の娘さんが生まれました。山本さんも、お元気そうで何よりです。お仕事の方はいかがですか」

亜紀子が懐かしそうに言った。

「ありがとう。２０１１年の手術の後、色々あったけど、最近の体調はすこぶる良いよ。原発事故のときはずいぶん重役たちに逆らったので、お陰様で窓際族だ。肩書きだけは立派だけれど、部下が全部で８人の小さな部署さ。東電幹部としては、見せしめなんだろうな。１２００名以上指揮していた福島の頃とは雲泥の差だ。でも、定年退職前の部署としてはノンビリした職場も良いものだ。

坂井君は、福島原発の収束で大活躍だそうじゃないか。東電では君以外の適任者はいないだろうがね。予定より随分早く収束作業が進んでいるようじゃないか」

山本が坂井に尋ねた。(脚注)

「お陰様で、予定より随分早く進んでいます。日本のロボット技術はすごいですね。事故のときはオモチャみたいなロボットでしたが、いまは人間が行う作業のほとんどをロボットでやっています。お陰で、放射線が強いところの作業も比較的順調です。まだ随分先ですが、２０３０年頃にはある程度収束できるのではないでしょうか。スリーマイルアイランドの原発事故を参考にしてつくられた当初の事故収束ロードマップより随分早い展開です。

私の出身研究室で教授をやっている先輩が事故当初提案していたように、原子炉建屋内で汚染水を循環冷却するシステムが作動しているので、山本さんが漏水で悩まされた長さ４㎞の長大な汚染水循環冷却システムはもう使っていません。汚染水がタービン建屋に流れなくなったので、タービン建屋の解体準備にも取りかかれそうです。そういえば研究室の先輩教授が山本さんによろしく伝えてくれと言っていました。

この頃は、原発のマスコミ報道も随分少なくなり、ある意味で作業がやりやすくなっています。あまり報道されていませんが、原発の中の測定も随分進んできて、色々なことがわかってきました。

脚注：以下の記述は、本節を執筆している２０１２年７月時点での筆者の想像である。実際に、２０１４年10月にこのような状況になっているかどうかは、現時点では全く不明である。

当初、燃料の85％が格納容器にメルトアウトしていたとされた1号機は、少しの燃料流出はありましたが、ほとんどの燃料が原子炉圧力容器の中にありました。やはり、非常用復水器はある程度動いていたようです。我々の当初の水位測定も合っていたと考えています。

むしろ損傷がひどかったのは3号機で、こちらは解体が難航しています。燃料もかなり漏れ出ていて、原子炉圧力容器の損傷と格納容器の放射能汚染も一番ひどいようです。

いずれにしても、1から3号機の燃料棒は溶けていて瓦礫として固着していますので、解体作業は大変です。格納容器の損傷箇所は、どの原子炉もドライウェル（D／W）下部のベロー部が内部の圧力で壊れていました。1から4号機の原子炉建屋プールにあった使用済み燃料棒はすべて取り出すことができて、現在は原発敷地内につくられた専用の冷却用プールで保管しています。

でも、すでに我が社は事故の破壊シナリオを発表して、それが定説になっており、政府の報告書もその方向で発表されていますので、公式発表は変わらないのではないでしょうか。１９６６年に羽田沖に墜落したボーイング７２７の事故調査委員会と同様に、最終の事故原因報告書は色々なことを考慮した玉虫色のものとなり、真実は闇に葬られるのではないでしょうか。どうせ、マスコミも国民も原発事故の真実に興味はなくなっているようですから」

坂井が原発の収束状況を報告した。

日本政府は、１９６６年に羽田沖で起きた旅客機墜落事故報告書で、関係者が傷つかないようにパイロットの操縦ミスを示唆する曖昧な事故原因の報告をしていた。ある事故調査委員が主張した機体の構造的・空力的な問題点が事故を起こした原因の一つであるという説は、国の事故調査委員会では無視されたのだった。

「そうか、日本人はいったん方向が決まると、計画通りに頑張って目標を達成する民族のようだね。しかし、本当のことがわかっても隠蔽する体質も変わっていない。米国のアポロ13号事故の詳細かつ合理的な事故報告書とは、全く異なったご都合主義の報告書が出るのだろうな。

ところで、俺の部署では日本全体のエネルギー需給を検討しているけれど、原子力発電所が止まって火力発電に頼らざるを得ないので、燃料費が電力料金を底上げしている。これ以上電気が高くなると、国内産業は窒息する。原発事故当時は1ドルが70円台でＬＮＧ（液化天然ガス）や石炭を比較的安く輸入できたが、いまは、国債の格付けも下がり、円も随分安くなっているので、燃料費が大変だ。円が高かったとき、政府が化石燃料の資源権益などを円建てで大量に購入しておけばよかったのに、いまとなってはもう遅い。

再生エネルギーは、事故当時に比べると増えているが、原発の電力をまかなうには10倍以上増やさないとだめだろうな。そのためには、あと何十年もかかるだろう。安全だと証明された原発を住民の理解を得ながら少しずつ再稼働しているけど、以前の水準には戻っていない。坂井君がいる本店の様子はどうだい」

「相変わらず、我が社の官僚体質は変わっていませんね。事故当時議論されていた東電の解体や、発送電分離化などの議論も下火になっています。この国と政府は、大胆な制度改革を断行する力がなくなっているのかもしれませんね」

坂井は答えて、亜紀子の方に目配せをした。亜紀子が切り出した。

「山本さん。実は、私と真之さん、結婚することにしました。年が押し迫りますが、結婚式は２０１４年12

月28日にしたいと準備しています。日曜日の大安なのですが、山本さんご出席いただけませんでしょうか」

「そうか。それはおめでとう。是非出席させていただくよ。そういえば、君たちが最初に会ったとき、亜紀子君は坂井君に随分腹を立てていたみたいだったな。その二人が結婚か。まずは、めでたい」

亜紀子は坂井を見た後、少し顔を赤らめてうつむいた。

「山本先輩。そろそろコンサートの始まる時間です」

坂井が促した。

「そうか、亜紀子君は知らないかもしれないが、我々の世代では今回の歌手はカリスマ的存在だった。俺たちの大学の先輩ということもあって、彼のファンなんだ。学生時代随分彼の歌を歌ったな」

「私にはあまり馴染みがありませんが、時々テレビドラマの主題歌を歌っていますよね。私も、このコンサートを楽しみにしていました」

三人が話している間に広場の辺りはすっかり暗くなっていた。晴れた秋の空は、青黒いわずかな明るさを保っていたが、広場の背後にある仙台城本丸跡の木々は漆黒の暗闇となって山本たちに迫っていた。暗闇の反対側にある記念ホールの玄関は照明で暖かく照らされ、その光に向かって観客が続々と集まっていた。その光り輝くホールは、これから始まる暗い未来の中で唯一輝く希望のように山本たちには思われた。

三人は、その希望の光に向かって、薄暗くなった芝生の上をコンサートホールに歩み出した。道すがら亜紀子は坂井の手をそっとつないだ。

小説　FUKUSHIMA　完

あとがき

東日本大震災が起きた２０１１年３月11日14時46分の約１時間前、筆者は中国出張からの帰途、津波で被害を受ける直前の仙台空港に降り立っていた。その後、仙台市内の自宅に戻ったところで地震に遭遇した。自宅も被災した。

震災の直後は、研究室の学生などの安否確認や大学の復旧に追われていた。ライフラインの途絶えた中で、悲惨な津波被害とともに不確実な原発事故の情報が不気味な陰を落としていた。

筆者が原発の情報交換を始めたのは３月15日だった。当時、すでに始まっていた海水注入による塩の炉心流路閉塞の危険性を知人の電力関係者に配信した。原子力工学を専門としない筆者は、原子力工学の専門家や学会の同僚などの助力や指導を得ながら、原発の現状推定や早期収束の情報発信を行った。

このとき考えていたのは、老骨にむち打ち瓦礫処理やボランティアに参加するよりは、自分が専門とする熱流体工学を役立てて原発の収束を少しでも早める方が社会に貢献できると考えたからだ。

比較的早く復旧した電力とインターネットで原発の所在地と仙台の風向きを見ながら、入手困難になったガソリンを半分車に残していた。原発にもしものことがあったら風向き次第では避難する準備をしながら、原発の熱流動解析を行っていた。最初は、知人の熱工学関係者や人づてに紹介された東京電力関係者に情報を配信していた。しかし、より多くの方に情報を発信するために、３月28日から暖房の効かない研究室からホームページ上に熱流動解析のレポート配信を始めた。そのレポートの数は、現在まで33件となり、２０１１年３月28日から５月30日の約２カ月間で26件の報告を掲載している。

福島第一原子力発電所事故の熱解析と収束プランの提案

http://www.ifs.tohoku.ac.jp/maru/atom/

それらのレポート内容は東京電力や政府発表とは必ずしも一致していなかったが、結果的に筆者のレポートで予測したシナリオにそって原子炉が破壊していたことが明らかとなっている。

正確な情報が全く得られない中、東京電力が断片的に発表していた原子炉パラメータと知人から借りた原子力工学のテキストなどを参考にして、複雑な原子炉の熱解析を行った。しかし、そのような不正確な情報を社会に発信することには大いに躊躇した。間違った情報を発信することは、研究者として致命的である。自分の研究者生命が終わるかもしれない。しかし、筆者自身の独善的な考えではあるが、原発事故のために生命を賭して作業している原発所員や放射能のために避難を余儀なくされている大勢の住民の方々のご苦労、さらには、いま危機に瀕している日本の状況に比べたら、自分のリスクは取るに足らない小さなものだと思った。自分の発信している情報が政府や福島原発関係者の目に止まり、その中から有用な情報を使ってもらえれば良いと考えて情報発信を続けた。

地震と原発事故にもかかわらず、しぶとく仙台に残ってくれた研究室の学生・教職員諸君には、被災地のボランティアに行くのを我慢してもらい、被災した家族を気遣いながらも個人的な用事を犠牲にしていただき、私たち研究室の社会貢献として原発事故の熱流動解析の手伝いをしてもらった。

これまで著者が発信したレポートは、後日間違いと認識されたもの、シナリオが変わったものも多い。最新のレポートも、完全なものとは到底言い難い。しかし、原発事故が進行する中、不正確の誹りを恐れず、「原発ムラ」など種々のしがらみのない状態で、純粋な物理現象として原発事故をとらえ、何が起こったかを検証しようとしてレポートを発信し続けたことは確かである。

本書で扱った福島第一原子力発電所1～4号機の事象は、これまで発表してきたレポートなどを参考にしている。この「小説」の内容がどこまで正確かは未知である。技術的・定量的評価は参考文献に挙げた筆者が記した論文に記述してある。筆者の知らない情報も多いと思われるので、いくつかの仮説が全く間違っていたという可能性も否定できない。しかし、執筆段階の公開データをなるべく矛盾なく説明できるように原子炉の破壊シナリオとなるよう努力した。筆者の仮説や予測が間違っている場合は読者のご指摘をいただければ幸いである。

登場人物とその言動は架空であるが、原子炉に立ち向かう原発所員の緊張感と感情を表現できるように努めた。さらに、福島原発の早期完全収束と今後の原発事故再発防止の提言も含めたつもりである。

本書の執筆に当たり、種々の情報提供をいただいた多くの同僚や学会の先生方、データ整理や解析などに多大な助力を頂いた東北大学流体科学研究所 圓山・小宮・岡島研究室の教職員ならびに学生諸君に感謝の意を表する。

最後に、技術専門書の老舗である養賢堂が、戦後初めて「小説」を出版する決定をしたことに敬意を表する。また、本書出版の働きかけと、休日を返上して本書の編集をしてくださった養賢堂の三浦信幸氏に御礼を申し上げる。

２０１２年８月仙台にて

圓山　翠陵

各号機の時系列事象

＊は本書の推定事象を示す

≪１号機≫

2011 年 3 月 11 日 14 時 46 分　東日本大震災発生

14 時 47 分　原子炉スクラム、核分裂反応停止

14 時 52 分　非常用復水器（IC）自動作動

15 時 03 分　非常用復水器（IC）手動停止

15 時 35 分　津波第二波到達

15 時 37 分　全交流電源喪失

18 時 18 分　非常用復水器（IC）手動起動

18 時 25 分　非常用復水器（IC）手動停止

21 時 30 分　水位計 TAF+0.45ｍ　非常用復水器（IC）手動起動

21 時 51 分　原子炉建屋放射線量増加により警報

3 月 12 日 02 時 45 分　格納容器ドライウェル（D/W）圧力 7.3 気圧

04 時 00 分　ドライウェル（D/W）破壊、破壊推定箇所はドライウェル（D/W）とサプレッションチャンバー（S/C）を繋ぐパイプベロー部の溶接箇所*　正門の放射線モニター急増

04 時 19 分　貯水タンク枯渇により非常用復水器（IC）停止*

06 時 10 分　圧力容器破壊、破壊等価直径５cm、推定破壊箇所は再循環ポンプベアリング付近*

06 時 20 分　消防車による注水開始（淡水）

07 時 00 分　原子炉圧力容器水位有効燃料棒上端に達する（TAF 0ｍ）*

09 時 15 分　ベント用電動駆動弁（MO 弁）開

10 時 00 分　燃料棒被服管のジルカロイが水蒸気と反応し水素を発生*

10 時 17 分　中央制御室からベント用空気駆動弁（AO 弁）開

10 時 40 分　正門モニタリングポストの放射線量急増

14 時 00 分　ベント用空気駆動弁（AO 弁）開、ベント用煙突より水蒸気放出（本書では手動。実際は中央制御室で空気圧による開操作）

14 時 50 分　ドライウェル（D/W）圧力低下確認

15時31分　モニタリングポスト放射線量増加（水素爆発後、すぐに低下）

15時36分　原子炉建屋水素爆発

19時04分　消防車による海水注入開始

3月14日01時10分　逆洗弁ピットの海水枯渇による注水停止

20時30分　１号機の海水注入再開、注水までに原子炉圧力容器破壊燃料流出*

21時18分　圧力容器から蒸気が噴き出し、格納また容器の割れ目から外に吹き出し放射線量増大*

≪ 2号機 ≫

2011年3月11日14時46分　東日本大震災発生

14時47分　原子炉スクラム、核分裂反応停止

15時02分　隔離時冷却系（RCIC）手動起動

15時35分　津波第二波到達

15時41分　全交流電源喪失

21時50分　原子炉水位 TAF +3.4m と判明

23時25分　ドライウェル（D/W）圧力 0.39 気圧

3月12日02時55分　隔離時冷却系（RCIC）作動確認

04 時40分　隔離時冷却系（RCIC）水源を復水貯蔵タンクからサプレッションチャンバー（S/C）に変更（本書では、この作業は成功しなかったとしている）

3月13日08時10分　ベント用電動駆動弁（MO 弁）手動開

11時00分　サプレッションチャンバー（S/C）ベント用空気作動弁（AO 弁）開、S/C 圧力がラプチャーディスク圧力より低くベントせず

3月14日10時30分　サプレッションチャンバー（S/C）圧力上昇のため隔離時冷却系（RCIC）動作不良*

11時01分　３号機原子炉建屋水素爆発により２号機原子炉建屋５階のブローアウトパネルが外れる。衝撃によりベント用空気作動弁（AO 弁）閉

12時30分　サプレッションチャンバー（S/C）温度 149.3℃、圧力 3.8 気圧

13時25分　隔離時冷却系（RCIC）完全停止、原子炉圧力容器（RPV）蒸気が復水貯蔵タンクに逆流*

16時15分　ベント用空気作動弁（AO 弁）開を試みるも、失敗

16時20分　原子炉内水位 TAF 0m 到達*

18時00分　原子炉圧力容器（RPV）の強制減圧成功

18時40分　原子炉圧力容器（RPV）圧力 5.3 気圧

19時54分　消防ポンプにより炉心注水開始(海水)
21時00分　ベント用空気作動弁(AO弁)開、ラプチャーディスク破壊待ち
22時50分　原子炉圧力容器(RPV)内で溶けていた燃料が注水による水位上昇で小規模の水蒸気爆発を起こしRPV破壊、推定等価直径22cm、破壊予想箇所TAF -1.5mの側面*
22時50分　ドライウェル(D/W)の圧力は4.4気圧で、ラプチャーディスクの破壊圧力を超えたが、サプレッションチャンバー(S/C)圧力が上がらずベントできず
3月15日00時02分　ドライウェル(D/W)のドライベントを試みるも、失敗
06時02分　サプレッションチャンバー(S/W)に設置されている圧力計の測定穴から水が侵入し*、圧力計の指示値が測定範囲外を示す
07時40分　格納容器破壊、破壊等価直径21cm、破壊推定箇所はドライウェル(D/W)とサプレッションチャンバー(S/C)を繋ぐパイプのベロー部(蛇腹状の金属リング)*

≪3号機≫

2011年3月11日14時46分　東日本大震災発生
14時47分　原子炉スクラム核分裂反応停止
15時06分　隔離時冷却系(RCIC)手動起動
15時38分　全交流電源喪失、直流電源は健在
3月12日11時10分　サプレッションチャンバー温度140℃、ドライウェル(D/W) 圧力2.5気圧
11時36分　隔離時冷却系(RCIC)停止
12時10分　逃がし安全弁(SRV)からサプレッションチャンバー(S/C)へ蒸気自動放出、炉心水位低下開始*
12時35分　高圧注水系(HPCI)自動起動
18時30分　高圧注水系(HPCI)作動不安定化*
19時00分　高圧注水系(HPCI)停止、原子炉圧力容器(RPV)の蒸気がHPCIを逆流し、復水貯蔵タンクで凝縮*
23時30分　原子炉内水位TAF 0m到達*
3月13日02時42分　高圧注水系(HPCI)手動停止、逃がし安全弁(SRV)手動開を試みたが、失敗
04時50分　作業員がトーラス室のベント用空気駆動弁(AO弁)手動開を試みるも、失敗
05時10分　炉内水位燃料棒下端(TAF -3.7m)到達*

06時08分　燃料棒メルトダウン開始*
07時44分　逃がし安全弁(SRV)による原子炉圧力容器(RPV)減圧を試すが、失敗
08時35分　ベント用電動駆動弁(MO弁)手動開
08時55分　原子炉圧力容器(RPV)破壊、破壊等価直径18cm、破壊推定箇所はRPV下端から2m程度上方の側面*
09時05分　格納容器(PCV)破壊、破壊等価直径12cm　破壊予想箇所サプレッションチャンバーを繋ぐベロー(蛇腹状の薄板)の溶接部*
09時08分　逃がし安全弁(SRV)による減圧操作(本書では、この操作は間に合わなかったとしている)
09時20分　空気作動弁(AO弁)によるベント、煙突から蒸気発生確認
09時24分　淡水注入開始
09時28分　空気作動弁(AO弁)閉鎖確認
13時12分　海水注入開始
14時15分　モニタリングポスト放射線量増加
20時10分　空気圧によるベント開始
3月14日01時10分　逆洗弁ピットの海水枯渇による注水停止
03時20分　海水注入再開
11時01分　原子炉建屋水素爆発、海水注水停止
16時30分　海水注入再開

≪4号機≫

2011年3月11日14時46分　東日本大震災発生。原子炉は定期点検中のため停止中で、燃料棒は4号機の使用済み燃料プールに保管中
15時37分　交流電源喪失に伴う燃料プール冷却機能停止
3月14日11時01分　3号機原子炉建屋の水素爆発に伴い衝撃波がベントラインを逆流*
同日夜に4号機建屋で「狐火」目撃
3月15日00時30分　使用済燃料プール水位3.4m低下*、燃料棒は依然として水中にあり
06時12分　3号機で発生し4号機原子炉建屋に溜まった水素が爆発、4,5階の壁が破損、衝撃波がベントラインを3号機へ逆流*
09時38分　3号機から依然として供給されている水素によって*、4号機原子炉建屋3階付近が再び爆発し火災が発生、2時間後自動鎮火

用語説明

AM 手順書（アクシデント マネージメント マニュアル）／Severe Accident Management Manual：原子炉の苛酷事故が起こった場合に使用するマニュアル。日本では、「苛酷事故対応手順書」の「苛酷」という言葉をあえて外して AM 手順書として使用されている。

オフサイトセンター：原発から約 5 km 離れたところに設置され、原子力災害が発生したときに、国、都道府県、市町村などの関係者が原子力防災対策活動を調整し、円滑に推進するための拠点となることを目的とした拠点施設。今回は、ほとんど機能しなかった。

隔離時冷却系（RCIC）／Reactor Core Isolation Cooling System：何らかの原因で主蒸気隔離弁の「閉」などによりタービン建屋の主復水器が使用できなくなった場合、原子炉の蒸気でタービン駆動ポンプを回してサプレッションチャンバー（S/C）や復水タンクの冷却水を原子炉に注水して水位を維持し、燃料の崩壊熱を除去して減圧する装置。

気圧／Pressure：報告書などでは、キロパスカル（kPa）やメガパスカル（MPa）が使われているが、本書ではゲージ圧の気圧（atom）を使用する。1 気圧は 0.1013 MPa で、大気圧がゲージ圧でゼロとなる。

逆洗弁ピット：復水器細管内面を洗浄するために、細管内の海水の流れを逆にするための弁が設置されている場所。

キャットウォーク：円環状のサプレッションチャンバー（S/C）の周囲に設置された通路。ここを通って入口の反対側に行かないと、ベント用空気駆動弁（AO 弁）を手動で開けることが出来ない。

緊急時迅速放射能影響予測ネットワークシステム（SPEEDI）／System for Prediction of Environmental Emergency Dose Information：原子炉施設から大量の放射性物質が放出された場合や、あるいはその恐れがある場合に、放出源情報、気象予測と地形データに基づいて大気中の拡散シミュレーションを行い、大気中の放射性物質の濃度や線量率の分布を予測するためのシステム。文部科学省が 120 億円以上の経費を投じて開発した。今回の原発事故では放射能放出量がわからなかったので、この予測システムは使わなかったことになっている。実際には、SPEEDI はいくつかの仮定を設定し、膨大な予測データを計算していた。

緊急時対応情報表示システム（SPDS）／Safety Parameter Display System：原子炉の圧力温度水位、弁の開閉など安全管理パラメータを表示するシステム。今回は、電源を失ったため使用できなかった。

緊急対策室：免震重要棟 2 階に設けられており、原発事故時に現場対応を行う部屋。福島原発事故では、ここに発電所対策本部が設置された。

空気作動弁（AO 弁）／Air Operated Valve：圧縮空気によって作動する弁。弁は、水道のじゃ口のように、流体を流したり、せき止めたりする装置。

原子炉圧力容器（RPV）／Reactor Pressure Vessel：燃料集合体、制御棒、その他の炉内構造物を内蔵し、燃料の核反応により蒸気を発生させる容器。

原子炉建屋／Reactor Building：格納容器および残留熱除去系（RHR）、隔離時冷却系（RCIC）、非常用復水器（IC）などの原子炉補助施設を収納する建屋で、事故時に一次格納容器から放射性物質が漏れても建屋外に出さないよう、通常は建屋内部を負圧に維持している。別名、原子炉二次格納容器ともいう。

高圧注水系（HPCI）／High Pressure Coolant Injection System：非常冷却システムの一つで、配管などの破断が比較的小さく、原子炉圧力が急激には下がらないような事故時、原子炉で発生した高圧蒸気を用いてタービンを駆動して高圧ポンプで原子炉に冷却水を注入することのできる装置。ポンプの流量は、隔離時冷却系（RCIC）に比べて約 10 倍と大きい。

サプレッションチャンバー（S/C）／Suppression Chamber：圧力抑制室ともいう。福島原発のように沸騰水型炉（BWR）だけにある装置で、福島原発ではドライウェル（D/W）の下にあるドーナッツ状の容器。常時約 3000 トンの冷却水を保有しており、原子炉事故時に炉水や蒸気が放出され、格納容器内圧力が上昇するが、蒸気を逃がし安全弁（SRV）の配管などにより圧力抑制プールへ導いて冷却水で凝縮し、格納容器内の圧力を低下させる設備。また、隔離時冷却系（RCIC）や高圧注水系（HPCI）の水源としても使用される。

残留熱除去系（RHR）／Residual Heat Removal System：原子炉が停止した後、ポンプや海水を用いた熱交換器を利用して燃料の崩壊熱の除去や非常時に冷却水を注入し炉水を維持するシステムで、原子炉を冷温停止に持ち込めるだけの能力を有している。ポンプ流量・熱交換器ともに能力が高いが、冷却用海水と交流電源が必要である。今回は、津波のため使用できなかった。

J ビレッジ：福島原発から約 20 km 離れた楢葉町・広野町にあるサッカーのナショナルトレーニングセンター。福島原子力事故の際には、事故対応支援の拠点としての役割を果たした。

シュラウド／Shroud：騰水型原子炉(BWR)の圧力容器の中で、炉心を囲む構造物。炉心の燃料集合体を支える傘立のような働きをする。通常、運転中のシュラウドは原子炉冷却水の通路を形成するという役割を持つ。また、冷却水が大規模に漏れたとき、シュラウドは内釜として冷却水を貯めておくという役目もある。

消火系ライン(FP)／Fire Protection System：発電所内の消火配管。通常の消火栓のほか、油火災のための炭酸ガス消火系などがある。事故時には原子炉への注水に利用できる。

ジルカロイ／Zircaloy：ジルコニウム合金。二酸化ウランセラミックスの燃料ペレットを入れる燃料被服管に使用される。900℃以上になると、水蒸気と反応して酸化ジルコニウムとなり、水素を発生する。このとき反応熱が発生し、燃料棒はさらに高温になる。

スクラム／Reactor Scram：地震や重大事故のとき原子炉を緊急停止すること。燃料棒に制御棒を挿入し、ウランによる核分裂を停止させる。

脆性／Brittleness：中性子や疲労、低温など、何らかの作用で材料がもろく壊れやすくなること。

タービン建屋／Turbine Building：主タービン、発電機、主復水器、原子炉給水ポンプおよびタービン補機などを収納する建屋。非常用ディーゼル発電機は、この建物地下 1 階に設置されていた。

中央制御室：原子炉建屋そばに設置されている原子炉制御室。福島原発では 1、2 号機と 3、4 号機が同じ部屋に設置されている。

ディーゼル駆動消火ポンプ(D/D FP)／Diesel Driven Fire Pump：消火系に設置されたポンプ。消火系の圧力の低下時、電動機駆動消火ポンプが運転できないときに起動する。原子炉圧力容器(RPV)が高圧の場合は注水できない。

電動駆動弁(MO 弁)／Motor Operated Valve：論理回路などからの電気記号を受けて、弁駆動部を電動モーターによって動かして弁を開閉し、流れを制御する弁。

ドライウェル(D/W)／Dry-Well：原子炉格納容器内のサプレッションチャンバー(S/C)を除く空間部。

燃料棒上端(TAF)／Top of Active Fuel：燃料域水位計の基準点。燃料集合体のうち、ペレットが存在する一番上部をいう。

逃がし安全弁(SRV)／Safety Relief Valve：原子炉圧力が異常上昇した場合、圧力容器保護のため、自動あるいは中央操作室で手動により蒸気をサプレッションチャンバー(S/C)に逃す弁。原子炉圧力容器(RPV)が高圧になったときはバネの力で自動的に蒸気を放出するが、手動で減圧する場合は、圧縮空気タンクの電磁バルブを開いて強制的に開けるので、直流電源と圧縮空気源が必要である。

非常用復水器(IC)／Isolation Condenser：原子炉の圧力が上昇した場合に、原子炉の蒸気を導いて水にして原子炉内に戻すことによって炉内の圧力を下げるための装置。貯水タンクの水が蒸発すると機能しなくなる(福島原発1号機のみに設置)。

復水貯蔵タンク／Condensation Water Storage Tank：原子炉内の蒸気を凝縮した水を貯蔵するタンク。

ベント／Vent：格納容器の圧力の異常上昇を防止し、破壊を防ぐため、放射性物質を含む格納容器内の気体を外部に放出し、圧力を低下させること。福島原発建設当時、ベント設備は設置されていなかった。サプレッションチャンバー(S/C)とドライウェル(D/W)を減圧する二つのベントラインがあり、それぞれのラインに空気動作弁(AO弁)の大弁、小弁がある。二つのラインの合流後に電動駆動弁(MO弁)とラプチャーディスクがあり、その先は排気筒の煙突に繋がっている。

毎時マイクロシーベルト μSv/h：放射線強度1時間に1/1000 mSv被爆する強度。平常時の自然界の放射能は、我が国の平均で0.17 μSv/h、世界平均で0.27 μSv/hである。

ミリシーベルト mSv：放射線被爆累積強度の単位。1000 mSv(1 Sv)で吐き気などの急性症状が現れ、3000 mSvで50％の人が死に至るといわれている。自然界における1年間の平均被曝量は、日本で約1.5 mSv程度。

免震重要棟：免震構造で非常電源設備を有する2階建ての建物。放射物質を除去するフィルターも設置されている。今回の事故では、この建物2階の緊急対策室に発電所対策本部が設置された。

物揚場：発電所の港湾設備の一部。船により輸送してきた機器類を降ろす場所。

ラプチャーディスク／Rupture Disk：ベントの流路に取り付けられた金属製板。普段は、この板で流路を塞いで内部から放射性ガスが漏れないようになっているが、ある一定以上の圧力で破裂して、内部ガスを逃がす役割を持つ。

冷温停止／Cold Shutdown：正常な原子炉がウラニウムと中性子による核反応を停止し、かつ原子炉圧力容器(RPV)の温度が100℃未満の状態。このとき、容器内は1気圧未満となり、仮に原子炉が密閉されていなくても蒸気は放出されない。

参考文献

福島原子力事故調査報告書、平成 24 年 6 月 20 日、東京電力株式会社、2012 年 6 月 20 日

福島第一原子力発電所 2 号機事故の熱流動現象推定 (熱力学モデルによる事故シナリオの検証)、円山重直、日本機械学会論文集、(投稿中)

福島第一原子力発電所 3 号機事故の熱流動現象の推定 — 高圧注水系 (HPCI) が途中で止まった場合 —、保全学、第 11 巻、3 号 (2012 年 10 月掲載予定)

福島第一原子力発電所 1 号機事故の熱流動現象の推定 — 非常用復水器が作動していた場合 —、円山重直、保全学、第 11 巻、3 号 (2012 年 10 月掲載予定)

福島原発独立検証委員会調査・検証報告書、(財) 日本再建イニシアチブ、2012 年 2 月 28 日

福島第一原子力発電所原子炉建屋の爆発現象の画像解析による検討、鶴田　俊、日本燃焼学会誌、第 54 巻、167 号、28-32 頁、2012 年

報道ニュースステーションスペシャル、テレビ朝日、2011 年 12 月 28 日

中間報告 平成 23 年 12 月 26 日、東京電力福島原子力発電所における事故調査・検証委員会、2011 年 12 月 26 日

金曜スーパープライム「1000 年後に残したい…報道映像 2011」、日本テレビ、2011 年 12 月 23 日

東京電力株式会社福島第一原子力発電所の事故状況及び事故進展の状況調査結果に係る事実関係資料等に関する報告の受領について、原子力安全・保安院、http://www.meti.go.jp/press/2011/12/20111222015/20111222015.html、2011 年 12 月 22 日

NHK スペシャル シリーズ原発危機「メルトダウン～福島第一原発 あのとき何が」、NHK、2011 年 12 月 18 日

福島第一原子力発電所 1 号機非常用復水器 (IC) 作動時の原子炉挙動解析、原子力安全基盤機構原子力システム安全部、2011 年 12 月 9 日

福島原子力事故調査 中間報告書の公表について、東京電力 http://www.tepco.co.jp/cc/press/11120203-j.html、2011 年 12 月 2 日

福島第一原子力発電所 1 ～ 3 号機の炉心状態について、平成 23 年 11 月 30 日、東京電力、http://www.tepco.co.jp/nu/fukushima-np/handouts/index-j.html、2011 年 11 月 30 日

福島第一原子力発電所から何を学ぶか 中間報告、チーム H2O プロジェクト、http://pr.bbt757.com/2011/1028.html、2011 年 10 月 28 日

衆議院科学技術・イノベーション推進特別委員会への東京電力株式会社福島第一原子力発電所の事故原因の検証に必要な資料の提出について、原子力安全・保安院 原子力事故故障対策室、http://www.meti.go.jp/press/2011/10/20111024003/20111024003.html、2011 年 11 月 24 日、
http://www.meti.go.jp/press/2011/11/20111116004/20111116004.html、2011 年 11 月 16 日

放射線データによる原子炉事象の検証、Heat-Transfer Control Lab. Report No.19,Ver.2、http://www.ifs.tohoku.ac.jp/maru/atom/、2011 年 10 月 13 日

国際原子力機関に対する日本国際府の追加報告書 ― 東京電力福島原子力発電所の事故について ―(第 2 報)、平成 23 年 9 月、原子力災害対策本部、2011 年 9 月

プラント関連パラメータ、プラントの水位・圧力データおよびプラントの温度データ、東京電力、http://www.tepco.co.jp/nu/fukushima-np/index-j.html、2011 年 8 月 14 日

金曜プレステージ 忘れない東日本大震災 155 日の記録、フジテレビ、2011 年 8 月 12 日

週刊文集 臨時増刊 7 月 27 日号 東京電力の大罪、週刊文集、2011 年 7 月 27 日

原子炉内熱流動現象の推定 ― 福島第一原子力発電所 1 号機の場合 ―、Heat-Transfer Control Lab. Report No.20, Ver.1、http://www.ifs.tohoku.ac.jp/maru/atom/、2011 年 7 月 20 日

福島第一原子力発電所被害直後の対応状況について、東京電力、2011 年 8 月 18 日

原子力安全に関する IAEA 閣僚会議に対する日本国政府の報告書 ― 東京電力福島原子力発電所の事故について ―、平成 23 年 6 月、原子力災害対策本部、2011 年 6 月

福島原発炉心で何が起こったか : 1 号機の場合 Heat-Transfer Control Lab. Report No.17, Ver.2、http://www.ifs.tohoku.ac.jp/maru/atom/、2011 年 5 月 30 日

原子炉内が崩壊熱のみによって加熱されている場合に必要な水の投入量の推定 < 公表データに基づく福島第一原発の燃料データのまとめ >、Heat-Transfer Control Lab. Report No.1, Ver.5、http://www.ifs.tohoku.ac.jp/maru/atom/、2011 年 5 月 27 日

東北地方太平洋沖地震発生同時の福島第一原子力発電所運転記録及び事故記録の分析と影響評価について、東京電力、2011 年 5 月 23 日

新工程表に向けて : 水位計が壊れた前提での予測と現状分析、Heat-Transfer Control Lab. Report No.15, Ver.1、http://www.ifs.tohoku.ac.jp/maru/atom/、2011 年 5 月 14 日

推理小説 福島原発で何が起こったか、そして、今、Heat-Transfer Control Lab. Report No.14, Ver.2、http://www.ifs.tohoku.ac.jp/maru/atom/、2011 年 5 月 11 日

原子炉等規制法に基づく東京電力株式会社からの報告内容(5 月 16 日に報告のあった福島第一原子力発電所の事故に係る事故記録等)、原子力安全・保安院、http://www.nisa.meti.go.jp/earthquake/houkoku/houkoku.html、2011 年 5 月 18 日

AERA 臨時増刊 原発と日本人 100 人の証言、朝日新聞出版、2011 年 5 月 15 日

原子力災害対策本部事務局(原子力安全・保安院)における SPEEDI 計算図形一覧(平成 23 年 3 月 11 日～16 日)、原子力安全・保安院、http://www.nisa.meti.go.jp/earthquake/speedi/erc/speedi_erc_index.html、2011 年 5 月 10 日

平成 23 年(2011 年)東京電力(株)福島第一・第二原子力発電所事故(東日本大震災)について、平成 23 年 5 月 1 日(17:00)現在、原子力災害対策本部、2011 年 5 月 1 日

質量保存・エネルギー保存則に基づくプラン A のコメント、Heat-Transfer Control Lab. Report No.10, Ver.1、http://www.ifs.tohoku.ac.jp/maru/atom/、2011 年 4 月 16 日

原子炉内が崩壊熱のみによって加熱されている場合に必要な水の投入量の推定、Heat-Transfer Control Lab. Report No. 1 , Ver.1、http://www.ifs.tohoku.ac.jp/maru/atom/、2011 年 3 月 28 日

軽水炉発電所のあらまし、実務テキストシリーズ No.1, (財)原子力安全研究協会、2008 年 9 月

－著者紹介－

圓山 翠陵（まるやま すいりょう） 1954年新潟に生まれる（本名：圓山重直《しげなお》）

学 歴

1977年　東北大学工学部 卒業
1979年　ロンドン大学 インペリアルカレッジ航空工学科修士課程 修了
　　　　(Master of Science)
1990年　東北大学 大学院工学研究科 修士課程修了
1983年　東北大学 大学院工学研究科 博士課程修了（工学博士）

職 歴

1983年　東北大学 高速力学研究所 助手
1998年　米国パデュー大学 客員研究員
1989年　東北大学 流体科学研究所 助教授
1997年　東北大学 流体科学研究所 教授

受 賞

日本機械学会賞 奨励賞（1989年）
日本伝熱学会賞 学術賞（1998年）
日本伝熱学会賞 論文賞（1999年）
科学計測振興会賞（1999年）
日本機械学会熱工学部門 業績賞（2001年）
日本伝熱学会賞 技術賞（2002年）
紫綬褒章（2012年）他

専門分野：熱工学、伝熱制御工学、流体工学

著書等

JSMEテキストシリーズ「熱力学」、丸善（2002）、共著、主査
光エネルギー工学、養賢堂（2004）、単著
JSMEテキストシリーズ「伝熱工学」、丸善（2005）、共著、主査 他

JCOPY ＜（社）出版者著作権管理機構 委託出版物＞

2012 小説 FUKUSHIMA

2012年 9月 1日 第1版発行

著者との申し合せにより検印省略

著作者 圓《まる》 山《やま》 翠《すい》 陵《りょう》

発行者 株式会社 養賢堂
代表者 及川 清

印刷者 株式会社 真興社
責任者 福田真太郎

定価（本体1600円＋税）

発行所 株式会社 養賢堂
〒113-0033 東京都文京区本郷5丁目30番15号
TEL 東京(03)3814-0911 振替00120-7-25700
FAX 東京(03)3812-2615
URL http://www.yokendo.co.jp/

ISBN978-4-8425-0504-6 C0093

PRINTED IN JAPAN 製本所 株式会社三水舎